IRIS GRACE

手握画笔的小天使

〔英〕阿拉贝拉·卡特-约翰逊 著
李慧娟 译

天津出版传媒集团
百花文艺出版社

新经典文化股份有限公司
www.readinglife.com
出　品

献给 P-J、艾瑞斯和图拉

序 言

2014年2月

艾瑞斯用她的小手，把我引回她书里的那一页。这已经是第二十次了。我反复读着书上的话，有那么一会儿，她是心满意足的。她黑色的长睫毛缓缓地落在玫瑰色的面颊上……眼看着就要睡着了……但她又睁开了眼，看上去和几小时前一样清醒。我的心一沉。又是一个在床上阅读的漫漫长夜。她不希望我离开，也不希望我不再读下去。我们陷入了一个怪圈。对某件事的痴迷有时是好事，有时却是坏事。在之前那个沉寂的世界里，她对聆听、诵读和理解的渴念，曾是一份天赐的礼物。如今，她仍然主要依靠肢体语言与外界沟通，不过最近她对文字的依恋日渐加深。我不希望打破这些强有力的连接。这成了一种驱动力，只是需要加以平衡；她那独特的思维正在运转，既精彩又带着毁灭性的力量。当我停下来不再读，然后再次关上灯，她就不安起来，开始跟自己和我的疲倦抗争。我满心希望她能就此入睡。日复一日，年复一年，睡眠的时间都被剥夺了，这样如何能坚持下去？每当看到她美丽的脸上出现黑眼圈时，我都会难过。她的行为越来越乖戾，如果得不到充足的睡眠，她的各种兴趣就会越来越浓烈，直至统治一切。我们只能跟着沉沦下去，直到终于睡上一晚好觉，休息一夜，然后从头再来一遍。疲倦成了我的一部分，我讨厌的一部分。当她的思想继续飞驰的时候，疲倦却让我变得迟钝，我的思绪也没入黑暗中。

想到有些人每晚一挨枕头就进入梦乡，而我们仍旧醒着，我就对那些人心生怨恨。

一发现自己不能称心如意，艾瑞斯就开始哭。寂静的房间被她的啜泣声填满。我无比绝望地抱紧她。除了书，没有别的东西足以安慰她。我希望有人能帮我，可她却把那些试着帮助我的人都推开了。随之而来的压力重到难以承受。这四年来的大起大落激荡人心，也令人身心疲惫。我们一直试图跟随她的世界，理解她，而她也学着生活在我们的世界。

楼下，电视屏幕上出现了电影结尾的演职员表，壁炉里的木头也几乎只剩余烬。

“怎么了，图拉？”

我丈夫 P-J① 看见我们新养的小猫咪忽然从他膝头跳了下去。小猫凝视着门口，抬起一只爪子，仿佛定格在空中。她警醒着，某件东西吸引了她的注意力——我丈夫听不到的啜泣声，在图拉耳朵里却仿佛是尖啸的警报。接着，她飞奔着蹿过拐角，跃上楼梯，溜进艾瑞斯的房间跳上床。她蜷缩在艾瑞斯身边，丝毫不理会艾瑞斯的啜泣，自顾自地整理起自己的外表，舔舔爪子，然后用爪子擦耳朵。艾瑞斯的情绪也瞬间起了变化。她看着小猫的大耳朵向前弯折，然后又噌地立起来，咯咯地笑了。猫耳朵上的一撮黑毛被走廊的灯光照亮，小小的脑袋上长着一对大耳朵，她的轮廓看上去如此可爱。柔软纤长的毛让她的剪影在黑暗中熠熠生辉，接着映入视线的是猫的胡子。这是我从未见过的表演，是喜剧效果与美感的自然结合。艾瑞斯放松下来，放下了手中的书。我赶紧趁机悄悄走出房间，在楼梯下面静静聆听，等着

① P-J 即 Peter-Jon，艾瑞斯 · 格雷斯的父亲，原书中均以 P-J 称呼此人，故中文版亦保留此用法。——编注

哭泣声不可避免地将我带回她身边。但一切都静悄悄的：没有踢腾，没有翻书声，没有呢喃或哭泣。

我等了很久，直到疑问战胜了耐心。我踮着脚尖回到她卧室门口，悄悄朝里边看。艾瑞斯睡着了，小猫就在她身旁。两个小家伙脸对脸，艾瑞斯的手搭在图拉的脖子那儿，我听到了猫的呼噜声。图拉的爪子搭在艾瑞斯的胳膊上，两个小东西的姿势如此对称。虽然仅仅是一只小猫，但我们家的新成员图拉已经开始守护艾瑞斯，成了她的忠实伴侣。图拉也是我的朋友，在我最需要帮助的时候，进来及时为我排忧解难。我甚至不需要张口，她就可以凭直觉知道要做什么，要如何帮忙。这只充满魔力的小猫咪将为我们的生活带来巨大改变，而这只是个开端。她让我重新充满希望，让我设想明天时，脸上有了笑容。

“A-Where-Wa”，水彩，2013 年 10 月

7

透过一片飞扬的尘埃，我看到了一只猫映在玻璃窗上的完美轮廓，那是米奥斯卡的剪影。她正规规矩矩地坐在窗台上，抬着一只爪子，试图去扑玻璃窗外面的一只蝴蝶。那是二〇〇八年的初夏，我和丈夫刚刚开始新的迁居工程：在莱斯特郡连绵的丘陵地带的一座小村子里，我们买了一栋三居室的房子，正在重新修缮和装饰。在如何开展这项工程的问题上，米奥斯卡和我的想法大相径庭。像所有的东奇尼猫一样，她总是清楚地表达对我的 DIY 技能的看法，时不时地冲我叫几声，蹭蹭我的腿，用她小小的深色身体和黑尾巴缠着我的腿，分散我的注意力。这时，她放弃了蝴蝶，蹭着我才喝了一半茶的杯子走了过去，差点把杯子蹭倒。

“米奥斯卡，过来。”我轻声说。她坐了下来，侧着脑袋望着我，大大的蓝眼睛闪闪放光，胸前奶油色的毛蓬了起来，看上去美丽极了。“为什么 P-J 叫你的时候你就过去，可我叫你，你就不来呢？”

她小步跑过来，蹭过我的腿，轻轻地喵喵叫了几声。我听到 P-J 在门廊里哈哈大笑。我的目标是为我们的新家除去所有棕色的东西。我从来没遇见过对颜色有如此强烈意见的情形，但是厨房里从地板一直贴到天花板的棕色瓷砖着实令我郁闷。我将它们一块接一块地从墙上撬下来。带绿色螺旋花纹的棕色壁纸和棕色拼接地毯，看上去都显得颇为沉重。我无法在如此沉闷的环境里正常思考，再加上每张台面上都积累了多年的尘埃和油腻。

绿色是我要清除的下一个目标：绿色的浴缸，绿色的洗手池和马桶，绿色的壁纸和绿色的门，这些都必须清理掉。我心里渴望着轻松明快的色调，甚至开始怀疑当初买下这座房子是不是做了错误的决定，这得怪我自己。

“把这些都忽略掉，”几个月前，当 P-J 第一次来看这座房子的时候，我曾对他说，“想象一下，等我们把这些全都去掉，这里会变成一个很美的家。我们可以改建一下那个谷仓，砍掉这棵树，在这里接出一间房子……”

“我们不是已经干过足够多的装修活儿了吗？真不知道还想不想重来一回。”他一脸疲惫地答道。当时他刚出差回来，状态不怎么好。他去花园兜了几圈，也许是想单独想想，或者调整一下时差的影响。具体是什么原因，我也不太确定。

那一年，我们刚从法国回来。在法国中部的利穆赞省，我们花了三年时间大胆尝试过修缮一座古老的农场。后来，我们带着一只猫回到英国。这只猫是一年前跟着一辆邮车来到我们家的。她是只漂亮的小母猫，丝绸般柔滑的皮毛上点缀着几块深色的毛。我们觉得她应该是搭顺风车到了农场，因为没法找到她的主人，我们就收留了她。她有强烈的好奇心，甚至有些像狗，我们去哪里，她就跟到哪里，甚至在我们外出或者骑马时也是如此。她总是乖乖听从 P-J 的召唤，为我们在农场的工作带来不少乐趣。我们觉得她是我们俩的吉祥物。每当我们心情低落，或者因为体力劳动而疲累的时候，她要么爬上树，要么小心翼翼地在某个高处控制平衡，一脸俏皮的样子总让我们开怀一笑。她成了我们的朋友。

在法国的那段日子有时是孤独的。天气暖和的几个月里有很多消遣，还会有不少朋友来访。冬季则漫长而寒冷，有一年气温甚至下降到零下十七度，积雪厚到令我们无法出门带着马儿去干农活。在与世隔绝的日子里，米奥斯卡给我带来不少安慰，所以离开法国时，我绝对不会把她留下。

我们住在法国时，P-J 为一家美国的金融研究公司拓展欧洲区的销售。我们回到英国后，他依然忙于工作。当我为我们的家寻找一个永久的落脚点时，他还是在埋头工作。我带他来看这座房子时，他刚刚乘坐“红眼航班”从美国飞回来。当时，我已经爱上了这座房子，非常看好它的潜力。甚至连窗外的风景都让我回想起意大利的丘陵地区——我们曾经考虑过住在意大利。同样，这里的美景只是被掩藏了起来，等待我们去发现。这里给了我家的感觉。好多年了，这是我第一次有这种感觉。

我无法责怪 P-J 对这所房子缺乏热情：在先前住过的地方，我们已经在修缮上花费了不少精力，想到要从头再来，难免会心生疲倦。我也知道自己过于兴奋了，但并不介意，因为这就是我梦想中的家。第一次独自在房子周围散步时，我在花园里的大树后面发现了一处隐蔽的小角落，就是这个小角落让我幻想出这里经过改造后的模样。为了让这座房子适宜家庭居住，需要在内部进行大量整修，不过还是有可能实现的。当时这里的条件非常糟糕，有些地方简直难以下手，但

《胖墩儿》，水彩，2014 年 7 月

一切都会修整好的。虽然我们得花上好一阵子才能完成修缮工作，而且未来的图景并非完全符合我们的心意，但鉴于房价总的来说过于昂贵，这里成了唯一的选择。我可以在脑海中想象出将来的样子，那将是一个完美的家。

自从我十八岁那年认识 P-J 之后，我们就开始了在国外的旅居生活。从墨西哥到委内瑞拉，从意大利到法国，我们去过很多地方，如今则回到英国结了婚，在离我的出生地只有几英里的地方住下来。我非常清楚，这就是我想要建立家庭的地方，我们终于回家了。

法国国庆日那天，我在一位朋友的二十一岁生日派对上和 P-J 邂逅。沿着一条三车道的路往派对地点开的时候，他吸引了我的注意。当时他扮成火枪手的模样，正要翻过一排栅栏跳到另外一边。他将卷曲的棕色长假发从脸上撩开，把一顶带长羽毛的帽子戴到头上，看上去镇定自若、信心十足。我的目光一直追随着他，直到他消失在帆布帐篷下五颜六色的人群里。

我进了屋，和主人们聊了一会儿，看了看座位表，然后便去我的座位放包。就在那里，那顶帽子正挂在一张木椅的角上。接着，火枪手在我身旁坐了下来。

“嗨，我是 P-J。安迪姐姐的好朋友。你叫什么名字？”他和我握了握手，用那双浅蓝色的眼睛望着我。我坐到了他旁边。

我想知道关于这位英俊的火枪手的一切，所以问了很多问题。他一个个地回答，用充满善意的眼神凝视着我。

“我是在林肯郡长大的，不过大学毕业之后，去伦敦做了一名股票交易员。”

“这就是你现在的工作吗？”

“我不干那行了。我离职了，为了去旅行……亚洲、墨西哥……”

“我哥哥也去过墨西哥。我真想去呢。”

P-J 和我都在乡间长大，他有一个哥哥和一个姐姐，我有一个哥哥。不过我们年纪相差很大，他比我年长十一岁，而我当时那么年轻，才刚刚开始自己的间隔年。

“我打算上一门烹饪课，但很想在课程结束后去旅行，”我对他说，“只是不知道从哪里开始。”他和我认识的其他男人截然不同，充满冒险精神，令人兴奋。我们聊到了我想去的地方，我对艺术、动物和烹饪的热爱，还有我之前要成为雕塑家的梦想，以及我对摄影的爱好。

起初，出于年龄的差距，我并没有对他抱有浪漫的幻想，以为他只是出于好心才和我交谈，因为在那个派对上，我认识的人不多。但是聊了一会儿，我越来越喜欢他，而且也希望他对我有同样的感觉。我们一起跳舞，时不时地被我那保护欲过强的哥哥打断。那天晚上，我哥哥还和 P-J 聊了一会儿，但是他完全没必要那么做，我觉得很安全。如今回想起那一晚的情景，我才意识到它的意义和即将带来的改变。不过当时，我只想享受眼前的快乐时光。在初次注意到他的栅栏旁，他吻了我，还邀请我和他一起去墨西哥。我居然没有质疑这个邀请，也没有因为要和一个刚刚认识的人一起旅行而忐忑不安。为何会这样，我至今也没有答案。毫无疑问，我的父母知道这件事的时候并不高兴。

“亲爱的，这真的不像你。”我母亲说，“我以为你想学烹饪。你从没提过要去旅行。”

“我会学完那门课再去的。”

“你可是要离开家好几个月。不能和学校里的女同学一起去吗？”

我信任他；不，我们不是在约会；我们只是普通朋友……连我自己都觉得这些理由无法说服别人。他们看得出我有多喜欢他。即使他是我们家的朋友的朋友，一起去旅行的话，仍然会有很多变数。然而，在十八岁这个渴望去看世界的年纪，父母明白我是不听劝的。

就这样，我们在二〇〇〇年十一月去了墨西哥。我看到了另一个世界。我非常喜欢了解另一种文化，比如缤纷的色彩、不同的地貌、风土人情，还有各种各样的动物。和 P-J 一起旅行很轻松，我们开车周游墨西哥，相处愉快。我们俩的步调越来越一致，几乎能在同一时间觉得要去下一个地方。看完了要看的，我们同样渴望着在旅途中见识更多新鲜的事物。他也越来越了解我的性格——我的乖张、我的低血糖、我对规划的情有独钟，所以他让我来计划我们的冒险旅程，让我研究地图，引导着我们俩上路。他教会了我如何浮潜，如何充分利用肺部功能在水下待更长时间，观看那五彩缤纷的水下世界；他还教我如何悬浮在水中，以及如何通过呼吸技巧完全掌控身体。对于我偶尔有些离谱的雄心壮志和沿着海岸线游泳的冒险想法，他都表现出极大的耐心。我好好练习摄影技术，心中非常清楚等我们回到英国后，我会更希望出门旅行。正如我父母所预见的，我爱上了这一切，其中当然也包括 P-J。

二〇〇一年，他得到一份在委内瑞拉的工作，为旅居海外的英国人提供养老金和储蓄方面的咨询服务。那年，我刚满二十岁，就和 P-J 踏上了一段更富于挑战的旅途。我们刚到那个国家的第二天，委内瑞拉被推到了内战的边缘，冲突持续了整整一年。我们的家坐落在安第斯山脉脚下，远离首都加拉加斯的纷扰，还算相对安全。同时，我们离梅里达大学城很近，乡间的景色美不胜收。我们买了两匹种马，骑着马在山间漫游，穿过热带河谷，涉过溪流，经过香蕉种植园和橘子林。在那里学会了很多生活技能，因为大部分事情都必须亲力亲为，我们甚至学会了给马钉掌。我变得更加坚强独立，但就像许多不可思议的经历一样，这种生活不可能一直持续下去。我们在委内瑞拉的生活要结束了。那是家人前来看望我，并为我庆祝二十一岁生日之后的事。我们在玻利瓦尔山的山巅庆祝生日，到洛斯亚诺斯大草原上打猎，但是在那之后不久，大使馆就要求我们所有人乘坐最后一班飞机回英国。

有一个想法萦绕在我心头好一阵子了。骑马漫游安第斯山的经历给了我灵感，我由此想到可以在欧洲开办一家专门提供骑马度假服务的公司。于是在二〇〇三年，我和 P-J 开着蓝色的露营车去了法国。在那里，我们找到一座农舍，外带两座美丽的石头仓房、一个烤面包炉和一间谷仓。我们把谷仓改建成了室内骑马学校。十六英亩草场环绕着我们的房子，远处是橡树林和属于我们自己的小溪。骑马道纵横交错，从我们的房子延展到丘陵起伏的乡间，连续数十英里，越过了草地、农场、田野和溪流。我们在那里快乐地生活了三年。不去农场干活的时候，我便练习摄影，甚至做起了为人拍摄肖像照的生意。就是在那座房子里，P-J 向我求婚，我答应了。但在一个安静的星期日的下午，我们在外面骑马的时候，一切都变了。

“这难道不是最美的时光吗？”我扭过头对 P-J 说。我那匹纯种母马苔丝正大步奔跑着，后面是 P-J 骑的双儿，一匹阉割过的栗色阿拉伯小公马。

“不能再好了！”P-J 一边回答，一边望着骑马道旁的树木和灌木丛上披挂的绚烂花朵。

我们进入了田野深处，已经远离人烟。这时，我的苔丝忽然被灌木篱笆中的什么东西惊扰了。

她猛地腾空而起，巨大的力气一下子把我掀翻，我的头重重地撞在地上。摔到地上之后，我躺在那里动弹不得，无法呼吸，一股恐惧传遍全身。我挣扎着要呼吸，却无法把空气吸入肺里，胸腔阵阵剧痛。背上好像着了火一样灼热，整个人根本无法移动。

P-J 赶到我身边。“你还能站起来吗？”

我摇了摇头。P-J 非常担心，但为了我竭力让自己的声音保持平静。我们俩慢慢意识到了事态的严重。我们深处荒野，我却无法动弹。P-J 要花上好几个小时赶回去求助，而我完全不知道自己到底怎么了。身上疼痛难忍，我的脊椎一定是断了。骨折让我痛彻心扉。

“千万别动。我马上去叫人，会尽快回来。”

接着他就不见了。我能听到他骑着马一路跑去，但那声音很快消失了，只剩下我一个人。几个小时后，我又听到了声音，听上去像是四轮驱动的汽车朝这边驶来。一群法国消防员迅速围住了我，将我抬上担架。我连一毫米也挪动不了。车沿着骑马道开回主干道，我被送进救护车，医生还给我打了吗啡。之后的场景就像一场梦：大家努力让我保持清醒，而我挣扎着想听懂周围的法语。

等待核磁共振结果的那段时间非常难熬，我仍然躺在担架上，无法确认我的腿还能不能动。他们需要知道我断裂的脊椎是否情况稳定，想到也许今后将无法走路，我心急如焚。结果出来了，是好消息：断裂的地方情况稳定，不需要手术，这真让人松了口气。他们说，经过

《灵气》，丙烯颜料，2013 年 8 月

几个月的复健和理疗，等到夏天快结束的时候，我就会好起来。不过，医生说，或许我再也不能骑马了。断裂的部位产生了严重的压缩，这意味着马儿的动作会让我疼痛无比，而且我可能会早早患上关节炎。这份诊断对我来说是个巨大的打击。从孩提时代起，我就喜欢马，也喜欢骑马。没有马的生活将是难以忍受的——我们所有的计划，我们

六岁的阿拉贝拉

的法国梦都建立在马儿身上。所以数月之后，在我仍穿着僵硬的塑料腰撑的时候，我们不得不重新考虑关于骑马度假生意的想法。法国医生坚持说我永远无法骑马。我开始想念英格兰和我们的家人，于是我们决定回到熟悉的地方。到了秋天，我终于脱掉了腰撑，我们的房产也挂到了交易市场上。

十二月，我们回到英国举行婚礼。我仍在做复健，我的母亲负责打理一切。那是一场在夜晚举行的用蜡烛照明的梦幻英式婚礼，地点选在一处叫诺斯里大厅的十八世纪的老房子里。我和母亲曾在那里为别人的婚礼准备鲜花摆设，这工作我们做了好多年，所以对那里再熟悉不过。

我在楼上的房间做准备时，父母一直陪着我。“引路灯都点好了。”父亲笑容满面地说。他为我点了三十多盏灯，让它们在大风中照亮通往教堂的路，此刻累得有些颤抖。

“真是好消息。我还以为你没办法一个人全点上呢。”我说。

“你是说亚瑟拿着喷灯去点引路灯吗？”母亲开玩笑地问。她知道父亲本来是想让场地主人帮忙的。“快点，现在就要准备好了。摄影师想在楼梯上给你们俩拍几张照片。”

当我和父亲手挽手走出房门的时候，天已经黑了，清冷的空气让我兴奋起来。

我猜父亲比我还紧张。“你让我们无比骄傲。”他有些神不守舍地说。

我看到了那座优雅的十三世纪小礼拜堂，它在黑暗中熠熠放光。

那里简直就是一处浪漫的剧场，母亲亲手为我设计了这最美妙的场景。礼拜堂里满是蜡烛和鲜花，窗台、布道台、圣水盆和祭坛都散发着美丽的光芒。当真步入礼拜堂时，我反而一点都不紧张了：我仿佛回到了家，珍视着每一寸光阴。虽然宣誓的时候激动得连左右手都分不清，但对我来说，这一切简直太完美了。我望着P-J，知道他也是这样想的。

仪式过后，招待会似乎嗖的一下就过去了。我还没弄明白是怎么回事，就发现自己在切蛋糕，贵宾演讲也按计划进行。我的哥哥和父亲一起发表了演讲。詹姆斯谈到了我们的童年："杜立德小姐[①]，个性独立，喜爱动物……"人们的笑声在大厅里回响。父亲则讲述了在他眼中，婚礼筹备过程是如何从婚前的单身派对开始的。"想象一下七位美丽的姑娘坐在一条盛满了鲜花和香槟的小船上，由在下掌舵。然后有人在另一条船上喊道：'兄弟，你今天打了多少只雁子啊？''哦，今天只捉到七只，谢啦。'"父亲总是庆祝派对上的灵魂人物，简单而真诚，他的幽默和温暖时常令空气里充满快乐的味道，喜悦之情总是溢于言表。

P-J 穿过前门，把最后一桶敲下来的棕色瓷砖拎了出去。回来的时候，他看上去心满意足。我们在朝着目标努力，虽然缓慢，但有条不紊。

"看啊，我们会很快弄好的。我一直告诉你，这就是我们的归宿。"P-J 咧嘴笑着，故意打趣道。他摘掉了沾满灰尘的巴拿马帽，我们俩坐在厨房餐桌前喝起茶来。米奥斯卡则躺在绿色的雷伯恩牌整体烤箱前。

"下一步做什么？"

"熏掉壁纸。"我答道，然后走到橱柜前，拿出一件模样有些特别

① Miss DooLittle，萧伯纳的名作《卖花女》中的主人公，起初为举止粗俗的卖花女，后经语言学教授调教，成了上流社会的淑女。此处为善意的讽喻。

的东西：一个造型介于茶壶和大象之间的玩意儿。

“是啊，不过今天下午我要和在美国的某个人开一个非常重要的电话会议，可能得花点工夫……”

我知道会发生什么：在法国的时候，蒸汽熨斗就是我的老朋友了。就像是你初次遇到某个人，感觉并不怎么好，然后才慢慢开始欣赏对方的品质。我曾花了好一阵子去了解这种非常简单又极其实用的 DIY 工具，只是不知道 P-J 会不会也和它成为好朋友。

我们谈论着关于这栋房子的新计划，也许可以进行的改造，关于花园和扩建的想法。我忽然意识到非常欣赏他对生活的那种积极乐观的态度，即使有时他会逃避一些不喜欢的工作。我挥着胳膊，带 P-J 去看房子后面那间狭小的洗衣间，解释着心中的扩建计划。“听上去不错啊，”他说，“那就这么办吧。要不你把这些构想画出来？”

我们还没有钱做这些扩建，可他从不会泼冷水，也从不会束缚我的想法，说我们的能力有限。我擅长规划，总是有各种担忧，喜欢向前看向前冲，而他更放松些。当我考虑到各种潜在问题的时候，他常常说“船到桥头自然直”嘛。

接下来的几个星期，我们的英式乡村小屋终于一间一间地改造完了。P-J 忙着收拾花园。那棵高大的树遮住了大部分阳光和风景。他逐一修剪树的枝杈，最后只剩下一块大树桩，它成了欣赏美景的绝佳座位。

来来回回几次经过花园的陡坡，我们有了另一个好主意，在花园里种一片野花苗圃。于是清理了几片荒地，给土施了肥，然后在冬季到来前播下了种子。我简直等不及要看那些花儿盛开的模样：罂粟、小甘菊、蓝色矢车菊、毛地黄，还有让人神清气爽的法兰西菊。那里将是鸟儿、蝴蝶、蜻蜓和大黄蜂的天堂。我们还要在灌木丛旁边种些红色的蝴蝶花和黄色的万寿菊，用它们点缀绿色的草地。我开始认识各种草，并爱上了它们的名字。这些草的独特个性也为我们的花园平添了些许乐趣。狐尾草高擎的花梗在风中摇曳，仿佛狡黠的小狐狸那蓬松的尾巴。它们浅色的草籽像被施了魔法一般乘风飞舞。灰绿色的穗子状的绒毛草，会开出密密麻麻的花，花的尖端还晕染着一抹紫红色。它的草和花都毛茸茸的，引得人忍不住想去摸一摸。我们的规划中忽略了一点：直到第二年仲夏，这些野花才会遍布苗圃，开出美丽的花来。那个冬天和接下来的春天，我们的花园看上去更像是废弃的采石场，还不是我想象中的模样。迫不及待的我不禁有些失望，但大自然总有它自己的步调，不由得人催，我想着那句“好事总发生在那些愿意等待的人身上”，总算耐下心来。

房子的修缮工作一直在进行，不过一等到原来的餐厅被改造成用来开会和做编辑工作的房间，我就立刻专注于婚礼摄影的工作了。关于新家的改造，我们还有很多计划和想法没有付诸实施，但为了实现这些愿景，我们需要额外的收入。我想把工作网站上的个人照片更新一下，于是去了镇上的摄影公司。没想到他们事先看了我的作品，我本以为是去拍张证件照，结果却变成了一次面试。几个星期后，我成了镇上那家颇有名气的人像摄影公司的首席婚礼摄影师，工作的预约接踵而至。我们周围经典的英式田园中点缀着许多华丽的私人宅邸，这些人家很愿意对婚礼和派对活动敞开大门，用报酬支付日常维护的费用。我便专心记录新婚夫妇们在这美丽的田园风光中度过的值得一生铭记的日子。更令我们开心的是，我的母亲原本就是这一带有名的婚礼花卉提供商，我们母女俩甚至在不少庆典仪式中有了合作的机会。

多年的海外生活令我和双亲聚少离多，因此这难得的合作对我们意义非凡。我以前就跟着她干过活儿。小时候，我是家里花卉生意的帮手，学会了如何搭配和摆放鲜花。母亲常常边干活儿边教我。我们一边忙活，她一边告诉我那些花的名字，以及如何养护它们。她会先搭配好一束花让我学着做，在我不知如何下手的时候，再适时引导我。我从不觉得她在发号施令，她的话更像是建议："这儿要松一些，再松点可能会更好。如果把它扭过来的话，觉得怎么样？"她滔滔不绝地讲这些花的事，比如它们的性格，它们的需要，如何充分发挥每种花的优势，何时是它们最好的季节。

"郁金香，"她常常一边修剪着梗上靠下方的叶子，一边说，"它们的梗非常软。"然后，她撩起梗的底部给我看。"一眼看上去，它们似乎很强大，像军人一样身姿挺拔，但其实需要温柔的呵护。不能把它们硬插进塑料泡沫里，会折断的。你得先用铅笔戳一个孔，就像这样，然后把它们慢慢插进去。"接着，她在另一根花梗上斜着剪了一下，"这样插得更牢固，而且切口越大，越便于它们吸收水分。"她这才慢慢把花梗插进塑料泡沫。"过不了多久它们就会盛开，不过它们有自己的主意，会一边张开花瓣，一边朝着有阳光的地方弯过去。"就这样，我不知不觉学到了很多。

看到母亲如此热爱园艺，我非常享受。在我家的游艺室，书架上摆满了关于花卉的杂志和书。餐桌和窗台上的花瓶里也总是插满了鲜花。童年时代，我家的花园乍看上去似乎只是一座普通的乡间花园，其实每块花圃都精心设计过。那座花园充满了我们一家人的快乐回忆。我们的花园每年都会对公众开放一次，这是一项慈善活动。人们在各个"花室"里兜兜转转，像我们一样享受那绚丽和谐的景致。我也有

《狐尾草》，丙烯颜料，2013 年 6 月

自己专属的角落。学着种蔬菜那会儿，我和父亲一起在花园里开辟了一小片池塘。其实那只能算是个水洼，却意外地吸引了许多野生动物前来定居。即使那片池子已经被填平很多年了，现在每年仍有青蛙回来——记忆总是代代相传。

母亲搭配的花束美得惊人，她深谙比例搭配，从不被别人的想法束缚。她在婚礼上展示的花卉有时候美得令宾客们叹为观止，在一旁摄影的我心中十分骄傲。当人们走进教堂或帐篷时，眼前的美景总让他们倒抽一口气，而且也总会成为众人谈论的话题。作为英国广播公司的前舞台设计师，母亲将自己的职业专长与对花卉和乡间花园的热爱完美地结合在了一起。

起初，婚礼摄影是一份让我神经紧绷的工作。我觉得压力颇大，不过做得多了，紧张情绪便渐渐缓解，我甚至开始享受这份工作。然而，这是份累人的活计，我得工作整整一天，有时会直至深夜。我全程站着跑前跑后，同时还要谨言慎行，保持仪态和专业性。有些婚礼着实令人难忘，我常常吃惊地发现自己投注了大量的时间和心思，仅仅是为了捕捉到这些婚礼上每一个美妙的细节。只要有条件，我就会采用自然光线。

一天之中，我最喜欢的部分是穿行在宾客中间，拍摄那坦诚相见的欢乐时刻，看着喜悦之情萦绕在一对新人周围。拍大型集体照时，我不得不逼自己显得自信些。有时候，会有四百多人站在大路旁边，等着我把他们拍下来。这是个挑战，但是肾上腺素和对摄影的无上热爱总能让我圆满完成使命。

一切似乎都已各就其位。工作很多，我们时常整日地忙碌，但心里觉得生活日趋圆满。我们也讨论过生孩子的事，不过因为从海外回到英国定居的种种适应问题，一直觉得时间不对。我喜欢把窝铺好，而且要万事俱备，但当下这一刻让我觉得准备已经够充分了，于是我们决定，该开始谱写生活的新篇章了。我想象着我们有了一个孩子，男孩或者女孩。小家伙在田野里奔跑，学着骑马，在我成长和热爱的这片土地上享受美丽的乡间生活。我们在厨房里讨论着生孩子的事，米奥斯卡就卧在我膝头。我们笑着谈到米奥斯卡对新的家族成员会作何反应，多希望孩子能和我们的猫一起玩耍。P-J 则更期待未来的探险，想象着和孩子一起旅行，让孩子那双天真的眼睛去发现遥远的世界该多么有趣。我们都很兴奋，觉得能把生活向前推进是再好不过的事——当然会有些害怕，却着实令人兴奋。

新年的时候，我怀孕了。我们很高兴，但试着保守这个秘密。不过，星期日午餐的时候，我忽然不喜欢葡萄酒了。父母很快看出了端倪，母亲笑逐颜开地拥抱了我。我们一家四口都为这即将到来的小宝宝兴奋不已，这也是我父母的第一个孙辈。P-J 家里有兄弟姐妹三人，他是第一个结婚的。我也是我们家第一个结婚的人。顷刻间，我被淹没在各种拥抱里，想到一个新生命就要在我们这个大家庭中诞生，每个人都欣喜若狂。我父亲从不是那种掩饰感情的人，当我们带着父母家的狗一起去我小时候骑过马的那片老农场散步的时候，他会忽然拥抱我，紧紧地攥着我的手。看到我们就要进入人生的新阶段，想到自己要见到第一个外孙或者外孙女了，他就喜不自胜。他们翻出了我和哥哥小时候穿过的衣服和玩过的玩具，我们还一起购置了需要准备的东西。我父母聊遍了将来可以和这个外孙或外孙女一起做的事，想陪伴他或她长大成人。父亲想去钓鱼和度假。母亲更喜欢山里，所以想和我的孩子一起滑雪，P-J 的母亲则想陪孩子骑马。两边的长辈都轻易忽略了为人父母最艰难的头五年，直接跳到那快乐的部分。他们甚至谈到了孩子上学的问题，还做了一番研究。那时，我的工作也正逢旺季，整个夏天的婚礼都预订好了。其中有些婚礼接近我的预产期，所以我又预备了更多的人手，找好了替补摄影师。不用去外景拍照片时，米奥斯卡躺在我膝头，我编辑着照片，备感幸福。最后一次B超显示，我腹中的女宝宝一切正常，我趁着工作间隙把婴儿室准备好了。

之后的一天早上，有人来敲门。一个神色慌张的男人站在门口。他说路上有只猫被车撞了，肇事司机已经把车开走了。我们是最近的一户人家，所以他觉得那可能是我们的猫。

我朝路上望去，看到了她。米奥斯卡躺在地上一动不动。我急忙跑过去，脱掉套头衫，把她裹好抱回家。她还有呼吸，但十分微弱。我抓起车钥匙，把她放在副驾驶座上，然后又跑回屋子大声喊当时在楼上自己那间办公室里的P-J。我瞥了一眼站在门口的丈夫，就急忙上路了，根本来不及多说什么。

在去兽医院的路上，我意识到她要离开我们了。我觉得自己快失控了，泪水顺着脸颊流下来。还没来得及做手术，她就死在了我的怀里。

我实在难以相信她就这么走了。我多希望她能站起来抖抖毛，希望听她喵喵叫，让她用头蹭我。我伤心欲绝。这个小生命陪我度过了最艰难的岁月，是我最好的朋友。因为有她，我从不觉得孤单；没有了她，房子显得空荡荡的。我们把她埋在院子里。一连好几个星期，我都坐在院子里的苹果树下想着她。那些我们的孩子和米奥斯卡一起玩耍的遐想刺痛着我的心。想到那再也不可能实现了，我就心如刀绞。

不知是孕期荷尔蒙起了变化，还是突然失去爱猫的缘故，我发现很难从那天的伤痛中恢复过来。米奥斯卡已经成了我们家庭中极为重要的一部分，我非常怀念她。自此以后，我开始难以应付怀孕带来的各种变化，尤其是对生产的恐惧。

离预产期越近，我越害怕医院。我提出了在家里生产的要求，但被告知无法保证一切顺利。接下来去参观产房的时候，我发现那里混乱不堪，所有人都忙作一团。吵闹声和不断更换的护理人员让我担忧，我渐渐失去信心。关于生产的一切都带上了恐怖的意味。每当想起医院，我都会心跳加快，喘不上气来。

于是，我开始寻找其他解决办法。我想找一位私人助产士，让她帮我恢复自信，积极地看待这场体验。我找到了苏，一位好心肠的充满母爱的助产士。她协助我重拾信心，甚至成了我的朋友，在许多方面给予我帮助。她的经验和与我共度的时光重塑了我对未来的设想。她教我要有耐心，还要不断地尝试，最重要的是相信我的身体和直觉。上过辅导课后，我觉得体内注入了新的力量，不再害怕了。我开始想象孩子将来的样子,体会她的性格。每当音乐响起,她就和着节拍起舞，爵士乐是她的最爱。大自然让我心神安宁，于是空闲的时候，我和 P-J 常常去户外散步。我们从后门出去，穿过花园和栅栏，沿着散步道朝长满荆豆的小丘走去。站在那座小丘上，你可以望出去几英里，看到附近的小镇甚至更远的地方。我们聊着她将来会是什么样子。我有一种强烈的感觉，我们的孩子会在某方面与众不同，因此想为她取一个特别的名字。我也知道为人父母者几乎都会这么想，所以我的直觉也许并没有什么特别的，但有时我会想，那种感觉是不是一种征兆，是不是我的身体比任何测试都更了解腹中的宝宝。

我从没见过我的外婆艾瑞斯，母亲怀我的时候，她就去世了。我的家人总是满怀爱意地谈起她，每个人在提到她时都面带微笑。楼梯

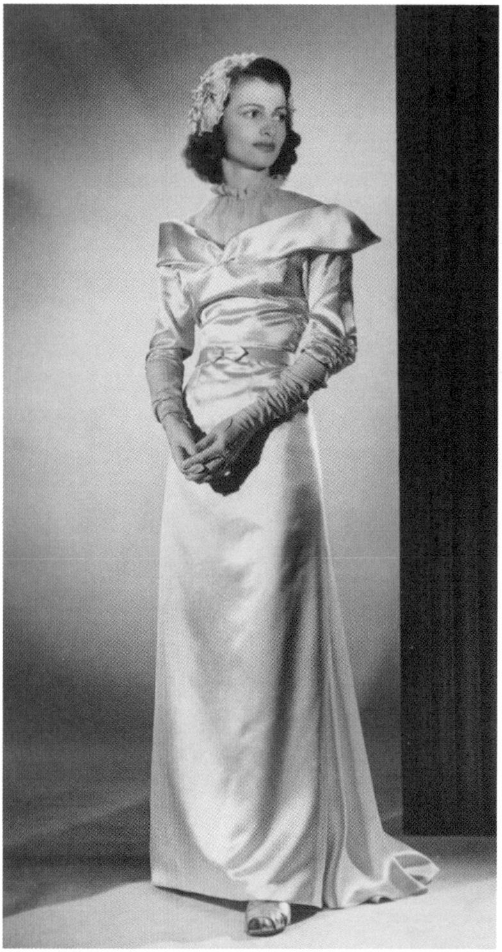

顶端挂着她的肖像照，屋里也到处都有她的照片。她成了我孩提时代的一个超现实的存在。在我眼中，她人美，心灵也美。她的大眼睛、褐色的头发和优雅的身姿让我迷醉。我通过她的个人物品了解她，比如瓷器、首饰、她绣的刺绣和画的画。我穿过她的衣服，有些居然再度流行起来。通过一个人的物品体味这个人的人生，想象她的所爱所感，是很有趣的事。这当然不同于直接认识这个人，不过这些东西对我意义非凡。她的温柔，她对艺术和自然的热爱遗传给了母亲，母亲又遗传给了我。所以，当我们考虑给孩子取什么名字时，“艾瑞斯”成了我的首选，而“格雷斯”则是P-J的最爱，我也很喜欢“格雷斯”这个名字，不为别的，只因为它的优雅与美丽。

你能听到我说话吗，艾瑞斯？但愿你现在已经很熟悉我的声音了。我迫不及待地想听到你的声音，了解你的所思所感。我在耐心等待你的到来，随着日子一天天过去，我越来越兴奋。今晚我能感觉到你随着音乐跳起了舞。你在我最需要的时候给予我能量。当时我正在为这个夏天的最后一场婚礼拍照，乐队开始演奏，你居然随着节拍踢腾。有你在肚子里跳舞，我怎么会感到疲惫呢？你让我忘掉了身上的痛楚，忘掉了在日光下暴晒的漫长的一天。你特别喜欢音乐，是吗？我有种预感，音乐会给你带来许多慰藉和欢乐。

请给我时间，让我们一起学习和体会音乐。让我们一起努力，把你外婆的话记在心头："一切都会过去的。这只是一个阶段而已，不会永远持续下去。"在艰难时刻，这些话将带给我们力量。无论如何，我希望你知道我们有多爱你，你并不是一个人。所以，我们等待着你的到来。我们已经尽全力准备好了一切。到时候你就知道了。

2

她小小的身体依偎在我身旁。她似乎很快就融入了这个世界，找到了适合自己的位置，并将坚持下去。她直着身子靠着我，头枕在我的肩膀上。

“你成功了！”P-J 一边说一边亲吻我，满面笑容地握着艾瑞斯的小手。她长着一头浓密的深棕色头发。即使在厨房做饭时，我也尽量一直抱着她。我们与我们的小艾瑞斯·格雷斯见面的时间比预期的要早几个星期。她在二〇〇九年九月初出生，重七磅三点五盎司，一头棕发，蓝眼睛。

我不会故作轻松地说生孩子是件多么容易的事，但从不后悔做了在家生产的决定。助产士非常尽职尽责，我完全信任她，从来没有感到害怕或担心，不过我的确需要一些空间，并让周围保持安静。我在屋子里转悠，走进水池，又从水池里出来，爬上楼又下来，一个人静静地躺下。我想放点音乐，之后又让它停下来。我随心所欲，完全依照身体的需要，所有人都尽量满足我的要求。我知道这对首席助产士、副助产士和 P-J 来说也不是容易的事，他们整整陪了我一夜。我好长时间不吃东西，精疲力竭却不想吃——就是没办法吃下去，这着实让他们着急。我只想放空一段时间，让身体不受外界打扰地好好休息，来积攒生产所需的力气。

我和助产士在一起的时候，P-J就把艾瑞斯抱在臂弯里。我永远忘不了他当时的表情，他们父女俩就好像待在一个与世隔绝的泡泡里。闭上眼，我还能听到他轻柔的话语。

“嗨。你好吗，艾瑞斯？你真的好酷！你真是太棒了，一切都很完美。你妈妈在这儿，她很快就会好起来的。别担心，小艾瑞斯，我会好好保护你。一切都会好的。我们会让人生变成一场奇妙的冒险之旅——等着看吧。”

我休息到有力气换到另一个房间去，躺在那里的沙发上。我有了个舒服的窝，有毯子、茶和糖浆蛋糕。艾瑞斯在我怀里，一切都令我舒适而安心。看着艾瑞斯戴着助产士送的小婴儿帽，我笑了。我的小精灵看上去心满意足。她在睡，我在休息，接下来该招呼她的第一批访客了，那便是她兴高采烈的外祖父和外祖母。

我父亲将艾瑞斯抱在怀里。很显然，艾瑞斯立刻给他留下了深刻的印象。他坐在一张扶手椅上，母亲跪在他身旁，两人无比慈爱地望着艾瑞斯，禁不住喜上眉梢。父亲把她递过去让母亲抱一抱。“小心她的头，从这儿托好。”母亲提醒着父亲。看着父母抱着他们第一个孙辈，我也感到无比享受。这一刻我明白了，无论将来发生什么，艾瑞斯都会有大家的陪伴和大家的爱。

那年的圣诞节既美妙又让人耗神费心。节日过后，我们开始计划给艾瑞斯做洗礼。但艾瑞斯的睡眠时间越来越难以预测，让人无法琢磨。一个星期又一个星期过去，我们慢慢地对睡眠毫无掌控力了。每天晚上哄她睡觉成了一项艰巨的任务：她只肯趴在我的肩膀上，听着音乐由我在屋子里踱来踱去，或者抱着她坐在摇椅里。让她保持睡眠状态也成了不可能完成的任务。她睡一两个小时就醒过来哭，再次感受到我肩膀的温暖和我的身体随着音乐律动，才肯止住哭声。这个过程实在让人精疲力竭，似乎每次都是刚刚把她哄睡，就被她吵醒了。我们抱着她从父母家出发去教堂时，艾瑞斯居然穿着受洗袍睡着了，这让我觉得实在走运。她闹了一晚上，也累了，这对我来说成了一件好事：整个仪式上，她都安安稳稳地睡着，最后勇敢地接受了牧师在她额头洒的圣水。

洗礼过后，关系亲近的亲友和我们一起回到教堂对面的父母家吃午饭。艾瑞斯开始觉得不舒服，我给她换上柔软的衣服，可她仍然不愿意让别人抱着，除非是家里的主要成员。她喜欢《她会从山里回来》那首歌，这也是唯一一样让她在楼下的人群中安静下来的东西，所以我们都唱起那首歌给她听。但她看上去更需要远离嘈杂。看到她无法适应有其他人在的场合，而且反应越来越大，我不禁担心起来。她不像我曾拍过照的那些婴儿和孩子一样喜欢别人的陪伴。她有时会和我们频繁地互动，而且有眼神的交流——她会笑起来，甚至学我们的模样，但这些能力的发挥非常不稳定，甚至有些忽冷忽热。当她忽然需要距离的时候，我有种她正要漂走的感觉。有时候，她似乎做起了白日梦，但比梦更强烈，她的眼中会蒙上一层忧伤，似乎对眼前发生的一切都视而不见。有一阵子，我们甚至开始担心她是不是听力有问题，因为她不会对突如其来的声响——比如我们忽然走进屋里——有迅速的反应。不过，情况并不总是这样，所以我们没有找到切实的证据证明什么。当我对医生提起这种担忧的时候，他们说孩子现在才六个月大，担心还为时过早，目前来看，她依旧是个快乐健康的宝宝。他们说，我只是因为初为人母，缺乏睡眠又疲于照顾孩子，所以有些多虑了。这些话让我的焦虑有所缓解，甚至为提起这些而尴尬。缺了那么多觉，你会开始怀疑自己的每个举动。医生的宽慰让我稍稍安心了一阵子。

七个月大的时候，她深棕色的头发开始脱落，长出浅了许多的金棕色头发。八个月大的时候，她开始会叫“大大”和发各种不同的音。她经过了婴儿成长的各个里程碑，也许有些地方做得并不好，但也不足以大惊小怪。但睡眠的问题依然存在。

“明天会好的。”我轻声对艾瑞斯说。我们一起躺在摇椅里，她紧紧地抱着我。我们已经经历过很多不眠之夜和许多个星期的辛苦时光。缺乏睡眠的负面影响日益明显。很多次，我在开车时不得不停下来，因为光线刺痛了眼睛。我甚至要同时戴着遮阳帽和两副太阳镜。路人会投来异样的目光，但我已经不在意这些了。我打开车窗让新鲜空气吹进来，唯恐开着开着就睡着了。

夜晚一小时一小时地过去，艾瑞斯像个骑士一样跟困意斗争。我挣扎着陪她醒着，她却决心让身体每个部分都远离睡眠。白天，我已经习惯了一阵阵的晕眩和恶心，这似乎是永久性极度缺乏睡眠的症状。

随着艾瑞斯最喜欢的钢琴曲摇着她，我意识到这样下去实在不是办法。必须做些改变，因为我们的招数都用尽了。多亏了家人的支持，我才能苟延残喘：我母亲几乎每天都会送来做好的饭菜和三明治，P-J 则帮忙购物。趁着艾瑞斯白天睡觉的那珍贵的几小时，我会尽力做些工作，比如编辑婚礼照片或发出报价等。

《星期二的孩子》，丙烯颜料，2013 年 6 月

艾瑞斯的身体放松下来，我感觉她的呼吸更均匀了，她终于快睡着了。现在是关键的过渡期，堪比一项极其微妙的军事行动。首

先，我要从摇椅里站起来，绝不能让椅子发出任何恐怖的吱嘎声，接着要以流畅的动作把她抱到宽大的单人床上，然后让她侧着身躺着睡——整个过程中还不能把她盖的毛毯碰掉。我稍稍等得久了点，推迟了这决定性的一刻的到来。我吻了吻她，然后哭了起来，我本想忍住的，但实在无法控制。为什么这么难？为什么她不能好好睡？我深知这不正常。这不是普通父母会经历的。我感到一定是哪里出了问题，但又不知道真相究竟是什么。这种无助和绝望痛彻心扉。我们都被这问题拖着坠向了深渊。别的父母似乎都能熬过照顾新生儿的缺乏睡眠的阶段，我们却越陷越深。母亲的话在我脑中回荡："都会过去的。这只是一个阶段而已，还没等你意识到，它就已经过去了。"接着，我仿佛在脑海里听到了自己的呐喊："这些都没过去！我到底做错什么了？"

一岁生日过后，艾瑞斯的行为问题愈发严重，睡眠紊乱也更加明显。她对书表现出极为强烈的兴趣。在能灵活地用手指翻书之前，她就会躺着用脚翻书了。她保持这种姿势，一看就是好几个小时。等到可以完全控制自己的手指时，她更是全身心地沉浸其中。如果在看书，就算周围突然一下子变得闹哄哄的，她也连头都不抬。她似乎被连到了书上，与书中的世界建立起了一种强大的联系，仿佛书创造出了一个透明的球，将她包裹在其中。

一天早上，我正在编辑照片，艾瑞斯在我的工作间里玩。电脑上的时钟显示，该给艾瑞斯喂饭了。我不由得深思起来。艾瑞斯已经在我工作间的地板上玩那本书玩了好几个小时，注意力从未分散过。她一页页地看着，手脚并用地翻书。起初我感到非常骄傲，因为我的宝宝居然可以如此聚精会神，甚至敌得过六岁的孩子，但紧接着忽然意识到，她不是六岁的孩子，而是一个小婴儿。

一瞬间，我仿佛能听到所有的声响：电脑的嗡鸣、艾瑞斯翻书的声音和我自己的心跳。我的心跳得很快，身上感到一丝异样的寒意：一定是出了什么问题。整整一个早上，艾瑞斯都不曾试图引起我的注意。我一边工作一边唱摇篮曲，她却一直开心地集中精力对付一本书，而我并没有意识到就算我不在她旁边，她也根本不在乎。她生活在自己的世界里，一个完全不同的世界，把精力全都投注在书和那些彩色的页面上。她几乎没试过咿呀学语。八个月会说“大大”的时候，她还发出过另外几个音节。但之后的几个月里，她变得越来越沉默。我们知道她有能力说话，但艾瑞斯却不说，这着实令人沮丧，似乎她对开口说话完全没有兴趣。我已经善于通过观察艾瑞斯的肢体语言和她的眼神来理解她，这多少减轻了我们的沮丧。旁人好心的建议则让我觉得，是我为她做得太多，处处预想到她的需求和愿望的缘故。当她想要某样东西时，会试着自己拿到它，如果够不到，我就会帮她。但我们也许可以抓住某些机会，逼着她试着用语言沟通。不过大家没有看到，我已经尝试了很多次，这些场景带给艾瑞斯极大的压力，而严重缺乏睡眠的我根本应付不来。看到一些片段就下结论实在是再容易不过，但只有父母最清楚出了什么问题。几个月前的不安再次袭来，而且变得更迅猛更强大。她到底怎么了？

从四个月大时起，艾瑞斯有了一个像爱书那样的新爱好，那就是

《猫和老鼠》。她会一直看这些卡通片，直到累得不行。等到她满周岁，我们已经集齐了整套的《猫和老鼠》。这部片子给她带来那么多欢乐，我不觉得有什么害处。我十分了解她温柔的性格，知道她不会仅从表面的图像去理解这部动画片，但许多人觉得她这么小就对如此具体的东西感兴趣，有些令人担心。她会因为那些玩笑而歇斯底里地大笑，

手脚仿佛有了自己的生命，和屏幕上的画面联动，这部片子带给她的兴奋与我们感知到的似乎截然不同。

音乐也有类似的效果。听音乐的时候，她的手会在空中挥舞，小小的手指绕动着，感受着音乐。她的感官好像被高度激发了，有时变得十分敏锐，甚至欣喜若狂。她能连续几小时集中精力，不需要片刻的停歇。对于刮过街边树木的风，或者水和自然的流动变化，她都有类似的反应。看着她这样全神贯注，我们迷惑不解：一个年幼的孩子对外界有这般的专注力，这种情况之前只存在于我们的想象中。当时，我不知道这意味着什么，或者为什么会发生这样的事，但是我们的确能看到和感到，她在一个与我们不同的层面上感受生活。有时候，她这种深刻的感受力会成为一种毁灭性的力量。在社交场合，面对众人的闲聊和各种肢体互动，她变得冷漠或者紧张，开始号啕大哭，无法控制。如果不马上离开那儿，她会烦躁不安。她对细节的重视，她在短暂的时间内对大量信息的把握有时让人吃不消。她只要进入一间屋子，就一览无余地把屋里的东西悉数看过。如果我把某本书或某样玩具从她上次放下的地方拿走了，她会立刻觉察并焦虑起来。她看着那件物品曾经待过的地方，爬过去把手放在那个位置，接着开始哭泣，直到我把东西放回原位。假如她够不着那个地方，事态会更严重：她会哭到声嘶力竭，而我要花好大力气才能弄明白到底是什么东西被动过了。必须把这件物品精确地放到原来它在地板上的位置，哪怕你只挪动了一厘米，她都能发现，然后将它放回去。这些严苛的要求不仅限于她的玩具和书，她对衣服也非常执着——柔软的纯棉连体服、T恤衫和宽松舒适的短裤还好，如果有任何复杂的设计，比如纽扣、拉链、太多的细节或标签就不行。紧身衣、袜子和鞋子对她来说仿佛是酷刑，连身裙更是想都不用想。我们外出时，人们往往误以为她是男孩，不过我已经没精神在意这些了。

有时依照惯例，会举办由妈妈们组织的游戏聚会或新生儿俱乐部聚会，那几个星期都是让我们备感伤心的日子。我把艾瑞斯心爱的玩具和书装进袋子，闭上眼睛祷告说，但愿今天，哪怕只有这一次，我们出门后会顺顺利利，艾瑞斯能像别的孩子一样玩得开心，而不是躲在钢琴后面，把彩色铅笔按顺序排整齐。我祈祷当我把目光从她身上移开，然后再转身看她时，她脸上会挂着笑容。噢，我是多么希望自己的祈愿可以成真，可是再多的祈祷或期盼都不会改变结局。

我一次又一次地试图享受聚会的快乐，却一败涂地地再一次回到车里。如果有孩子跑到艾瑞斯身边，艾瑞斯会异常不安，然后躲到钢琴下面，去研究地毯上一个小小的污点。我只能带她回家。我还要让她经受多少次这种情况呢？她才只有一岁半。一天，在一次痛苦的经历之后，我做出了决定。她显然讨厌这种聚会，这种事也让我不堪忍受。我对她承诺，再也不会这么做了；我不会再让她经历那种痛苦，我们一定会想出解决的办法。我回忆了一下我们试过的外出活动，我是如何在缺乏睡眠的状态下被说服，签了一整个学期的婴儿健身项目；艾瑞斯是如何将注意力集中在眼前有趣的器械之外的东西上，她是如何在离游戏垫几厘米的距离，细致地观察垫子上极其微小的瑕疵，而别的小朋友却已经在绕着屋子行走，玩平衡木、滑梯和蹦床。不痴迷于这些细节的时候，她会跑到网球场的球网旁边，试图弄清网的编织方法。她可以做任何事，就是不参与集体活动。圆桌聚会尤其痛苦，每次我们都不得不提前离开，因为艾瑞斯会尖叫着跑过走廊冲出前门。但是一到外面，她就停止哭泣，立刻恢复平静。她巴不得快点逃离现场，回到我们的车上，享受那里带给她的安全感。而我也渐渐有了同样的感觉。

我无法忍受别的家长的表情——起初他们脸上是惋惜的神色，接着是沮丧，因为我们扰乱了集体活动。我们成了被放逐的人。至于为什么，我根本说不上来，也无法理解。我唯一明白的是我们格格不入。任何婴幼儿都会经历的活动，我们都无法适应。即使是去游乐场，也要付出极大努力才能成行。其他孩子开心地滑滑梯，被妈妈推着荡秋千，在沙堆上玩耍，或者坐在大转盘上兜风，艾瑞斯却仔细研究着游乐器材上的螺钉螺母。她完全没有坐在这些器械上的兴趣，只是渴求知识，希望了解它们的工作原理。每次去都会经历一模一样的事，她按照上次的顺序，回到同样的器械旁边，非常系统地检视完整个游乐场，再对我示意下一个要看的地方。在秋千上，我的确有了一点进步。但是她必须坐上同一只秋千，别的母亲实在不理解为什么要让自己的孩子专门给艾瑞斯腾地方，好让她坐上最喜欢的那只秋千。她执着于那只秋千是有原因的，其实就是一个简单的细节：这只秋千锁环之间的接口比较光滑，别的则粗糙一些，艾瑞斯喜欢让光滑的锁环接触她的皮肤。

于是，我开始挑游乐场比较清静的时候带她去，让她坐上那只秋千。我发现人少的时候她就会放松得多，所以我们常常大清早去游乐场。那段时间内，唯一的敌人是穿过游乐场的扫地车，不过那辆车很快就开过去了，艾瑞斯也明白。她把头埋在我的夹克里，我护着她的耳朵，尽量减少车的噪音对她的干扰。

对于艾瑞斯来说，外面那些无法预测的事很让她苦恼：孩子们突如其来的尖叫，汽车的嘀嘀声，警报声，人们聊天的声音、对着朋友

《日出时分的音乐》，丙烯颜料，2013 年 3 月

或跑远的孩子大喊的声音，还有不同的手机铃声在四处响起。我们去咖啡店的时候，咖啡机的吱吱嘎嘎、刀叉的叮当声和椅子刮擦地面的声音都吓得艾瑞斯往后缩。这些突如其来的声响似乎侵入了她的世界，它们在她周围回响，惹得她哇哇大哭。星期日去父母家吃午饭时，如果正在直播世界一级方程式锦标赛，父亲就会调高电视机的音量，这时，艾瑞斯不是变得非常好动，就是开始烦躁不安。每次遇到这样棘手的场合，我都恨不得马上把她抱起来带回家去，因为在家里我至少可以想办法改善环境，减少这些触发因素。这种想法导致我们一连几个星期尽力躲开公众场合，我甚至觉得自己变得离群索居。我还在努力经营婚礼摄影的生意，所以周末大部分时间都在开会或者参加婚礼。我的生活出现了两个极端：周末工作时与人互动频繁，社交多到令我身心俱疲；星期一到星期五的日子，我却关在家中与世隔绝。

待在家里，或者被带去婚礼场馆和摄影地点，又或者是去探索教堂或花园时，艾瑞斯是最开心的。我很快摸清了她有多喜欢花园，那是唯一一个不会让她退缩到书里的地方。她在花园里玩得很开心，我也有同样的感受。我们一起欣赏各种花，我把看见的东西讲给她听。散步也是一种舒缓情绪的方法，我每天推着童车沿着乡间小路走，她盯着头上的遮阳篷。但这样的时候也不是一帆风顺，艾瑞斯无论如何都不愿意在脚上穿东西，袜子和鞋子都不行。当天气转凉的时候，路人会投来责备的目光。我看得出他们是怎么想的，只得用毯子盖上她的脚，可她那粉红色的小脚像弹簧玩偶匣里的小人儿一样立刻弹跳出来，貌似是铁了心要感受外面的凉意。

二〇一〇年夏天，艾瑞斯十个月大的时候，我们尝试过各种各样的外出活动，但是同样的问题一再发生。症结似乎在于周围的人，尤

其是她的同龄人。她讨厌那些孩子无拘无束地活动和疯玩的样子。为什么普通的生活对艾瑞斯而言是一种挑战，我开始研究，试图找到答案。P-J 也开始注意这个问题，还在家临时做了几次测试，确认艾瑞斯的听力没有问题。六月，他的父亲去世了，全家人度过了一段黑暗的日子。这对 P-J 是一场沉重的打击，让他悲痛不已。他忙于料理父亲的身后事，先是葬礼，接着是遗产查验以及各种大小事宜。我不想再给他增加负担，只好一个人查找原因。

我很幸运地得到了母亲的支持。一次游戏聚会后，我委屈地含着眼泪来到父母家门口——艾瑞斯与普通的孩子不一样，这已经明显到再也无法否认。一定是出了什么问题，我仿佛挨了来自现实的重重一击。我一直担心，但还是暗自期待她只是需要更多的时间发育。可是艾瑞斯和同龄孩子的差距正变得越来越大，我们越是对外人装作一切都好的样子，我心里就越难过。

我过着双面的生活，说着人们期待我说的话：一切都好，我们很好。

我用微笑掩饰真实的感受，可如今再也笑不下去了。以前还可以轻松地应付，艾瑞斯长得漂亮，惹人喜爱，总有借口搪塞她在外人面前的奇怪举止："她昨晚没睡好""在长牙呢""肚子不舒服""我忘带她最喜欢的玩具了"……但我处在崩溃的边缘，已经没法假装下去了。

虽然认为她能听到我们的声音，但也无法忽略另一个事实：她的听力也许有某种问题，这样才能解释她在语言发展方面的迟滞。她能发出的声音依然仅限于"大大"和"妈妈"这一类最初的尝试。事实上，她甚至有些倒退，我们听不到任何其他的尝试。她仅靠寥寥几种肢体语言和我们交流，而且非常独立。与她同龄的孩子现在已经学会了许多单词，开始拼凑简短的句子了，可是她几乎不需要我们的关注，大多数时候，如果我们试着去关注她，她便会大哭或者逃开。除了在我面前，她这种回避的趋势愈演愈烈。当我们母女俩独处，并且屋子里很安静时，我还能瞥见一丝她最好的样子，但是也越来越罕见了。我只能从左侧喂她，而且要没有旁人在场。这些要求从哺乳期开始形成，如今我们只要递给她东西，甚至是一只水瓶，都必须遵守这个规矩。她在很多层面都变得敏感，她对社交的排斥和对嘈杂场所的恐惧让我们不能再无视下去了。

我们开始测试她的听力。但是看了好多次医生，做了许多测试都没有定论。沮丧的P-J找到了剑桥郡的一家慈善机构，他们可以为艾瑞斯做全面的听力检查。有了前面的测试结果，我们能提供足够的信息来加快这次系统检查的进度，于是带她在本地医院做了脑干听觉检查，对她的听力做最终判断。医生给艾瑞斯注射了镇静剂，然后把电极片贴在她的头皮上，获取内耳发出的信号。这些信号沿着神经到达脑干，然后到达大脑。

测试完毕，我们在等艾瑞斯醒过来，医生则在分析数据。我忍不住回想起自己读过的那些资料，要是她真的聋了，我们该怎么办。我已经开始学习手语了，但这种可能要面对的现实依然令我忧心忡忡。这不是在网上搜索一下那么简单，可能就是我们今后的生活——艾瑞斯今后的生活。

想到这么久以来，她也许根本无法听到我的声音，我就十分伤心。我不知道如何与生活在隔绝世界里的她建立情感联系，无法用声音表达令我感到绝望无助。与此同时，我又困惑不解。为什么她会对音乐有强烈反应？难道她只是感觉到了振动？那就是她如此敏感，甚至可以用手指感觉音乐的缘故？候诊室的四壁似乎朝我压过来，我只好在走廊里踱来踱去。我迫不及待地想离开这里，但是我们必须面对现实——为了艾瑞斯，我必须坚强。

她醒来的时候，我抚摸着她的前额，告诉她我爱她，一切都会好的。但我根本不知道她是否听得见我在说什么，想到这里，我忍不住要哭。医生穿过走廊走了过来，手里拿着艾瑞斯的资料。他跟我们解释了测试结果。正如我们希望的那样，事实上，她的听力甚至好过常人。她听任何东西都不成问题。

有了这个答案，稍稍有那么一会儿，生活似乎不太艰难了。专家没有提到任何形式的跟进调查。听说艾瑞斯的听力很好，全家人都松了口气，因为忐忑不安而时刻紧绷的弦终于暂时放松下来。然而这片刻的安逸导致我们更加难以应对后来的情况。

我们决定度一次假，艾瑞斯出生之后的头一个假期。她还那么小，不满两岁，但是特别喜欢大自然，所以我们觉得西南部沿海的康沃尔郡应该是个完美的选择。二〇一一年五月，我们趁着旅游旺季到来之前，驱车三百一十英里南下，来到美丽的海岸边。车里塞满了东西。我几乎把整个儿童图书馆和游艺室都塞进了后备厢，此外还有小水桶和铲子。以前我曾期待产后的第一个假期在南部的怀特岛郡度过，因为我曾和哥哥在那里玩得很愉快，我们用沙子做城堡，划船，去岩石围成的水洼里探险……车拐了最后一个弯，眼前出现了乡间的单行道，海岸终于展现在我们眼前。青绿色的海水和曲折的海岸线真让人兴奋。

我们继续向前开，寻找租的小屋。一路上，艾瑞斯非常乖，但是我们都累坏了，迫不及待地想伸展一下四肢，边欣赏美景边喝一杯茶。可是到小屋的路线很不好找，我们最后不得不开到房东家，再退回正确的路口拐进去。P-J 沿着蜿蜒的陡坡倒车的时候，我们的车滑到了海岸边，乘客一边的后车轮悬空，离下面的陡坡只有一米半，悬崖也近在咫尺。

“哦，这真是太棒了！”我又急又气地讽刺，“现在怎么办？”

“我觉得你们俩还是先下去吧。小心点。”P-J 也被吓了一跳。

我转身把艾瑞斯从位子上抱起来，把她递给 P-J，然后小心翼翼地打开我这边的车门。我从车里爬出来，把艾瑞斯抱到了安全的地方。P-J 也轻轻地下了车，我们坐在那里看着眼前的窘境——车子底盘着地悬在那儿，旁边是午后阳光下美丽的海景。P-J 毁了这个假期的开端，这让我有些生气。当然，看到全家安然无恙，我松了口气，却惴惴不安：我们一直憧憬着这个假期，在家里经历了那么多反反复复的不眠之夜，急需换换心情。我需要些戏剧性的变化来舒缓身心，旅行就是为了这个目的。结果都事与愿违，现在看来，我们遇到了更大的难题。我们商量着也许可以找当地有拖拉机的农民，不过很快就决定还是找英国汽车协会帮忙。这也许会花更长时间，但我们不想在假期之初就麻烦邻居。为了艾瑞斯着想，我必须保持冷静，所以我先抱着艾瑞斯步行去度假小屋，留下 P-J 给汽车协会打电话。几个小时后，我们的车子终于又四轮着地了，我取出了后备厢里的行李，假期正式开始。

为了弥补初来乍到时遭遇的尴尬，P-J 建议我们晚上到海边散散步。他背着艾瑞斯，我们一家三口沿着美丽的海岸小路来到沙滩上。太阳低悬在天际，雪白的浪花上弥漫着金色的雾霭，我们在沙滩上走了一会儿。这对艾瑞斯来说有点挑战，不过趴在父亲背上让她很满足。大海绚丽多姿的美让我忘了一切，我们重新找回了内心的宁静，回到了度假小屋。

那一个星期充满了跌宕起伏。艾瑞斯第一次不需要旁人扶着，自己会走路了，这可是飞跃性的进展。我们已经巴望了好一阵子，担心孩子对于这个成长的里程碑能否顺利过关，所以再没有什么比看着艾瑞斯自己走过整间厨房更令我们高兴的了。这份幸福甜美而短暂，因为我们突然意识到，在远离尘嚣的海边小屋里，我们对孩子走路完全没有准备。我没带任何辅助器材，没有楼梯护栏，而我们租的这座小屋位于悬崖边，预订它的时候艾瑞斯还不能独立行走。

这里的夜晚比家里的还要难熬。整个假期，我都没有连续睡过一小时以上的安稳觉。我们的日常生活节奏改变了，这在艾瑞斯的字典里并不是好事。我常常在深夜听到她发出声响，看到她忽然笔直地坐起来，两眼迷蒙地盯着空中，和她说话她也完全不理会。接着她又在我身边躺下睡去。

对于玩哪些玩具，看哪些书，她显示出更多的控制欲。她要求我们把同一部卡通片一遍又一遍地播放；如果手中没有蜡笔，她就会很

烦躁。蜡笔只是艾瑞斯需要握住的一系列物品中的一件，对她来说，这些东西就像是一种慰藉。

一天，P-J 打算去潜水看姥鲨。他在汽车店租潜水衣的时候，店里几乎没人，所以艾瑞斯的表现还算不错。可是当我们出了门开始这场小小的冒险时，情况就没有那么美妙了。我带着艾瑞斯去了当地的

《太阳的碎片》，丙烯颜料，2014 年 1 月

小镇，镇上有各式各样的奇特小店。好吧，我只是假设它们是奇特的，其实大多数情况下根本没法进去。当我抱着她要进店里的时候，她似乎变成了一只海星，突然向外伸直手脚，抓住门框不放。如果我硬要进门，她就会展示出惊人的力量，并开始尖叫。要不是这场面有点喜剧色彩，我真的会当场哭出来。

结果我们只能回到汽车那儿，后备厢里有书和羽绒被，俨然成了临时的游艺室。我在悬崖顶的一处停车场停下，正是在那儿，我开始意识到自己不在家的时候，她的行为有多么孤僻。眼下，我没有母亲帮忙送餐，也没有花园作为避难所。我们需要去商店和餐馆吃饭，可艾瑞斯根本不可能进入那些地方：每当有人走近她或是周围太嘈杂，她就会大哭。我甚至开始怀疑这次旅行意义何在：是要逃避一切，还是要假装我们过着本应该过的生活？我们显然又遭遇了同一个问题，但最糟糕的是，我还根本不知道这个问题是什么。没人能给我任何解释。我得到了数千条关于为人父母的建议，事实证明其中的绝大部分都没有用。

后来我停好车，等着 P-J 潜水归来。不知道是开往海边的山路过于陡峭险峻，还是长期以来对艾瑞斯的忧虑让我亢奋了太久，我觉得很累。我只想睡觉，忘掉这一切，然后醒来，发现自己的人生正像以前规划的那样。好吧，事实并不太符合我的规划，并不是所有的事都能随心所欲，但我只希望我们能偶尔享受一下其他人轻轻松松就能享受的东西。我很久很久都没有好好睡觉了，已经无法正常思考。但是在这些表象之下，我非常清楚艾瑞斯一定出了问题，我们得知道那到底是什么问题。

P-J 回来了，把潜水器械扔进后备厢，吻了吻艾瑞斯，然后和我换了座位，由他来开车。

“好玩吗？”我装出兴奋的口气问道。

“棒极了！我们花了大概三十分钟乘船出海。船长警告说，也许我们根本见不着鲨鱼，接着我们就看到了三条！其中一条对我们的船很感兴趣。等到可以安全下水的时候，我看到最大的一条正朝我们游过来。它张开血盆大口，径直从我身下游了过去，我在上面把它看了个真真切切。”

“有多大啊？”

“大概八米长吧……你今天过得怎么样？”

“不太好。”我回头望了望艾瑞斯。她正沉浸在字母课本里。“再讲讲你的冒险，水冷吗？”

“特别冷。没过多久我就开始头疼，所以只能每次下去一小会儿，把头浸在水里，但这样也不虚此行。”

我听着P-J兴奋地讲述这场难以置信的探险之旅，分享他的快乐——那毕竟是巨大的姥鲨，一辈子只有一次的经历，听起来是颇为震撼的体验，而我却在不快中挣扎。

我们做了最大的尝试，但似乎大部分事情只会让艾瑞斯更加烦躁不安。有时候，我觉得她离我们越来越远，会把我们推到一边独自玩耍，不愿意看我们，避免任何接触。过了一会儿，她又满怀爱意地依偎着我，拥抱我，尽管她不会对P-J这么做。P-J很难和她建立联系，除非是为了某个特殊的目的，比如用婴儿篮背她的时候。在家里，身边总有分散注意力的东西，但那间海边小屋里只有我们三个人，而且我们都无所事事，这些问题就愈发凸显出来。

P-J在她身旁坐下，她挥舞着手臂朝旁边大喊，试图把他从她的空间里推出去。

“怎么了，艾瑞斯？”他试着去抱艾瑞斯，但她又把他推开了，然后大哭起来。

我示意他赶快离开。“她不想让你坐在那儿。”

“哦，那我该坐在哪儿？”他起身去了厨房，显然很不高兴。

我非常理解他的感觉，因为小屋里只有一张沙发和一把坐上去非常不舒服的椅子。我明白被推开的痛苦，但更不愿意看到艾瑞斯生气。我的第一反应总是解决问题，这就意味着 P-J 必须离开，我怀疑这也让夫妻俩的距离越来越遥远。这就像我们母女俩合起来拒绝他，可我太累了，只想着如何让家里恢复安宁。

更糟糕的时候，P-J 会评价说，他在不在根本无关紧要，可我不相信——我看得出来艾瑞斯是爱他的。不过这种信念很难坚持下去，因为我们的努力往往适得其反。当我们试图加入她的游戏时，多数情况下会惹得她哭起来，有时候连我和丈夫都会掉眼泪。她讨厌沙子粘在脚上，只要想把她放在沙滩上，她就会尖叫。当时我真想把那些色彩艳丽的水桶和小铲子直接扔下悬崖。这些事情时时提醒着我，这是她缺失的又一种普通孩子的成长体验，我又在生活的一个方面败下阵来。她唯一开心的事是坐在 P-J 背上的婴儿篮里。只有那时，她才会张开手脚，伸开手指，体会海风吹拂的感觉。

我只得承认失败。我们提前几天回到家中，希望能恢复些体力，重新关注眼下的问题。我需要答案。

对于艾瑞斯的许多怪癖和怪异行为，我们都一笑了之，但也有一些是难以否认的。P-J 认为她在某些方面发育迟缓，比如学习语言的能力，但是他听家里人说这种现象并不罕见，所以起初并不像我这样担心。乐天的本性也让他相信，假以时日，她就会好起来的。看到女儿全神贯注地盯着书的时候，他的眼神里充满怜爱。通常情况下，在我工作的时候都是他陪女儿，这至少可以为她的行为找到一个看似合理的解释——她不喜欢变化，希望我回家。可我知道这些只是借口，根本没有切中要害。她正慢慢滑进她的书构成的世界，我害怕如果我们不做些什么，很快就来不及了。

早前学到的沟通技巧，她已经丢失了很多。那时候，每当 P-J 摆出滑稽的样子逗她，比如在头上颤颤悠悠地顶着某样东西或挠她痒痒的时候，她还会咯咯地笑。拍照的时候，我还能透过镜头看到她偶尔露出笑脸，直视着我。但这一切都不见了。现在拍照的时候，她完全无视我的存在。我觉得她比以前更难以接近。甚至连拥抱都变得更短暂，几乎只有她精疲力竭需要睡觉的时候，我才能抱抱她。每当想让她看着我的时候，她就别过头，或者低头去看书。我猜想这也许是她如此爱书的原因：书给了她一种逃避的方式，为她敞开了另一个世界的大门，在那里没有人对她提要求，她可以毫无压力地去探索和发现。看到她在膝头放着一本书，大家都很高兴，也都接受这种行为，但其实看书给了她更多的个人空间，避免了与其他人面对面的交流。我甚至不记得上一次听到她说话，或者听她尝试着说一个单词是什么时候了。

一天晚上，我终于找到了答案。当时屋里很安静，艾瑞斯终于睡了，我打算开始已经养成习惯的夜间活动：拿着 P-J 的苹果手机爬上床，在舒服的被窝里上网。我一直在找答案，因为我心里清楚，艾瑞斯在某个方面跟普通孩子有本质的差别。

困扰已久的问题和沮丧在脑海中闪过，逼着我寻找线索。大约凌晨两点半的时候，我独自一人，无比绝望地在一个家长论坛上读到关于一个孩子的描述，和艾瑞斯非常相似。那个帖子描述了一个两岁孩子的事。我读了下去，翻阅其他母亲的帖子，直到看到一个关于危险信号的清单。我的眼睛里全是泪水——如果可以拿支笔在那个清单上打勾的话，我会全部勾上——直到我泪眼蒙眬地看到“自闭症”这个词。

我并不完全明白这个词的意思，但知道这将彻底改变我们的生活。之前为女儿设想的未来全都消失了，取而代之的是对未来的恐惧和不安。我立刻叫醒了 P-J。

“怎么了？” P-J 搂住我的肩，望着我。我的眼睛已经哭肿了，我擦掉眼泪，把手机递给他。

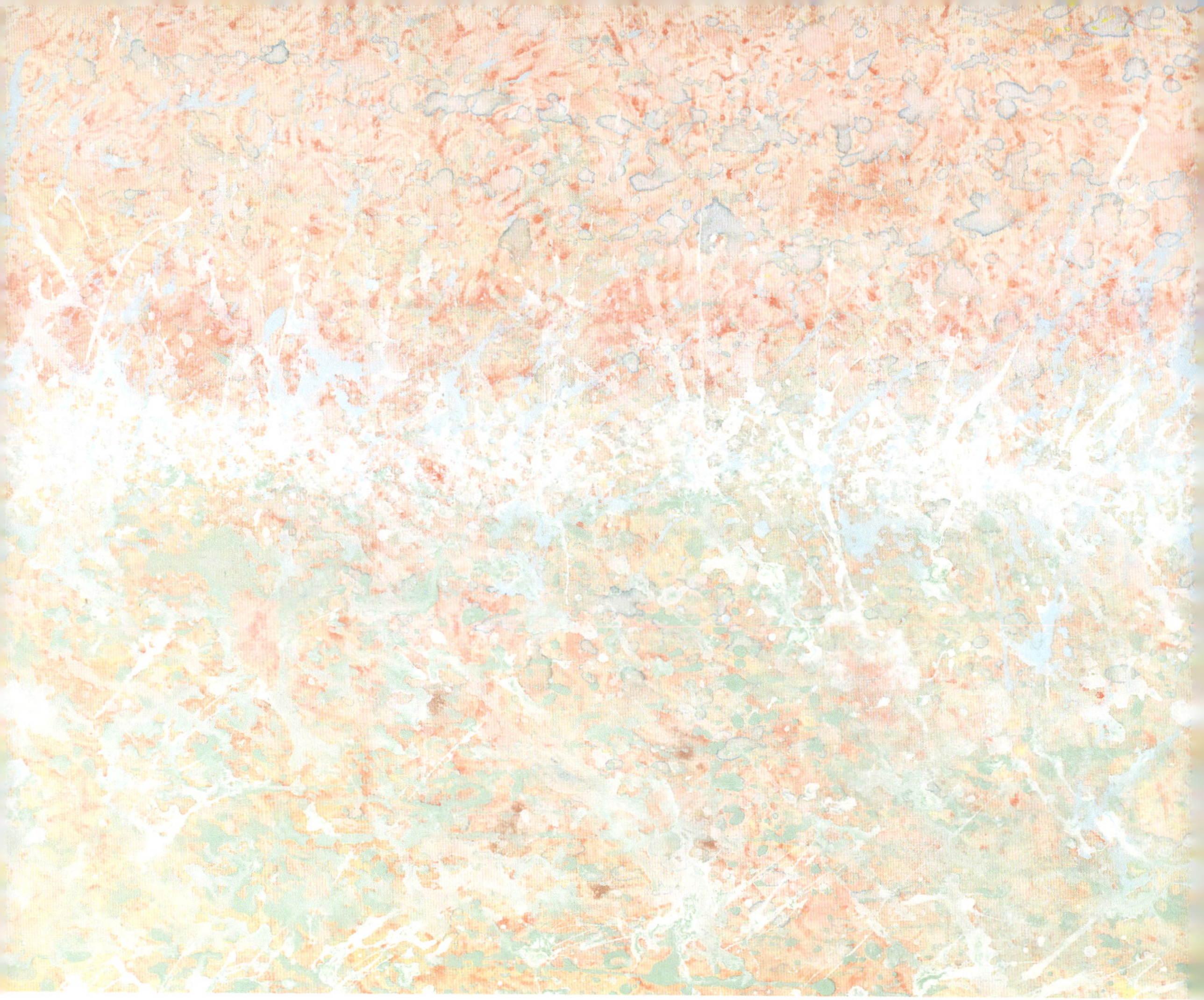

《库普罗斯》，丙烯颜料，2013 年 9 月

“这是怎么回事？”

“你读一下。”

他一边读，一边从床上坐起来，接着起身在房间里走来走去。“我不太明白那个词的意思。什么是自闭症？”

“我知道。没关系。我也不太理解那个词。好吧，我略微知道一些它的意思，但还得查一下。”我又哭了起来，“大部分网站说，这种病没法治愈，是一种伴随终生的症状。我们无能为力。但是一定可以做点什么。一定有办法。”

“等等，我们还什么都不能确定呢。也许我们搞错了，艾瑞斯只是在某些方面发育迟缓罢了。”

“你看看这个清单，这就是我们一直以来要找的答案。我知道这是真的。她对自己的名字没有反应，避免目光接触，不说话，周围的环境稍微发生一点变化就烦躁不安。她痴迷于某些事情，兴奋的时候会拍手，声音或是其他感官刺激会让她生气，总是独自玩耍，对别人没有兴趣。不玩‘过家家’。她会过度亢奋，她还有睡眠问题……”

令我宽慰的是，他没有编出一套正能量的说法，对我的怀疑置之一笑。他认真地听我说完，看得出他变得严肃起来。“对，”他说，“我明天给医生打个电话。我们尽量找一位专科医生看看她。一定有人能帮助我们。”

我长久以来的观察结果再明显不过，如今他也意识到了这个问题。明天早上我们就马上为艾瑞斯预约检查，我终于可以安心地睡了。

今天早上，我感到了久违的确信和希望。昨晚，我为自己的发现而害怕，但是现在有一种力量在体内凝聚。我找到了答案，终于可以放手去解决问题。长久以来我都生活在绝望中，不停地质疑自己所做的一切。现在，我可以集中精力应对这个问题，我们会改变现状的。我深知昨晚读到的东西会让前途更加晦暗，但只要有一线希望，我都会尽力而为。

夜里，我刚睡着一小时，艾瑞斯又醒了。她就躺在我身边，令我高兴的是，她刚才睡得很安详。她玫瑰色的面颊贴在我的胳膊上，小嘴微微张着。我感觉到她的鼻息吹在我的皮肤上，就像是一张舒服的毯子覆盖在我身上，温暖而均匀的呼吸无比安心。她在睡梦中时不时抽搐，小胳膊紧紧抱着我的胳膊。我多么希望在时间向前流动之前，好好拥抱这一刻的安宁。这会儿，艾瑞斯的长睫毛张开了，她抬起头用那双美丽的大眼睛望着我。我真想告诉她，一切都会好的，我们会好好保护她，找到合适的方法帮助她，但是我知道，只要一开口，我就会失去她。她会看向别处、转向别处，所以我十分珍惜她与我对视的瞬间，她的眼睛又闭了起来，再次漂入梦乡。我再度抱紧了她。

3

我们心中有了计划，决心用尽一切办法为艾瑞斯做精确的诊断，但我们没料到还有“诊断系统”这道障碍——节奏慢得让人沮丧，必须追着医疗机构做预约和检测。有人说可以为艾瑞斯拿到一张“证明”，把这张证明交到学校，就能让她得到所需的帮助。我们也可以凭着这张正式的确诊单去找语言治疗师和官能障碍治疗师。我们埋在一大堆医学术语缩写里：ASC、PDD、HFA、PECS、ABA、TEACCH、DIR、SLT、OT、SI、PT、AIT……阅读极为陌生的材料，费好大力气去弄懂这些概念。我就像艾瑞斯一样，在一个塞满了晦涩难懂的信息的世界里挣扎。

我在网上做了大量的研究，买了很多关于自闭症的书，还看了相关的电影，参加座谈会，完全沉浸在这种病症的话题里。成堆的书摞在我床边，书里夹着做笔记的纸片——我用记事贴提醒自己需要记住的关键信息。现阶段我能确定的是，自闭症非常难以描述，因为它的表现总是因人而异。有人把它定义为三种高度相关的发育缺陷：社交能力的欠缺，沟通能力的欠缺和强迫性、重复性的行为、兴趣或活动。那些书里总是绘有一张三角形示意图，这三种症状各占一角，中间重合的部分则写着“自闭症”一词。这种病会影响一个人对世界的感知及其与世界建立联系的方式。像艾瑞斯这样患有自闭症的孩子走进屋子时，他们的感官有时会被各种影像淹没。她们会注意到各种微小的细节，把这些当成全部。这也意味着额外出现的东西，比如人们高谈阔论的声音或其他孩子突兀的动作，都会让他们紧张不安，从而想要独处。我也逐渐意识到艾瑞斯的反应总是基于她的感知，所以没有什么奇怪的，她的大部分行为都是对周遭环境的反应。例如，每当某样事物让她激动，或是她心情大好的时候，她就会迅速地拍手。这种现象是有固定名称的，称为“应激性重复行为”，这些重复动作有助于释放能量，让她得以控制自身系统。

想到艾瑞斯总是需要旁人帮助，甚至有可能永远都不会说话或过上独立自主的生活，我的内心就无比挣扎。像正常人一样，自闭症患者的能力也千差万别，因此他们的人生也各不相同，有些人会拥有精彩的事业和自己的家庭，有些人则终生无法照顾自己或与他人沟通，只能住在疗养院里被人护理。我当时根本无法设想这些情形，全然不知所措。每次想到这些，我都忍不住想哭。这些事为什么会发生，我实在无法理解，迫切地需要找到答案。但是了解得越多，我越明白根本没有确切答案。似乎每个星期都会出现新的研究结果，打破先前的结论，产生新的理论，发现可能奏效的新疗法。重点似乎总是在病因和治疗上，我们接受起来还有些难度。如果艾瑞斯患有自闭症，那么她的哪些表现是自闭症的症状？如果没有自闭症，她又会是什么模样？在哪些时候你可以下结论说，这是自闭症的行为、迹象或特征，而哪些行为不属于这个范畴？艾瑞斯的这些行为是否来源于我的遗传？我也很难适应嘈杂环境，P-J 也有某些相关的性格趋向。他很容易将精神集中于一个想法或某种处理方式，而且也会远离拥挤的地方。因为我们俩都是在家工作，打理自己的生意。这是否是遗传呢？如果我们再生孩子，他们会不会也有自闭症？有太多的问题需要解答。

我读到了一些孩子被确诊为自闭症之后的情况。家长们说自己会哀悼一段时间，对他们曾经期待的孩子说再见。对此我颇为生气。我实在无法接受要哀悼艾瑞斯的想法，就仿佛我们已经放弃了她。她依然在那儿，还是那个陪伴我们左右的异常灵敏而有趣、美丽而好奇的小女孩。她需要我们对她保持信心。这些想法激励着我每天阅读和查找相关信息，直到凌晨。并不是我不接受现实，与此相反，我看得愈发清楚，越来越能设想前路的崎岖难行。但是我知道，我需要保持积极乐观的心态。我不希望艾瑞斯就此失去我们当初为她编织的人生梦想，我要竭尽所能，确保她不错过任何一个机会。我们永远都不会放弃，无论这条路有多么艰辛。

P-J 往往在我最困难的时候给予我及时的帮助。当我实在处理不了繁重的文书工作的时候，他就会接手。评估的等待名单很长，我们

《裂缝》，丙烯颜料，2014 年 4 月

很快意识到，要想帮助艾瑞斯就得迅速行动，趁着等待评估的这段时间主动采取措施。我们得知很可能要等上六个月才能见到专家，而且这已经算快的了，有些病人甚至要等上一年甚至更久。这消息实在可怕，因为读过的资料都印证了我的想法：提早介入治疗非常关键，越快采取行动，效果才越好。

我找到了各种不会产生负面效果的干预技术和疗法。每晚我都花几个小时研读两种有助于我们和艾瑞斯沟通的游戏疗法：一种叫“地板时间”，另一种叫“男孩起立”。这两种游戏会引起我的共鸣，让我想起当年学着与马儿沟通的过程。具体方法是你得学会对方那个层面的“语言”，用各种非语言的沟通方式，例如微笑、凝望、手势、身体姿势以及共享乐趣等途径，与对方建立起情感纽带。这些美好的共享时刻在自闭症患者的童年里往往是缺失的。我曾学习过与马儿对话的技能，并运用在自己的马儿身上。诀窍就在于仔细观察对方的肢体语言。人的每个动作都有一定的意图，所以不应该轻易忽视。

一开始，你要跟随孩子的步伐，发现她感兴趣的事物。我开始观察艾瑞斯，记下她花时间去看或者看到会兴奋得跳起来的东西，比如大自然、玩具、纹理、颜色和其他各种物件。然后，我也学着沉浸在这些活动里，从更深的层次去体会为什么这些东西能吸引她。于是，我开始体会抚摸物体表面纹理带来的简单的快乐。我和她肩并肩坐下来，一起用手指轻抚我的祖母在非洲做的铜像的表面。我感受到了金属的凉意，光滑的手感令人愉悦，高低起伏的精致造型在我的指尖流动。我在彩球池子里抚摸完美而圆润的球面，感受橡皮泥在掌心的重量，还有沙子倒进手心时的奇妙感觉。接着，我将自己抽离出来，考虑如何使用这些信息，如何据此开辟出一些活动，让艾瑞斯和我共享快乐时光，一起发展她的兴趣爱好。这些安排都基于她的强项，并有意识地扬长避短。这也是理解孩子、根据孩子的切身需要制定全面项目的基本方法。在我看来，“男孩起立”游戏许多方面都极为合理，例如相信自闭症孩子做出看似奇特的重复性动作是有原因的。也许这样的孩子有一种特别的感知系统，只有通过特殊方式确认外界刺激，才能更好地应对，因此我们不该对这些行为加以制止或纠正，要认可它的有用之处。基于这种认识，我给艾瑞斯提供了足够的空间，让她自由地跳来跳去。她似乎需要这么做，我也相信这一定是有理由的，只不过我还没弄清楚这个理由到底是什么。所以我们在她的游艺室放了一张床垫，在我的办公间放了一张小蹦床。

我把自己的目标分成了几个部分。第一步是重新建立联系：我需要艾瑞斯接受我陪她一起玩。她已经习惯了把所有东西从她的空间推出去，甚至是推出她所在的房间。只有把别人往屋门口领的时候，她才会牵别人的手，然后就兀自跑回屋里去了。起初，这种小把戏让人觉得好笑，但久而久之就成了习惯。所以，这成了我清单上第一件要做的事。接着，我要和她一起做些什么，将注意力集中在同一件事情上，达到“共同关注”的状态。首先，我会对艾瑞斯提出要求，让我们关注同一个东西，让她把我包括进来，并希望她对我的要求作出回应。其次，我希望她能够主动发起一起做某件事的活动。艾瑞斯要开始习惯看着我，尤其是看着我的脸，这一步相当关键。我非常清楚一点，如果艾瑞斯不能看着我，不能在我说话时看着我的嘴部动作，那她的语言技能永远都会止步不前。在我看来，她在语言方面的欠缺是反社交互动行为的直接后果：她竭力避免与人沟通，对她来说，看着别人的脸是件极为困难的事。普通的婴幼儿会要求你投入全部的注意力，让自己沉浸在各种语言交流中，从而学习掌握语言。所以我的长期目标就是为艾瑞斯创造尽可能多的机会，鼓励她与人交流，但也明白还有很长的路要走。所以，当下的目标就是用以前没用过的方式了解艾瑞斯。我会跟着她，努力理解她的世界，而不是强迫她适应我们的世界。

很多个晚上，我都会做相同的梦：我仿佛回到了法国，和我们的小马一起散步。我们的阿拉伯小马叫杜尔，它特别擅长耐力赛，步伐轻快如飞，性格也特别随和，骑着它是一种快乐的享受，所以它非常适合我们经营的假日骑马项目。但是在我骨折、脊柱受伤的那段时间，我再也没办法骑它或别的马儿了。所有与生意相关的责任和工作都变得遥不可及。我只得考虑卖掉一些马儿，这也意味着要让它们都保持最佳状态。

为了让它们保持健康，我在圆形马场里训练它们：没有鞍具，只有马和我。当时我还穿着塑料矫形套，身体还很虚弱，所以不希望冒更多风险，也不希望因为马拽起绳子或缰绳而受伤。驯马是我的一大爱好，我读过许多这方面的书。多年前，我还参加过美国知名驯马师蒙蒂·罗伯茨在英国举办的马语者培训班。我从他那里学会了一种叫“马语”[①]的默语，通过身体和手势与马沟通。此前我也使用过一些类似的方法，所以那时候决定利用当下的困境多加练习，好有更多的收获。如果这是此生和马类朋友相处的最后几个月，我希望快快乐乐地度过这段日子，让彼此都从中受益。

“马语”是各种手势和身体语言的综合运用。你的每个动作都会被马儿看在眼里，因为在马的交流系统中，声音并不占据中心位置。马的瞳孔的放大倍率是人眼的四倍，因此马对各种动作都极其敏感。它们习惯依靠视觉来思考，作为摄影师的我尤其能体会这点。它们会立刻对当下看到的影像产生反应，敏锐地觉察周围乃至整个环境的微妙变化，从当前所做的事情中抽离出来，这对它们而言是至关重要的

①原文为“Equus”，意为马属动物。

生存技能。这也是当初我骑马出事的原因，灌木丛中的袋子让苔丝突然受惊。这不是她调皮，而是她的本能反应——在她看来，那些袋子有可能是潜伏着随时出击的捕食者。

我的梦里满是当年的回忆片段，以及我与马儿们建立的情感联系。杜尔是我在驯马圈里的最佳伙伴。我发现它很容易让人理解，还学会了阅读它的肢体语言，并用我的肢体语言和它交流。过了一段时间，我甚至不必再用到声音。当我想让它变换步伐时，会把目光投向它身上几个部位，稍稍改变我和它的身体所成的角度。如果我想让它转身，只须让自己的身体略略朝那个方向转。这就像是双人舞。它喜欢被理解，所以非常喜欢这些训练课。日子一天天过去，我和它的沟通越来越轻松，最后甚至不再需要刻意思考如何沟通，那简单得就像和老朋友用电话聊天。起初，我让它绕着马圈小步慢跑，然后注意着它身体各部位的姿势，先从耳朵开始，因为耳朵会告诉我许多信息。一旦它开始认真听我的话，内侧的那只耳朵，也就是靠近我的那只耳朵就会锁定在我的方向上。之后它绕着我跑的圈子会越来越小，因为靠近我让它感觉更安全。我仍会保持与它的目光接触，它稍稍咀嚼几下，最后耷拉下脑袋，几乎让头触地。我等的就是这个时刻。于是我不再和它保持目光接触，而是放松手臂，身体向内蜷曲，看着地面，它则会靠过来，静静站在我身旁等待。我在完全不关注它的情况下，转向它，抚摸它的肩颈,接着是它的前额。这称之为“结盟”。从这个动作开始，不管我朝哪个方向移动，它都会跟着我。我也可以更轻松地指示它在场地上练习。从那一刻起，我赢得了它的信任，和它一起工作也不再是工作，而是一种享受。

驯马的方法多种多样。最受欢迎的似乎是“告诉”它们去做事，

《灵性》，丙烯颜料，2014 年 4 月

并奖惩分明。基于这种方法，驯马师和马之间没有亲密关系，但是效果显著、立竿见影。另一种方法则是用马的语言“询问”它们能否做某件事，这种互相尊重的关系让工作更加快乐。

如今，我希望重温那种快乐，不过不是和马儿，而是和艾瑞斯。我知道拿马和孩子相比似乎有些奇怪，但是艾瑞斯会像马儿一样，在某些场合受到惊吓便要逃开。更多的时候，她都是被动地对外界影响做出反应。她记忆力惊人，喜欢用视觉方式思考，会轻易丧失对人的信任，对周围环境也极其敏感。像马儿一样，她似乎能眼观六路耳听八方，因此可以即刻觉察到各种变化，在某些情况下极易被干扰。对马儿来说，这是生存技能，但这对艾瑞斯来说却弊大于利：她很容易被自己的感知淹没，因为一些细微变化而躁动不安。像马儿一样，她也喜欢用肢体语言和各种姿势沟通。学会用同样的方式和她沟通肯定得花不少时间，而且结果很大程度上取决于我能否充分地观察并理解艾瑞斯感知世界的方式和过程，但是我打算放手一搏，去探索各种可能性。

于是我开始在家里给艾瑞斯上治疗课。我小心翼翼地跟着艾瑞斯的步伐，跟着她在地板上坐下来，模仿她在做的事。一开始，她把我推开，然后慢慢接受了我的存在。对于目光接触，我一直谨慎处理，因为我知道这对她来说很困难，所以尽量保持安静。慢慢地，我琢磨出什么时候可以加入她的行列，以及能参与多久。她喜爱书中的一些图画，我也培养兴趣，对着这些画微笑，摸索着各式物品的纹理，把画凑近脸颊，就像她做的那样。我跟随她的一举一动，尽力模仿，直至感觉到她已经玩够了。起初，我只能和她一起玩几分钟，不过时间在逐步加长。

我逐渐了解什么是她喜欢的，什么会激励她，之后才让这些东西充满她的生活。她喜欢书，所以我们每个星期都会买一些她感兴趣的书。动物无疑是她的心头好，她也非常喜欢外表有质感的书。我们的图书室越来越充实，有助于活跃感官的玩具也多了起来，还有一些自家做的东西，例如用彩色米粒、沙子和橡皮泥做成的小盆。这些物品就像是打开她心灵的钥匙，使我得以贴近她的感受，与她建立更牢固的关系。

采取这些积极的举动并看到成效总是令人开心的。与人用目光交流的方面，她正在改进。虽然在语言交流和与他人建立关系上仍没有进展，但我能感觉到我们正朝着正确的方向迈出关键的几步。如今，她欢迎我坐到她身边和她一起玩耍。她甚至发明了一些可以一起玩的游戏，比如在水垫上用水写笔画画。这是我们新近添置的非常容易上瘾的玩具：在笔中灌满水，只要笔尖触到一张白垫子，就会出现深蓝色的痕迹。水干了之后，痕迹就会消失，又可以在垫子上写写画画了。这个玩具简单易用，是一块永远都能恢复整洁的涂鸦板。艾瑞斯让我攥住笔，再握着我的手去画，然后接过笔自己试一下，接着再把笔递给我。我们一起创作，这虽然是一些别人觉察不出或者习以为常的小事，但对我来说却意义重大，让我无比欣喜。每次，当她接受我的存在，在我身边玩耍或者要我也加入进来，我就像得到了一种绝妙的嘉奖，像是在举行嘉年华或节日庆典。我真想在屋子里绕场一周炫耀这个收获，最后还是用微笑代替，将艾瑞斯表扬了一番。

铅笔、钢笔和蜡笔都让艾瑞斯着迷，她每天花好几个小时把玩这些笔。大部分时间，家里的墙壁都满是儿童涂鸦，我已经不记得是第几次重新粉刷了。随着感知角度的转换，我发现艾瑞斯身上有一种明显的兴趣和特长是可以鼓励的。我只需要找到方法，将她的兴趣从墙壁上调整到别的地方。在本地的DIY商店里，我找到了成卷的壁纸，然后在木茶几上将它们裁成相同宽度的小块，再用胶带纸把上下两端固定好。艾瑞斯觉得这安排十分完美，她会花好几个小时在上面涂鸦，用各种色彩画出彼此交缠相互覆盖的曲线和圆圈。她踮着脚尖蹦蹦跳跳，有时候还哼起歌来。她甚至会用双手作画，幸福地涂抹着缤纷的色彩，无忧无虑，如此快乐。覆盖了壁纸的桌面奇迹般地取得了成功，我们终于能一连几个星期让墙壁保持整洁，但这种情形没有持续多久。

我的目光顺着墙上蓝色的蜡笔线条蜿蜒而行，一直抵达门框，接着又是一个自然的大圈，回旋到我这边。艾瑞斯一定刚刚还在这儿——不久之前，这面墙还没有被碰过。正琢磨着如何再次跟她解释“我们不在墙上画画”，我发现如山峦般嶙峋参差的线条忽然化成花瓣一般的圆环。这表明她的心情有所好转。我总是竭尽所能地从各处发掘信息，试图理解她帮助她，因而这个变化意味着一个建立情感联系的契机。我决定抓住这个机会。

我把洗衣篮搁在一旁，拿来纸笔。我们一起审视着眼前的画纸。我先画出了一张笑脸，然后把笔递给她。她咯咯地笑了，目光与我相交汇，她低下头画了一条直线，接着把笔还给我，把我的手拿到画纸上。我又画下了一个小棍子组成的人，接着添上了地面、一棵树、天上的一只小鸟和带着三角形光芒的太阳。我一边画，一边讲故事。我们轮流给画面添加细节。对于目前的构图，艾瑞斯暂时还算满意。我们愉快地合作着，了解着彼此，接着一辆车开到附近，传来大门被打开时沉重的声音，这突如其来的声响搅扰了我们原本恬静的世界，机会的窗户再次关上，她缩了回去。

洗衣篮回到了我的臂弯里，可我的思绪还在棍子小人儿那里，还有下一个要讲的故事。我希望充分利用这个最新的兴趣与她沟通，所以画起画儿来。我画故事插图，许许多多的插图。虽然只是棍子小人儿和可笑的动物，它们却有助于把艾瑞斯的注意力吸引到我做的事情上，让我更多地走入她的个人空间。这些小小的进步给我带来希望，让我重新振作，拿出更多的能量去打理生意和生活，并和艾瑞斯一起进行这个新的项目。我希望这能对我们生活的方方面面产生巨大的积极影响。

我们清楚大自然和花园在艾瑞斯心中有多么重要的地位，正努力地让更多的快乐回到生活中。前几个月，P-J 的父亲去世和艾瑞斯的确诊给我们带来了沉重的打击，而这个项目新鲜有趣，让大家将注意力投向更积极的方面：我们打算拆掉房子后面连着的那间丑陋的洗衣房——这间房子挡住了后院的美丽风景——然后在那个地方造一间谷仓式的屋子，和厨房相连。后来我们把它称为花房。我们明白，艾瑞斯在短时间内很难接受这间屋子的存在，不过长期来看，这一定是值得的尝试。那间屋子可以作日常起居之用，偶尔还可以充当餐厅、游艺室和音乐室——我希望它能随时满足我们不同的需求。我需要更多的光亮和望向大自然时才能感受到的自由。对于我尝试的互动方式，艾瑞斯正作出积极的反应，如果我们有更大的空间，这些互动将更容易进行。我发现艾瑞斯特别容易被过路车辆的噪音打扰。只要有一辆车停下来，我们好不容易建立的联系就会顷刻消失。大门开启和关闭的声音也让她不安。我迫不及待地想和她在家里更安静的另一侧展开这些沟通的尝试。此外，艾瑞斯在我们外出时总是心情抑郁，所以一连好几个星期，除了去我父母家和到乡间漫步之外，我们已经很少去探索新的地方。这并不是因为我会为她在公共场合发脾气而感到难堪，而是这些不愉快的经历会在事后给所有人带来负面影响。如果某样东西惊扰了她，她会烦躁不安，那么当天晚上我就没有觉可睡了。这些情绪还会影响第二天的生活。就像是多米诺骨牌，我总是竭尽所能地让所有骨牌保持直立，到头来这种做法本身却具有破坏性。这种与世隔绝的生活有时很难熬，似乎生活正在我们家的院墙外以自己的节奏行进，而我们却孤立无援，举步维艰。

那个夏天，艾瑞斯在花园里待的时间越来越长。她仔细观察盛开的小野花。周围的声响和大自然带来的感官体验让她兴奋和着迷。她好像进入了花瓣和蝴蝶组成的丛林，这些美丽的花瓣和蝴蝶有时甚至高出她许多。她在花丛中跋涉，擎住花茎，把花弯下来贴近自己的脸，从更近的距离观察它们。她轻轻伸出右手食指，感受花瓣的表面。要是遇到了一朵心仪的花，她会兴奋地哼起歌来。而她的左手总是攥着一样东西，比如那条总被她带在身边的结实又舒服的小毯子。

最近她攥着一只粉红色的塑料球。她从彩球池里把它拿了出来。这个球一定是非常特别的。要是我弄丢了，然后换另一个给她，她会立刻觉察出来。我无法将“这个”球和类似的球区分开，但是很显然，让她情有独钟的这件物品总有特别之处。她要随时随地拿着这只球，所以我只得把她所有衣服的袖口弄大，这样才能在给她换衣服的时候由着她手里攥着球，不会因为强迫她放下而让她不安。

日子一天天过去，我渐渐通过她的兴趣和她对大自然的热爱，与她建立更多的沟通。也许 P-J 是对的，艾瑞斯只是在成长节奏方面和别的孩子不同。但在个别情况下我又能感受到，医生对她可能患病的诊断并没有错。即使我们倾尽全力，艾瑞斯还是无法开开心心地度过两岁生日。生日当然是一个社交场合，亲朋好友都会前来祝贺。她却竭尽所能地避开所有人。连猫和老鼠造型的生日蛋糕都起不了作用。

她对所有礼物都视而不见，巴不得大家允许她一个人待着。等所有人都走了，她拽着气球在外婆的花园里咯咯笑着跑来跑去。远离人群时，她无比满足地享受着大自然中的时光。我们从厨房看着她在草丛里欢笑奔跑，我知道P-J此刻的想法一定和我一样。我们都在纳闷，这说明什么，我们能做什么，为什么会这样。

秋天，房屋改建工程开工了。跟我们预想的一样，掘土机的噪音和各种送材料上门的工人让艾瑞斯心烦意乱。我和她关在屋子一个远远的角落里，让P-J负责和建筑工人打交道。为了避开这些嘈杂，我们更多的时候都待在我父母家里。他们刚买了一只黑色的拉布拉多小狗，取名叫“靛蓝”，小名“靛靛”。这只小母狗乖巧可爱，而且很喜欢艾瑞斯。不过她们双方还不能建立起亲密关系：艾瑞斯不喜欢被舔，但对小狗很有兴趣，所以由着她在自己身边跳跃欢闹。看到靛蓝试图和艾瑞斯交朋友，我们非常开心。虽然小狗的努力并不是每次都能成功，但是我很感激她。我们只要一走进前门，她就跑过来迎接艾瑞斯。她会叼

来自己的玩具，利用每个可能的机会和艾瑞斯交流，即使遭到艾瑞斯的拒绝，也不会表现出受伤的样子。我不禁钦佩小狗被一再拒绝时的执着和韧性。我们大家被艾瑞斯推开的时候都会倍感受挫，她却截然不同。她根本没有流露出挫败的悲伤，一次都没有。一次不行，她会下次再来，依然保持着欢快的本性。

我决定也采取那只小狗的态度。我知道艾瑞斯爱我们大家，只是无法像其他孩子那样轻易表现出来。所以我们必须更有耐心，不断尝试与她沟通。我父亲每次被外孙女推开时都很失望。解释再多都没有用，他需要时间来接受这个现实。某个星期，艾瑞斯会对外公非常忍让，甚至享受更多的肢体接触，由着他拥抱亲吻，或是用独轮小推车推着她在花园里跑来跑去，但她又会一连几星期都难以忍受外公的爱。我母亲比我们所有人都更有耐性，她愿意等待——她知道艾瑞斯做好准备之后会来找自己。我和艾瑞斯相处的时间越长，越能看出她和 P-J 之间的关系有所改善。起初只是一些小提示，却给 P-J 带来了希望。

如果我外出拍摄婚礼场景，艾瑞斯就把她平时和我相处的模式用到 P-J 身上。不走运的是，只要我一回来，她就会把这股忠诚和依赖转回我身上。大部分时间，我是艾瑞斯的翻译官和坚强后盾。我比以前更理解她，而且开始听到她的心声，就像以前对马儿那样。我能解读她的身体语言，也开始理解该在什么时候后退一步，以避免发生不愉快。我发现艾瑞斯目前一次只能跟一个人这样互动。我也明白，这种互动技巧对她来说是新的东西，依然很难掌握。

新扩建的屋子有部分设计灵感源于我们在委内瑞拉度过的时光。在那里住过的房子为我们提供了安全的栖身之所。高高的天花板、结实的横梁、巨大的三角形窗户——我可以透过它望见安第斯山脉的壮丽风景。在艰难时刻，这些细节为我平添了些许勇气。此时此刻，我也希望这样的房屋设计同样能给艾瑞斯带来被保护的感觉。所以我们着手实施起来：整面山墙都是玻璃结构的，连桁架中柱之间的部分也用上了玻璃镶板。我们请来一位房屋建造师和一位木匠，P-J 和他们合作，负责整体施工。整个过程颇多曲折。P-J 弄伤了手指。有时我们以为所有部件都各就其位了，却发现了问题，解决问题之后部件才能顺利衔接起来。给材料供应商打电话的间歇，P-J 还追着医生，试图把艾瑞斯的评估测试安排得更早一点。一天，我们终于收到了一封信，为为期三天的测试确定了日期。

那是十二月的时候，天气出奇地好，扩建工作进展顺利，我们甚至觉得有希望在圣诞节时完工。我们的计划是 P-J 继续负责建造工作，我则带着艾瑞斯去测试并全程陪着她。测试地点位于附近一座城市的儿童发展中心。那三天里，我们见到了这个领域的许多专家。对于我和艾瑞斯来说，测试过程都非常辛苦。主测试室内的许多细节让艾瑞斯不安，那儿温度太高，风扇吹动着天花板上的气球，还不时有各种声响需要她应付。只要这些声响停止，她就能安静下来。最初的测试是在各种各样的场景下观察她玩耍，然后再转到不同的科室进行各种测试环节。

测试人员记录下她各种独特而可爱的行为特征，做了分析和归类。这个过程实在难以观察。艾瑞斯每次拿起一件东西的时候，都不会按照设计的初衷去玩。她会仔仔细细地观察它，看它各个部分是如何组装起来的，质地如何，划过脸颊的感觉如何，握在手里是否舒服，在不同光线下看起来是什么样子，放在我的手里又是什么感觉，放在我的左手还是右手里会让她感觉更好。她一直保持沉默，不说一个字也不发出任何声音，直到某样东西让她兴奋起来，她才会拍着手哼唱。医生在一旁做记录，我则引导艾瑞斯拿起塑料西蓝花放进盘子里，或者建议她拿起旁边的小杯子喝一点茶，这些都是她这个年纪的孩子通常会做的事。测试专家们观察我如何给她喂吃的，并做着记录。这种感觉十分奇怪，似乎我们母女俩都被他们评判着，我不禁感到尴尬。医生和护士都宽容而友善，的确有所帮助。不过，当要求艾瑞斯做一些她完全不感兴趣的活动时，医生们发现很难让艾瑞斯集中注意力。她大声哭叫着朝门口跑去，好像医生们根本不在场。她毫不遮掩自己的情绪，直截了当地表示讨厌这些人，想让他们马上离开。

理智告诉我，让医生们看到我见到的场面是值得高兴的事，这样他们才能更严肃地对待艾瑞斯的行为问题，更有可能得出她有自闭症的结论。可是忽然间，我心里的感觉起了变化。我多么希望她顺利通过测试。我希望能为她骄傲，希望听到医生说“没什么可担心的，一切正常，亲爱的，你们可以回家了”。当然，事实并非如此，这三天里，我一天比一天更加确定结果会是什么。诊断无须等太久，医生说他不希望让我们带着这个悬念过圣诞节。所以，二〇一一年十二月二十日，我们参加了最后一次会诊，听取医生们的分析结果，同时拿到了艾瑞斯的诊断书。

P-J 和我紧挨着坐在又矮又不舒服的椅子上。医院的暖气开得很足，儿童发展中心的咨询室里热得难以忍受，我的脸热得发红。医生对我们讲解了是如何从三天的测试里得出目前的结论。我竭力让自己的呼吸均匀而平缓，要时时努力忍耐才没哭出来。我不想在这个人面前哭。我尊重他的医生地位，但即便他学识渊博，我也不喜欢他冷淡的语调和对人生的悲观态度。如果能让他看到我的感受，看到我心中像有一片火在烧就好了。然而我不能袒露自己的心情，所以保持平静，在他们给的一叠纸上做着记录。我明白，P-J 和我都需要答案，但是当答案摆在面前的时候，感觉并没有好多少。后来情况确实有了起色，但汹涌而来的信息令我窒息。我们的女儿有自闭症，这是一种伴随终生的病症，病因和治疗办法还不明确。

“有很多治疗方法，你们都可以试试。”医生说，“只要对她是安全的，都可以试一试。但我的看法是很少会见效。”

听到这句话，我无比沮丧。过去的几个月里，我们一边等待接受测试，一边自发地为艾瑞斯治疗，并且已经取得了些许进步。我们真心相信正在一步步改善艾瑞斯的病情，这些方法在一定程度上是有用的，而他的几句话却让我过去的努力都显得微不足道。医生读了一部分诊断结果：“艾瑞斯在两岁的年纪，展示出九至十二个月的婴儿的早期学习技能和语言能力。在与人互动沟通和重复性游戏方面，她都有一定程度的障碍。这些行为特征印证了我们的诊断结果：自闭症谱系障碍。”

接着，他在纸上画了一条线，向我们解释什么是谱系。他在线的一端写上“严重自闭症”，又在另一端写上了“亚斯伯格综合征”。然后，他在靠近严重一端的某个点做了记号，说：“她在交谈能力、语言和早期学习技能方面存在显著障碍。”我瞪着他，他重复了一遍，那眼神让我受伤。我明白，他是要让我听清楚，然后准确无误地相信这个诊断，接受眼前的事实。他没有意识到，对于这个可能性极大的结果，我早就做好了准备。我需要的是希望，而不是有人告诉我，她可能永远都不会张口说话。我需要他看到艾瑞斯的闪光点，就像我在家里和她互动时，在我画画时，在我观察她向大自然敞开心扉时所看到的闪光点。她无与伦比的专注力，她对书的浓厚兴趣，这些都是她的优点和强项，但似乎都不作数。更糟糕的是，这些特点反而被归到不利的一面，这让我实在无法忍受。我恨那张报告，真想撕掉它，烧了它，从此再也不要想起。我明白这种想法很不理智。我们来这儿只有一个目的，就是为艾瑞斯确诊，这样才能寻求她需要的帮助和支持。然而再理智的思考都无法平复我心中席卷而来的悲伤。我望着医生，怒火中烧：我恨他的语调如此消极；我恨那些医生只找到一个病名，却什么答案也拿不出；我恨他们只告诉我们眼前这无可逾越的困难，恨他们意在让我们认命，然后放弃所有希望。

此时此刻，我只想紧紧抱住我的小姑娘，但是她在家由我的父母照看。开车回去的路上，我们俩都沉默不语。我们在慢慢消化这条坏消息，需要时间思考：P-J 得慢慢接受刚被告知的事实，我则需要将注意力集中到积极的部分，坚信我们会打破定律，为艾瑞斯提供帮助。几个月来，我们都非常清楚极有可能得到这个诊断结果，但也暗自期

《寓言》，丙烯颜料，2013 年 7 月

待这只是发育迟缓，一切会慢慢好起来，尤其是当我看到某些改善之后，更是怀着这种期待。P-J 通常都是乐观派，但这条消息如此确定无疑，仿佛一拳重击击破了所有希望，让他失去了往日的笑容，表情凝重。我打开家门，母亲迎了上来。不用我多说什么，她就抱住了我。接着我抱住了艾瑞斯。我听到母亲说："有我们在这儿。我们会度过这一关的。"

筹划圣诞节将我们暂时从悲伤中拉了出来。我们邀请了双方的家人，那是一场十二个人的聚会。我也不知道这主意是从哪儿来的，但有件事情值得期待，而且是在我们新扩建的房子里举办这场聚会，想到这些就心情激动。但是这个计划还差一步：房子的扩建离完工还很远。只差一个星期就是圣诞节了，必须快马加鞭才行。我们俩都下定决心，要把这个圣诞节过好。然而我们越是劳累，就有越多的事情出问题。

"这会是一场很棒的聚会。"P-J 说。送材料的车终于送来了我们等待已久的橡木地板，但那些板材糟糕透顶，布满斑点，到处都是节疤。这根本不是我们订的货，必须全部退回去。而下一次送货要到一月的第二个星期。

"别担心，谁稀罕地板啊？咱们铺几张毯子就行了。把水泥地打扫干净再铺就没问题了。"

"不过，P-J，这可不是我心目中浪漫的圣诞节。"我答道。

之后，我们又接到一个电话，是关于我订购的装饰彩灯的——货不能按时送到。彩灯也出现了严重的延迟。P-J 冲着我一笑。此时他头戴巴拿马帽，身穿滑雪上衣，手上戴着工作手套，站在我们扩建的那座又冷又有点潮湿的房子里。“来点儿蜡烛？”

我禁不住对着这间新屋子大笑起来。“看在老天的分上，这也太离谱了。”工人们刚把门装上去，当时下着瓢泼大雨。糟糕的天气并没有让我们坏脾气的木匠先生心情好些。因为门窗玻璃装得迟了，墙上涂抹的石膏还没干透，所以现在还不能往上添加色彩。梯子、水桶、油漆盆和垃圾散落在房间各处，弥漫着一股不怎么讨人喜欢的味道。

P-J 开始扫地。灰色的水泥粉尘团团升起，我根本看不到他，只能依稀听见他的声音。

“你说什么？”我问道，接着看见他更滑稽的样子：他用一只香蕉挡着鼻子，以免吸入扬起的灰尘。

“别担心！”他冲我大声说道，“一切都会好的！”

我们并没有被各种问题吓倒，干脆利索地向前推进。我从一位当地的婚礼场馆经营商那里得到一项优惠服务，借来了一大卷老式的室外帐篷用的地毯。我们用一张巨大的油布覆盖住整块地板，后来发现这并不是一个好主意：即使油布上盖着地毯，脚踩上去依然吱嘎作响。

“听上去真糟糕。要不我们干脆把油布撤掉？”

P-J 开始把我们需要的一些家具搬进来：备用的椅子和用来加长餐桌的桌子。“不行，来不及了。就这样吧。”

我用从花园里摘的叶子和圣诞装饰点缀横梁：万绿丛中，小小的知更鸟和红色浆果若隐若现。我们又安放好茶几和灯盏，并加了一些蜡烛使屋子更亮堂。圣诞前夜很晚的时候，我终于把一株三米高的圣诞树装饰完毕。屋子里顿时洋溢起浓郁的节日氛围，如梦似幻的彩色光影和绿色植物衬托出另一头山墙的轮廓。如果你眯起眼睛，不去注意皱巴巴的地毯和正在风干的石膏涂料，你会觉得这屋子又美丽又浪漫。常春藤从木梁上垂下来，炉火噼啪作响，香槟已经在冰箱里冰着，所有食物都已买齐，等着烹煮——圣诞节那天早上，大家兴致都很高。然后，靠燃油供热的雷伯恩牌整体烤箱停止工作了。别想用它做什么美味佳肴了，连弄点热水都不成。

你会觉得我们事先应该觉察到一些征兆，但是什么迹象都没有。我们只能硬着头皮过圣诞。

“怎么会出这种事啊！要不你们都过来吧？”母亲在电话里说道，“亲爱的，你已经尽力了，只不过这房子还没准备好，现在烤炉又来添乱。太气人了。还记得我们那只炉子上次出问题么？总是在最糟糕的时候捣乱。有没有试着再开一下？调整下设置？不管怎么说，我很担心你们。你给自己太多压力了。你一定累坏了吧。”

我的眼泪就要夺眶而出了。母亲总能明白我的想法。我需要靠圣诞派对换换心情，暂时不考虑将来，过一个美妙的圣诞节。在我的记忆里，母亲总能在圣诞节把他们的乡村小屋变成一个魔幻世界。我们一起装饰圣诞树，一起笑，一起听圣诞歌，沉浸在布置装饰的快乐气氛中。鲜花、原木烧的熊熊炉火、蜡烛，还有圣诞前夜热闹的聚会。我爱这一切。对我来说，这是一年中最特别的日子。一想到因为一个破旧的炉子罢工，一切安排都给毁了，我就非常生气。是的，我们试过重启那个炉子。但它好像在说：“你们以为就这么简单？”它继续沉睡，毫无反应，等着新的一年我们叫人来修理。

“我有个主意，”母亲说，“我在家里把菜做好，放到轻便电炉上带过来，再跟你一起完成最后一道工序。我提前烤好火鸡，煎好蔬菜，

《绿色传奇》，丙烯颜料，2014 年 11 月

再炖好肉汤……然后开车送过来。”

更合乎情理的做法本该是让大家都去我父母家。从这里过去只要十分钟车程，可当时我已经毫无逻辑了。我们急于完成眼下的任务，一心要坚持到底。所以，我可怜的母亲把十二人份的圣诞大餐放进车里送了过来，急急忙忙端进屋子，唯恐食物凉了，结果还把东西撒到

了自己的靴子里。

在我们的小家里过圣诞，理想和现实总有差距。一些事情不在我的控制之内，这意味着会出现更糟糕的情况。有些朋友在来的路上迷了路，所以很晚才赶到，即使我们付出了这么多努力，那些美味佳肴还是过了最佳的品尝时间。大家都饿得不行了，在大餐前塞了很多烤面包片做的开胃小点心，还喝了好多饮料。艾瑞斯觉得这场面超出了她的应付能力，所以我们不仅没能抛开烦恼开心过节，反而更加沮丧。除了父母以外，我们还没有把艾瑞斯的诊断结果告诉别人，实在难以向大家解释她的行为。我目前还没办法谈论这个消息，还没做好心理准备，而且今天也不是时候。P-J 和我轮流到游艺室看看艾瑞斯，饭后趁着大家喝咖啡的工夫，我还陪了她一会儿。她沉浸在最喜爱的书里，几乎没注意到我的存在，更不理会今天是什么日子。只要尽可能远离吵闹声和周围的人，她就心满意足。那些让她不胜烦扰的人也包括我。我试着拥抱她，她却把我推开了。愧疚感涌上我的心头：在过去几个月里，我们尝试了那么多努力，而我却做了现在这样的事。我是不是疯了？在许多方面，这一天都充满考验，超出了我的预想。此刻，我真希望圣诞节早点过去。几个月前我下定决心要做的事，眼看着就要失败了。我希望看到新的一天和新的开始，能让我再试一次。

我的心被沉重的忧伤填满，无法释怀。那天是圣诞节，我们可爱的女儿独自一人在游艺室里玩。她试图和我们相处，但总是时好时坏，无法安然处之。太多人，太多声响，家具被移动过，她还没来得及习惯那间新建成的屋子。到处是礼物包装纸，拆开礼物包装的声音撕扯着她。每当她接近某个人，那个人就会大声叫出她的名字，然后她拼命逃开，去寻找安全的角落。我追在她后面，希望能给她些许安慰，可她将我推开了。她的眼里噙着泪，此刻我也忍不住想哭。我怎么这么粗心呢？为了从在医院确诊那天的打击中恢复过来，为了过上一个完美的圣诞节，我们尽了最大努力，却忘了之前我从艾瑞斯那里了解的一切。

我对自己发誓，再也不会这样了。我根本没想过这个传统节日对她而言意味着什么。她就是我的圣诞节，可如今她却独自一人坐着。没有了她，我的心变得空荡荡的。

圣诞承诺：

我会更细心，更体贴，还会适时调整。我要改进我们的节日传统，好让全家人能在圣诞时欢聚一堂。

亲爱的艾瑞斯，我保证，明年的圣诞节将是另一番风景。

4

大家都睡着了，外面的世界一片沉寂。我踮起脚尖走到窗前——虽然还很早，外面却比平日看起来明亮许多。白雪覆盖了一切，没人愿意鼓起勇气走到山上去，也没人开车从我家旁边经过。新年带来了如此多的希望。希望我们最终会得到适当的帮助。我们不再独自面对一切。我满心期待着和能引导我们的专家一起探索，从他们那里学到更多。

但是一个星期又一个星期过去，艾瑞斯在家里的行为问题越来越严重，我意识到即使在确诊之后，也并没有期待中的强大的支持团队出现。与之相反，我们只拿到一份简单的文件，里面包含关于自闭症的基本信息和一些可能会提供相关帮助的慈善机构和公益组织的联系方式。大部分信息都已过时。有些电话号码打不通，有些终于打通了，电话那头却是一个疲惫的声音在解释因为资金匮乏，他们已经停止运营一段时间。

到了此刻，我才终于看清自己面对的现实。在失败的圣诞节聚会之后，我需要重整旗鼓，按照自己的计划继续做下去。我不得不再次跟随艾瑞斯，理解她的行为，了解她经历的种种困难。想有所进展，我们就得帮助她扬长避短。

她的重复性行为，例如把卫生纸撕成条，乍看上去只是给大人添乱的坏毛病，但我开始从另一个角度去看，将这些行为加以利用。这些行为给我们提供了与她互动的契机，例如在她优雅地把撕下来的一条条卫生纸放到地上的时候，我们可以趁机做一些语言练习，和她一起数纸条。我意识到艾瑞斯喜欢看东西掉在地上，所以买来一大堆五颜六色的大纽扣，由着她扔进水里。

初见成效之后，我又想了许多办法，我们之间的互动变得更轻松和容易了。有时候，我也不知道这么顺着她的喜好是不是正确的选择。她只有两岁，却非常容易陷入重复性循环，执迷于同样的动作。为了得到想要的东西，她会十分执着，经常把我或P-J的手拽到那些想要的东西上,我们也愿意被带入她的游戏,所以顺着她的意思。但有时候，她痴迷的本性愈演愈烈，要是不让她玩心仪的物件，她就会像她那个年纪的孩子一样任性起来，怎么都哄不住。在紧张和焦虑不断高涨的时刻，最可靠的办法是带她到外面的花园去，她会立刻放松下来。这办法似乎屡试不爽，可赶上天气恶劣的日子就难办了。看着她变得不可理喻，我无计可施，只能尽力避免那难以避免的大发作。要是她已经处于不安的边缘地带，那么一丁点打扰，例如团起报纸引火的声音，都能令局面失控。脾气发作时似乎连艾瑞斯自己也无法控制。她会大声哭闹，沮丧得双肩颤抖，我只能帮她寻找不安的源头，最大程度地消灭这些干扰。要是我试着去抱她，她就挥舞胳膊阻挡。有时，用她的被子裹住她似乎有助于让她镇静下来，但有时会更加刺激她。似乎当她觉察到一些东西失控时——也许是外界的喧闹或不确定的环境因素，也许是她自己的重复性行为——内心的痛楚便一触即发。她会扑倒在地上，用拳头砸地，甚至砸自己的肚子，还会咬拳头，全然不顾自己的安危，场面触目惊心。她涨红了脸咬住玩具，完全不看我，也不理会周围人的反应。但这种行为不是为了吸引他人注意或发出求救信号，而是她已经无法控制了，必须将情感全部发泄出来。有时这种剧烈的发作会持续好几个小时，有些时候，我们只能看着她在几天里一次次地情绪失控。

我开始讨厌冬天，讨厌灰蒙蒙的日子。绵绵细雨把我们困在屋子里。有时候这种发作似乎就要结束了，结果压力再度袭来，艾瑞斯又开始宣泄愤怒。P-J 和我轮流帮助她熬过这些阶段。接着一连几星期相安无事，大家都稍稍松了口气——也许这阵子过去就好了。但是又会发生一些事情，再度触发她的脾气。通常而言，这种情况发生在她看似不错地应付了某个社交场合之后，显然我们做得有些过头，在那些场合待得太久。她往往在到家以后开始发脾气。只要有一丁点打扰，例如我们把洗好的碗从洗碗机里拿出来时发出声音，或是餐盘和刀叉相撞发生叮当声，就足以超出她的负荷，让她情绪失控。

有些人将孩子发脾气解释为孩子把自己和周围隔绝，但对艾瑞斯来说，则是一切都在极速地向前冲，所以我必须想方设法缓和局面，在她陷入混乱不堪之前施以援手。我非常害怕在我们外出时出现这种情况。人们试图帮忙，晃晃玩具，努力分散她的注意力。然而这些动作和声响，加上近距离的对视，会让艾瑞斯更加痛苦，让她更恐惧周围的旋涡。我也有同样的感觉。在她发脾气时安抚她，是个极其折磨人的过程。我感觉像被卡车撞了一样。连我自己都需要好几天才能平静下来。看到可爱的女儿变成那副模样，我心如刀绞，仿佛在经受最残酷的折磨。

我多么希望她肯跟我说一说，告诉我到底发生了什么，这样我才能阻止那些事情发生。然而，她在自己沉默的世界里频频沮丧，绝望，

《蓟花的冠毛》，丙烯颜料，2013 年 9 月

像失眠一样备受困扰。

P-J 和我仔细讨论了这个问题。我们都认为，第一步应该是找到触发她情绪失控的原因，以及如何才能最大程度地避免此类情况。医生们觉得偶尔情绪失控是自闭症的常见症状之一，没什么稀奇的，我无法理解他们怎么会如此坦然。圣诞节之前，她还没有发生如此频繁

的情绪失控，可是新年以来的阴沉天气似乎导致了更多失控的发生，所以我实在无法接受医生们的观点。我想竭尽所能，从更深层次上理解艾瑞斯，不断观察她，跟随她的一举一动。我必须更加警醒，预先发现蛛丝马迹，而不是去担心如果提前离开，或者我不在桌边吃午餐，别人会怎么想。我不再考虑来自社会的压力，将注意力全部集中到艾瑞斯身上。

下雪让我感到会有个新的开始。我真想叫醒 P-J 和艾瑞斯，一家人一起去滑雪橇，用快乐时光抹去难过的回忆。艾瑞斯还没到雪地里玩过，我迫不及待地想看看她对雪地的反应，看看我们这位热爱自然的小公主站在银装素裹的花园里的模样。

当然，还有个问题，她不喜欢往脚上穿任何东西，我得让她先接受手套和靴子。这是个必须跨越的障碍，在找到解决办法之前，我需要先喝一杯茶。

我走到楼下，为新的一天做准备。烧水的时候，我把艾瑞斯散落在屋子各处的书都整理妥当。厨房餐桌上有几张表格，我在上面填好了艾瑞斯需要参加的各种课程。一月已经过去了，没有什么特别的变化。我们被列在了一个语言理疗课程的等待名单里，还报名参加了一个讲解自闭症的课程，期待从中发现帮助艾瑞斯的方法。我们从那门课里汲取了不少有用的知识，但时间一个星期接一个星期地过去，那门课传授的技巧让我越来越不安。我实在无法相信那些技巧会对艾瑞斯有帮助。它们看上去太僵硬，根据我读到的最新研究，其中一些信息已经过时了。他们推荐的治疗方法称为“PECS”，即“图画交流沟通系统”。根据这个系统，人们可以教会一个孩子用递画片的方式与成年人沟通。问题是艾瑞斯对这种方法毫无反应，事实上甚至起了反效果。这种沟通方式让她沮丧焦虑，因而更远离我们，更希望独处。无论我做了多少张美丽的画片，都无法传达出她心仪的想法、东西或者愿望。就像我们这对父母带着被确诊为自闭症的孩子，一起站在流水线的传送带上。他们递给我们一套标准化信息，和给其他父母的一模一样；这套系统已经好久没有改进过，他们也无法提供其他选择或治疗办法。一切照常规进行，做过塑封处理的图片表格整洁如新，千篇一律的公式抽象而空洞——我无法信任这个治疗系统。这绝对不是一个存在万能灵药的问题。毕竟，自闭症被描述为“谱系障碍”。我们拿到的信息并不是根据艾瑞斯的具体情况、她的年龄段或者我们家长的需要量身定做的，它只不过是一份导览，介绍了过去在某些学校和家庭中起过作用的做法。说到底，不过是一份附了更多联系方式的笔记档案。

我在厨房找到一支钢笔，查阅了自己的笔记，重点标出一些我相信会有效的建议。我把一页页笔记铺在餐桌上，开始记录更多的东西：各种计划、想法和需要购买的物品，还有我知道艾瑞斯会喜欢的东西。每条笔记都会激发出更多的想法。一会儿工夫，我就写下了足足需要几个月才能完成的活动，而我连早饭都还没吃。我决心把治疗计划提升到一个新高度。我们的家将成为一间欢乐屋、一个激发感官体验的美妙仙境。我会从艾瑞斯那里知道，什么令她平静，什么让她激动，什么让她着迷。我要创造出各种有趣的空间，鼓励她学习和交流，并帮助她满足各种感官需求。

有一个想法多次在我脑海中闪现，我把它重点标注出来。这个想法关于家具的摆放方式及其对行为的影响。我开始思考我们的家，以及我已有的经验。如果把一张桌子摆在屋子正中间，四周都是敞开的空间，它就会吸引艾瑞斯不由自主地绕着桌子转啊转。但如果把桌子靠着一边的墙壁放，那她的关注点就更清晰。只要花时间去理解她的行为及背后的原因，从她的角度看世界，我就能更有效地与她建立联系。这些看似不重要的细节，也许会决定我们的世界是混乱还是和谐。想到这里，我记录下哪些家具需要移动，并慢慢想清了如何通过改造我们的家具陈设来帮助艾瑞斯。

“你这是在干吗？”P-J 穿着睡衣，顶着一头乱糟糟的头发看着我，“又列了那么多清单！你到底想干什么，豆子？”豆子是我的昵称，而且也渐渐演变成了艾瑞斯的昵称。她被大家亲切地叫作“豆子第二”，不过我们会简单地叫她“豆妞”。

“哦，你知道，我们还没真正见过语言理疗师，不知道我们能拿到多少次理疗课。他们说一年大概五六次，听上去不怎么靠得住。所以，我们得自己制订一套计划。我觉得圣诞节之前已经取得了一些进展，不是吗？”

“是啊，的确是。”他草草地回答。我不知道是不是男人们惯常的应付，用我想听的话填补谈话的空当，不过鉴于他刚刚起床，我就不介意那么多了。

“所以，我的想法是把正在做的事继续下去，但要让过程更加有趣。我现在大概知道她喜欢什么，如何和她的玩具沟通，我想借此做些文章。这是一份需要购买的物品清单。”

P-J 看了看那张单子。“可是我们的球池里已经有很多塑料球了。”

“我们需要更多的球，越多越好，在袋子里能装多少就装多少，塞进车里买回来。我想用彩球填满一个能划船的小池子，我们可以在家里为她造一间感官享受屋。彩球池、幻彩灯、放松的空间、床垫做成的滑垫……”幻彩灯价格昂贵，不过我知道它们物有所值。艾瑞斯喜欢颜色，我相信这些灯能在她烦躁的时候帮助她平静下来，或者在她焦虑时帮她把注意力转移到这些美丽的事物上。

“好，那让我来负责购物。我买齐所有东西。一张大蹦床，很棒。咱们买个特大号的。”

“别太夸张了——我想把这张蹦床放进花房。估计得把餐桌从里面移出来，不过我们其实也很少在那边吃饭。”

P-J 已经拿起苹果手机搜索蹦床。他又看了一眼清单，问：“最后一条：音乐。你想要我买点儿什么？”

“我在想我父母的钢琴行不行。我们可以把琴靠墙放。”我走到花房里，指指屋子正中两根柱子之间靠墙的位置给他看。对于最后这个安排，我信心十足，甚至能想象出它对艾瑞斯会有多么重要。她热爱音乐，最近唯一能让她睡着的音乐是一盘钢琴演奏唱盘。我希望能亲自为她演奏。P-J 在孩提时代也学过一点钢琴，我们俩决心再好好学一下。我读了一些有关音乐疗法的书，知道音乐对自闭症患儿有多大的帮助……这似乎是一个不错的选择。我又开始记录需要深入研究的事项：音乐理疗师、音乐老师、钢琴调音师、钢琴保养师……

“好，我今天就把清单上其余的东西都买好。”

“可我们今天出不了门呢，你看。”

P-J 朝窗外望去，这才看到外面的雪。“好主意！我们去玩雪橇吧！”他兴奋得像个孩子，“豆妞呢？”

本以为能让艾瑞斯高高兴兴地戴上手套，但事实证明我过于自信了，她完全不接受手套的存在。我甚至难以让她戴上一秒钟，于是索性放弃手套，转而试着给她穿靴子。我花了好几个小时说服她靴子是个不错的主意，或把靴子和音乐，以及她最爱的玩具搭配起来。她则想把靴子里里外外摸个遍，明白它们是什么做的，确认她想脱靴子时能轻松地脱下来。终于给她穿好靴子以后，我们走到了外面的雪地里。雪的咯吱声吓到了她，所以P-J抱着她来到了花园。她小心翼翼地用食指摸P-J手里的雪球。那冰冷的感觉足以让她确定雪很有趣，但并不适合她。关于雪橇，不管我们怎么鼓励她，她也不愿意上去。我们必须适应这种局面——忘掉我们的计划，跟着艾瑞斯的节奏走。把所有期待抛诸脑后，不去复制我们孩提时代的美好回忆，而去关注艾瑞斯愿意做的事。当她准备好尝试新东西的时候，我们就慢慢来，给她充裕的时间了解整个过程。所以，我坐在雪地里，艾瑞斯坐在我的腿上，我由着她脱掉靴子，她看着雪从压弯的枝条上落下。她开心地哼着小调，看着眼前的落雪，偶尔鼓起掌来，似乎大自然把能量传递给了她，然后这些能量又顺着她拍打的小手迅速消散而去。听着雪融化的清脆声响，看着屋顶上滴下的雪水，她无比恬静。

黄昏时分，金色的阳光里，一长条卫生纸轻轻飘落到地上，跟它的朋友们汇合。一条条的白色在地板上创造出宛如现代艺术作品般的景象。

“豆妞好忙啊！”P-J走进游艺室，对我说道。今天非常幸运，曾经持续一整天的撕纸仪式因为雪的缘故，变成了一段简短的旅程。艾瑞斯的种种兴趣总是会演变为一种痴迷，然后统治我们的整个世界。从水到肥皂泡，从大米到沙粒，从卫生纸到羽毛，这些东西的共通之处是都是流动的，能体现出重力的影响，艾瑞斯会看着它们坠落和铺展开来。这些动态的景象总是深深地吸引住她，所以我急切地思考个中原因，遏制住想要整理的冲动，不去打扰她。这种在我们看来是重复性的痴迷，也许是艾瑞斯大脑工作的重要一环，也许这些东西能帮助她了解世界，从中汲取乐趣。我把这些活动看成她发出的邀请，欣然参与其中。我总是悉心观察她，留心发现表明这些活动做过了头的迹象：她是因为自己的行为而沮丧，还是乐在其中？如果她开始被自己的行为牵制，身体会变得僵硬，行为的重复性更强，拍手的频率更急促，手更靠近胸口，她的哼唱也会更紧张。我把“保姆”手袋带在身边，里面装满了各种吸引人的小玩具——可以捏的、扯的和用触觉感知的小玩意儿。它们充满诱惑力，足以把艾瑞斯从着迷的事物上吸引过来，这样她才能放松。

我们的家渐渐变了样。每间屋子都在艾瑞斯的治疗中实现一项特殊的目的。有时候，连走廊都成了障碍赛道，这是为了鼓励艾瑞斯与人互动和开口说话而设计的。我母亲常常带着做好的饭菜送给我们一家三口吃，走廊里东西多到她几乎走不到厨房。有沙桌、水桌，连我的照相器材都发挥了作用。巨大的银色反光板变成了塑料球的美丽底座，吸引着艾瑞斯去玩球。屋里所有沙发和椅子下面的小块地毯都被我拿走，做成各种斜坡、隔板和球池。我把艾瑞斯最喜爱的书放在几个具有关键意义的拐点上，一路上启发她向前走，去玩下一个游戏。她向我伸出手臂，因为需要我帮忙才能爬过地毯堆成的小丘，或者坐着床垫滑板滑到球池里去。在帮她用滑板之前，我会说“一,二,三”，接着停下来等她抬头看我的脸。只要她一做这个动作，我就大声说着“出发！”送她滑下去。过了一阵子，她开始做出“出”的口型，我终于感觉到我们在一起朝某个目标进发。整个过程新鲜有趣，令艾瑞斯获益良多，这种投其所好的办法让她更积极地回应，于是我们听到她发出了更多的声音。我们一起玩的时候，只要她看着我，我就会说一句“看就很好”。无论在我们看来多么微小的举动，我总是不吝于夸赞，然后让她好好休息一下。她觉得这

《脚尖》，丙烯颜料，2013 年 6 月

样很累，如果我逼得太紧，她会打退堂鼓远离我们，拿着书回到沙发上，就更难和她有目光接触了。

通过这些感官方面的游戏，我们开始在其他方面看到起色。例如，她开始容忍袜子和鞋子了，还能在外出时戴上帽子之类的配件。在语言交流方面，我们也取得了一些进步。我们采用了语言理疗师的一些基本技巧，结合激励性的活动，例如吹泡泡或是用她最心爱的玩具做道具，她终于发出了一些声音。

艾瑞斯练习了几种基本技能，比如吹气的动作，人也变得更活泼了——她会咯咯笑着加入进来，用更多的手势和声音让我知道她要什么。过程虽然漫长，但我们毕竟正朝着正确的方向前进。茶几上总摆着纸和蜡笔供我们使用。我常常能感受到她温暖的小手抓着我的手，放在纸上。我曾在纸上画星星，这会儿她则牵着我的手去拿蜡笔，然后再牵到纸上：她想让我画更多的星星。可是纸上已经画满了一片美丽的星空。看着我在一个三角形上面画上另一个三角形，她开心极了。重复性的动作给予她安全感，知识就是力量的超人逻辑为她带来自信平和的心态。

我们的小豆妞仰赖于各种习惯，可以迅速地将各种物品甚至是人送回原位。在她的王国里，秩序是第一位的，打岔的事情绝不会被写进日程表。我们采用温和的方式鼓励她改变，一点一滴地，速度很慢。当这些改变让她难以应付的时候，我们始终陪在她身边，这是挑战和包容的平衡运用。

新盖的花房证明了它的价值，阳光透过落地窗照进来，给了大家无限的遐想空间。我仍在周末去做紧张的婚礼拍摄工作。艾瑞斯的睡眠状况有了一点改善，这多半得益于萨利－安姑妈的到访。她是五个孩子的母亲。她要看一下艾瑞斯的房间，我让她看了，她建议我调整一下房间布置。她不认为把儿童房弄得简简单单会有助于孩子们的睡眠。恰恰相反，她建议摆上更多的枕头、地毯、泰迪熊、书、彩画和素描，添设一些温馨的角落和梦幻的灯光，用尽一切方法让艾瑞斯觉得这是一个非常精彩的地方，值得停留、放松和睡觉，因为这里就像是一个奇幻仙境。她的计划收效很好，我添加了更多的小玩意儿，这间卧房愈发令人着迷，艾瑞斯会更舒服地度过她的夜晚。当然，这也不能解决所有问题，艾瑞斯仍然每晚只睡五六个小时就醒，但至少我们在朝正确的方向发展。每个星期，她的老毛病几乎都会重犯一次，这仍然是令我们头痛的事。我依然在跟疲惫做斗争，然而花房给了我许多力量。

但我担心自己和 P-J 的距离会越来越远。我花了大量时间陪伴艾瑞斯，从起床开始到上床睡觉，我的时间都给了女儿。有时我真不知道自己还能不能再多给她一点关爱。一个人如何能把自己掰成这么多块呢？各种事情都需要我的关注——艾瑞斯、工作，还有我和 P-J 的关系。只要我在，艾瑞斯就只要我不要别人。有时候她会牵着 P-J 的手，把他带到门口，要把他推到门外去。而艾瑞斯发脾气时，我也会对丈夫做同样的事。我知道这么做实在糟糕，一定对他伤害不小，但是精疲力竭的时候，这成了自然反应。我真不忍心看艾瑞斯排斥 P-J 的举动。只要她不希望爸爸在场，就会突然用力举起手，掌心向外地比画停止的信号。她还会别过身去，其中的意味不言自明。

长久以来，P-J 都非常勇敢，待在隔着一段距离的地方爱着艾瑞斯。艾瑞斯则更多地把他视为一种功能性的角色，是我不在时的替代品。P-J 非常想和艾瑞斯一起玩一起笑，共同营造快乐的孩提时代，成为他想成为的父亲：幽默风趣、满怀爱心，而且富于冒险精神。他耐心地等待着欢乐时刻的降临，却发现只有我和女儿的关系越来越近。他还不能像我一样理解艾瑞斯，即使跟他解释我是如何做到的，他也难以理解。当他做出尝试的时候，效果却截然不同——不管是他还是别人去尝试，艾瑞斯都会有截然不同的反应。

“只要我们俩中的一个能做到，只要有效果就好。最近她和你的关系好了很多啊。”他淡然地笑着说道，可我能感觉出他笑得有几分勉强。

他很希望和艾瑞斯亲近一些，哪怕一小会儿，有时候我也这么希望。我希望有人分担一些我的工作，让我歇一会儿。我也希望能安慰他，抽出一些时间享受二人世界，弥补裂痕，却总也找不到足够的时间。然而在最黑暗的那段日子里，玻璃房给了我光明，让我再度充满希望。我们一家人在那些木梁下面度过了许多美好时光，分崩离析的生活也多少得到了一些修复。

家里新添了一架钢琴。艾瑞斯从一开始就爱上了它，一下子坐上红丝绒包裹的琴凳，就像这架钢琴是她认识了几十年的老朋友，他们终于重聚了。琴盖总是开着的，仿佛在邀请人和它聊会儿天，一起玩儿。调过音后，那架钢琴的音色很优美，为屋子平添了一抹只有音乐才能创造的温馨。

又过了一段日子，季节更替，窗外的景色也随之改变，花园仿佛在向艾瑞斯招手，呼唤她来探险。我开始把花园当作另一处治疗场所。在玩沙子和水的时候，花园里的平台是再理想不过的地方。我们给艾瑞斯买了一张吊椅，只要遇上好天气，我都在早上花一个小时左右来准备各种游戏区域：一块有很多靠垫、可以看书的舒适温馨的地方，还有布满整个花园的各种游戏，鼓励艾瑞斯向前探索，和我互动，和周围的大自然互动。需要空间独处的时候，她可以坐到吊椅上眺望花园外的树木。看着叶子在风中翻飞，她的表情如此恬静，远远超出了她的年纪，全然不是有旁人在时那个紧张不安的小女孩。她的重复性动作和多数情况下极其执着的行为都消失不见了，取而代之的是充满好奇的童心。她不再拒人于千里之外，故意与世隔绝。树叶轻轻摇曳，她向叶子伸出手，手指随之轻摆，仿佛交响乐团的指挥，轻舞着身体，与自然息息相连。花园对她的积极作用超出了我的预期。她不再沮丧，心情平复下来。在草丛中、鲜花间和大树下，她终于放松下来。大自然还发挥了更多的作用，帮助她感受世界放松身心，滋养了她的成长。

花园里有一处地方，艾瑞斯去了又去，是那个大树桩。当初那棵树遮蔽了我们的房子，自从伐倒那棵大树之后，家里发生了不少事。我和艾瑞斯一样喜爱那个树桩。它让我回想起自己当初精力充沛，心怀各种美好梦想的模样。我不想丢掉那时的勇气和梦想。从远处看，岁月似乎没有在那棵树桩上留下任何痕迹，不过如果走近看的话，就会发现它也在变化。树皮下有新生命在蓬勃生长。它成了许多小生命的栖息之所。艾瑞斯很喜欢检查一下这些小东西的小窝。树桩在花园里的位置适合做许多活动。它周围的地面相对平坦，可以铺上毯子，再拿来几块靠垫小憩。树桩本身就是一处高台，可以当作瞭望塔。初夏，P-J 和我一边吃着早餐一边望着艾瑞斯。她正站在树桩上，巡视花园的领土，小腿肌肉紧绷，脚踝倾斜，脚后跟高高踮起，小脚趾因承受重力而蜷曲，却在微风里稳稳地立着。一切都井然有序。她满意地点了点头，然后爬下树桩跳到草地上，踮着脚尖跳起了舞，一直跳到了花床边。她双腿颀长，身姿轻盈地跳着，像一位芭蕾舞演员。这种场景已经成了她的显著症状。自闭症和踮脚尖走路之间的必然联系还没有确切说法，但我们看得出艾瑞斯非常享受踮脚尖带来的刺激感，将之视为一种放松的渠道。当她快乐、激动或吃惊的时候，都会一跃而起，镇静时则双脚平平地着地——这已经成了她情绪变化的风向标。那天早上晚些时候，她将双手铺在树桩上，抚摸它的纹理，用食指追寻着年轮的痕迹。她心满意足地哼着歌，双脚平平地落在地上。接着，她将注意力放到了树皮上，仔细观察起各个部分的质地和颜色，然后又爬上树桩，用脚去感受每个部分，再把手脚都放在木头上，仿佛正在从树桩上获取能量。

《雨季》，丙烯颜料，2013 年 4 月

我再次看到了一个无比恬静的小女孩——不是沉浸在自己的世界里，而是与周围的大自然紧密相连。我在平台上望着她，感觉她仿佛给眼前的一切下了魔咒。在我眼里，世界仿佛更加活泼有趣了，而且散发着魔幻的魅力。她对自然的浓厚兴趣和对细节的关注也给我带来许多启发，于是我开始从她的角度看世界，体会各种精妙的细节，凝

神谛听，去欣赏大自然的美。我的感官也被唤醒了，这让我有了更深刻的体会。

一天，季风带来的雨重重地打在花房的屋顶上。我从厨房门口望见艾瑞斯正趴在窗边，看着巨大的雨点在露台上溅起一朵朵水花，仿佛一张织物上印着一个个同心圆。她被眼前的景象深深吸引了，纤细的身躯靠在那里一动不动。接着，她忽然激动地一跃，开始模仿雨滴的跳跃。

当我走近时，她转过身朝我笑着，然后跑过来抓起我的手，牵着我到了门口，把我的手指裹在门把手上。无需语言，我就明白她想体味这场雨，想到外面去。所以我们真的鼓起勇气走了出去。吧嗒吧嗒，她光着的小脚丫和雨点发出和谐的鸣响。她一会儿跑进门来，一会儿又冲出去，受不了雨淋了又跑进来，如此反反复复。她坐在门口，从地平面的角度观察眼前的雨丝。我给她裹上一条温暖的毛巾，我们一起坐着看雨。我的思绪像这些雨点一样密集，各种点子四处喷溅，想法不断浮现出来又消失，疲倦感也渐渐袭来。

鉴于艾瑞斯在两岁的时候有了这些可喜的进步，我开始朝前看，展望和艾瑞斯下一阶段的生活——帮她做好上学的准备。这个过程不会轻松，她要在三岁时每星期上几天学前班，然后逐步增加每周上课的天数，直到在四岁时一周上五天课。

我的目标是艾瑞斯能开开心心地去上学前班，和同龄的小伙伴以及老师顺利互动，接着在四岁到五岁时开始正式上学。我知道还要克服许多困难，因为我们经历过那种无论怎样努力都毫无起色的日子，但更多的是情况好的日子。我开始想象艾瑞斯在学前班里快乐地学习，而我也有了为自己的生活找回一点平衡的可能。

艾瑞斯非常喜欢我们为她设计的游戏，人也变得更自信了。两岁半的时候，她和 P-J 乃至全家人的互动都越来越多。她举起小手让 P-J 抱她，即使我在跟前，她也希望被 P-J 安抚，享受他的关注。P-J 用苹果手机播放她喜爱的音乐，父女俩一起欣赏，这也成了两人增进感情的方式。别人在场时，她也更加自信了，在我父母家，我们和亲友们度过了许多个共享午餐的快乐周日。

一个星期日的下午，父亲坐在沙发上，我在他身旁坐下。他简直喜出望外。“她跑过来亲了我！你们看见了吗？就在这儿，在我脸上亲了三下。哦，艾瑞斯！”我们大家都看到了，而且明白这多么有意义。接着，父亲上去挠艾瑞斯的痒痒，艾瑞斯逃开了——这一步也跨得有点大了，我笑了起来。

我们的午餐很传统，大多数时候都是吃烤肉，但在另一方面又很特别。我的父母慢慢学会了不给艾瑞斯施压，不强迫她坐到餐桌边。我则在来父母家之前就给艾瑞斯喂过饭。这成了我们习以为常的做法。我们总会在同一个时间到父母家，大约十二点半的光景。

“嗨，亲爱的，”母亲从厨房里出来和我们打招呼，“我给艾瑞斯准备好了，拿掉了羊毛毛毯，给她喝的东西就在那儿。”

我把艾瑞斯的书摆出来，鼓励她去玩一玩外婆为她准备的玩具，暗自庆幸羊毛毯子终于从沙发靠背上拿掉了。艾瑞斯的皮肤很敏感，羊毛类织物也许会让她难受。我们在餐厅吃饭时，艾瑞斯在游艺室和小狗“靛蓝”一起玩。靛蓝大概在吃她的零食。艾瑞斯会时不时冲进餐厅，仔细观察餐桌上的装饰物，然后再冲出去。她会和家里的每位成员互动一下，接着又再次跑回游艺室。无论我们怎么解释，大家的目光都会被她拿着瓷器或银器转来转去的动作吸引。她把玩物品的方

式与众不同，观察东西的模样也很吸引人，让你也想摸一摸那件东西，看一看吸引她的那些特点。

当艾瑞斯需要个人空间时，她会坐到沙发上，母亲便提醒父亲："先让她自己待会儿。她正忙着看书呢。"如果父亲正在游艺室里艾瑞斯的身旁看体育节目，她则会说"把电视音量关小点"。如果我的父母邀请了朋友，或有其他亲戚来吃午餐，我们一家三口一定会提前到，让艾瑞斯事先安顿好。在聚会的房间跑进跑出的时候，她就能更好地平衡自己，应对有其他人在家的场合。但这个方法并不总是管用。有时候，大家的嘈杂和骚动让她不堪重负，我就带她开车去兜风，出去走走享受清静，在车后座上望一望田间风光。这个办法总是很有效。

虽然她除了出几种声响之外，还完全不会说话，但能够让别人理解她的意思。她会指给我们看，把我们的注意力吸引到她想要的东西上。更妙的是，她不仅对我用这种方法，也对全家人这么做，我觉得她大有希望将这种沟通方法用到学前班的老师身上。

六月了，再过一个夏天，艾瑞斯就三岁了，我开始感受到未来的压力。上学前班会帮助艾瑞斯为上学做准备，但我希望她能为上学前班做好准备。鉴于她的社交技能还处于基础阶段，上学前班对她来说是一种重大改变。她仍然不听从口头指示，无法理解其他孩子，而且完全依赖肢体语言和别人沟通。我是不是漏掉了什么可以帮助艾瑞斯的办法，或许应该试试其他类型的治疗方法？

回顾过去的时候，我又重新想到一个办法，不过只有说服 P-J 才能实现这个想法。艾瑞斯被确诊之后，我替她申请了一条辅助犬，我们被排在了等待名单里。我读过许多狗狗在各种情况下帮助孩子的事例，而且自从失去米奥斯卡，我一直觉得家里缺一只动物的陪伴。我相信养一只宠物绝对是有益无害的事，也希望艾瑞斯能感受到有一个忠诚伙伴的快乐。想到一条接受过训练的狗能帮助艾瑞斯，支持她学习社交技能，真是件特别有趣的事。不走运的是，我的调查研究并不顺利。许多等待名单都因为需求过多取消了。某家慈善机构的一位女士好心地建议我联系她的朋友，那个朋友开办课程，教学员们如何把自己的狗训练成辅助犬。于是一个计划开始在我心中酝酿：找一条适合艾瑞斯的狗，依靠专业人员的指导，由我们把它训练成辅助犬。令我吃惊的是，P-J 并没有反对。他不想遛狗，但我喜欢散步，我们在这个问题上很容易达成协议。金毛寻回犬显然是不错的选择，当地正好有人发广告出售一条一岁大的金毛寻回犬。一位猎场看守员想削减场里养的狗的数量，所以要出售一只最小的名叫“柳柳”的金毛犬。我非常想看看这只小母狗，听上去她就是我们所需要的那种狗。我一直想着靛靛是怎么对艾瑞斯表达善意的，所以也开始想象在艾瑞斯焦躁不安的时候，柳柳会如何抚慰她，给她自信，帮助她学会与人沟通，也许她甚至会和我们一起开车送艾瑞斯去上第一天的学前班，和我们一起经历她的无数个第一次。

“她就是我们要找的狗，我能感觉到。”我们第一次去看那只小母狗的时候，P-J 走回车里说道。我和艾瑞斯在车里等，因为怕一群狗太闹了，会吓着艾瑞斯。当我朝“柳柳”走过去的时候，我明白了 P-J 的意思：她很温柔，满怀爱意，对人很专注。而且她长相可爱，举止优雅，有长长的金色睫毛和美丽的棕色眼睛。我们当天就把她带回了家。协议约定先试养两个星期，可我和 P-J 都觉得我们的家将成为她永远的栖身之所。我已经深深喜欢上了这只小狗，也希望艾瑞斯会有同样的感受。

然而试验并不成功。当我听到艾瑞斯的哭闹声中夹杂着 P-J 的说话声，就知道我们的计划可能泡汤了。

“看啊，一点作用都没有。”P-J 抱着尖叫的艾瑞斯说。我费了好大力气，才把柳柳安置到厨房里，又关上了门。

我转过身抱起艾瑞斯，紧紧地搂着她。“我明白，真是遗憾。艾瑞斯和靛靛处得来，因为那只小狗活泼可爱。真不明白为什么这样却不行。”

“也许因为小狗始终在她身边。艾瑞斯需要歇一会儿。”

的确如此，柳柳总是非常兴奋，有时候不会知趣地让艾瑞斯一个人待着。而且这只小狗喜欢水，爱在湿草地上打滚，弄得一身臭味，艾瑞斯讨厌那股味道。

“还有，她喜欢舔人，从来没停过。她一看见艾瑞斯就舔个不停，丝毫不理会艾瑞斯想要把她推开。你说过你会去遛她。我们之前说好了的。”

“哦，别这样好吗？自从柳柳来到家里，艾瑞斯就根本没睡过。这一天过得太累了。你说了还不如你去。艾瑞斯哭闹的时候一直是我在哄啊。”

我给艾瑞斯拿来她最喜欢的字母课本，然后走进厨房，打算和 P-J 单独谈谈。我不想让艾瑞斯觉得这是她的错。我抚摸着柳柳，她把下巴搁在我膝头，可爱得像天使。我多么希望这个计划能成功，但知道 P-J 是对的。收养这只小狗的话，我们的生活会更复杂更艰难。艾瑞斯似乎一直烦躁不安；她不睡觉，甚至只要有柳柳在的房间，她就会躲开。而柳柳却一直在找她，完全是一头热，艾瑞斯对这种无休无止的关注和亲近感到厌烦。

那天下午，我们打电话给猎场看守员，请他把小狗领回去。关上汽车后备厢，隔着车窗看着柳柳那热切快乐的脸和美丽的大眼睛，我难过极了。把她送走让我很伤心。我觉得自己的生活又经历了一次失败，让艾瑞斯经受这些试验，我也深感愧疚。计划怎么会失误呢？值得庆幸的是，柳柳还以为自己只是出门度假，所以依旧开心地蹦蹦跳跳，去找别的狗玩了。与此同时，P-J 跟猎场看守员解释了事情的来龙去脉。

每当自己的计划不起作用，我就非常郁闷，不过已经习惯这种感觉了。我总会精心设计一些活动，如果大家并不理会，我便沮丧不已。但接下来，我们还是会取得成功，那感觉棒极了，于是我再次打起精神。这些起起落落有时让我十分泄气，直至产生放弃的念头。可是当 P-J 告诉我应该先搁置一下宠物计划时，我的倔劲儿又上来了，坚决不肯放弃。“行的时候就是行。还记得米奥斯卡怎么走进我们的生活吗？还有委内瑞拉的那些马儿？”P-J 的话让我气恼。我再也不想听天由命。我相信，没有机会的时候就要创造机会。

整个夏天，在艾瑞斯过三岁生日之前，我读了许多关于有自闭症谱系障碍的孩子的故事，其中的一些故事很有力量。一个名叫“马孩儿”的故事把我感动哭了。一个叫罗万的男孩症状听上去和艾瑞斯的非常像，他和马儿结下了不解之缘，在蒙古的马背上有了一段史诗般波澜壮阔的经历，性情自此起了很大变化。他的父母鲁伯特和克莉丝汀带他去见了部落里的萨满巫师，后来发现男孩的自闭症倾向有了逆转。罗万和马儿的情感联系，他父亲的开放心态，以及透过儿子的眼睛观察生活、不断调整对策的能力，让我也不禁猜想，马儿是否也能再度在我们的生活中扮演重要的角色。我发现离家不远的地方就有一

个以马为主题的理疗中心，那里的工作人员曾经和鲁伯特一起接受培训，一定能帮到艾瑞斯。最近几个星期他们的预约都满了，我们在日历上记下会面的日子，我已经等不及要带女儿去了。

当我翻开相簿，回忆我们在委内瑞拉骑马探险的岁月时，还能清晰地记起那些马儿有多么忠诚。这种动物非常敏感，相信它们也会和艾瑞斯相处融洽，艾瑞斯也会像我一样，和马儿们建立起深厚的情谊。也许通过马，艾瑞斯能更适应社交场合，这甚至能鼓励她用语言交流。我仰头望着花房里的木梁，现在那里搭着我们在委内瑞拉用过的马鞍。颜色鲜艳的衬垫和皮革制的鞍袋将我带回那个遥远的国度。那是一个神奇的地方，远离城市的喧嚣，壮阔的乡间景色为我们带来内心的宁静。一匹名叫坎特耐罗的小马彻底改变了我和动物的交流方式，让我的处理方式更趋温和，它也因此赢得了我的信任和尊重。正是它让我领悟到，永远不要低估马儿的能力。

我们从一个旅馆主人那里买到了马，这位主人当初打牌时赢了一对种马，但他不懂该怎样养马，并没有好好对待它们。当时这对马儿非常瘦，身上虫子肆虐，状态极差。于是我把它们都买了下来。买的时候我非常清楚，这将是一次挑战，但我实在不忍心看着它们就这样死去。我不知道如何在这片美丽又陌生的土地上照顾它们，但是总体而言，我了解马，它们也了解我，剩下的我可以边做边学。一个月后，它们看上去好了很多。我费尽心思，终于找到一位兽医，由他为我们提供杀虫药。我还专程到南边数英里外的小镇买了马掌，学会了自己钉马掌。我们骑着马探访热带河谷和山林，每天都长途跋涉寻找新的路线。坎特耐罗成了我忠实的朋友。它性子很烈，全身黑亮，但因为以前遭受过冷落虐待，我花了很长时间才和它建立起互相信任的关系。大多数日子里，在P-J忙着工作的时候，我和坎特耐罗一起出门探险。我把照相机放在一侧的鞍袋里，另一侧放着地图和食物。我们在陡峭的山麓行进，在道路被倒下的树木挡住时蹚过淙淙的河水。它像一头灵巧的山羊，总能在艰难之处找到出路。令我吃惊的是，它偶尔还会径自走进我们的屋子，就这么怡然自得地闯进来，仿佛在说："嘿，最近怎么样？茶沏好了吗？"这并不是恶作剧，而是它发自内心地认为自己属于人类。

但是后来，坎特耐罗和我们另一匹叫伯尼托的马打架。我们很难为这两匹马找到合适的马场，这时候曾教我钉马掌的一位年轻人说，他能暂时收留坎特耐罗，直到我们把一切都安排妥当。我相信了他，他则对我保证说，一切都会好的。

过了一个星期，我们什么消息都没听到，便过去探问。当我从丰田兰德酷路泽车里爬出来的时候，P-J瞟了我一眼，然后忍不住哈哈大笑——看到我费劲地从这辆巨型车里钻出来，他总会放声大笑。这辆车看上去像一头大怪兽，但是我非常依赖它的强大，它有高耸的悬载框架、巨大的金属保险杠、有色挡风玻璃、高排气管，车厢顶部还配有折叠式帆布盖。坐在里边，我们就像身处一座城堡要塞之中，在这个内战一触即发的南美国家，城堡的安全感是人们求之不得的。

我听到坎特耐罗在嘶鸣，看到它被紧紧地绑在篱笆上。它用力刨地，希望能出来找我们。那里没有一片荫凉，也看不到食物和水，这让我极为不安。后来我们被告知，坎特耐罗也和这里的种马打架，所以被隔离了，而且并没有被好好照顾。我的心怦怦直跳。我对这匹马负有责任，我爱它，就好像我们是多年的好朋友。

“别生那个人的气，”P-J 悄声对我说，“不值得。我们带坎特耐罗走吧。”他深知当地人脾气火暴。和我们当初来安第斯山脉时相比，社会氛围已经不一样了。石油工人罢工，商店停业，超市货架都空了，食物越来越难买，生活日益艰辛。当地人乐天知足的性情也起了变化，学生们游行示威，放火烧轮胎，阻拦街道交通，城市和我们的安乐窝之间的距离日益缩短。看着我的马被牢牢绑着，满身灰尘地在烈日下挨饿，我下定了决心：我当天下午骑着它回家，P-J 开车回去，在路上跟我们汇合，以保证我们的安全。幸运的是，我还带着坎特耐罗的马鞍和笼头，上次送它来的时候就一直留在丰田车里，所以我们告诉他们，我们打算带这匹马回去。这是一段漫长的旅途，我们必须抓紧时间，在天黑前赶到家。到家后先让坎特耐罗暂时待在花园里，直至找到另一处合适的马场。

“要沉着，路上小心。别和任何人说话，一直赶路不要停。我会在这条大路上等你们。”P-J 指着地图上一条弯弯曲曲的路说。

坎特耐罗健步如飞，我还从来没见它跑得这么快过。原先短促

《划你的小船》，丙烯颜料，2013 年 4 月

笨拙的步伐加快了，我们在热带的山谷里飞奔，它的每一步都散发着喜悦。

海拔越来越高，寒气弥漫开来，我们在香蕉种植园间的小溪旁停下歇息。坎特耐罗喝着甘甜的溪水，它长长的饮水声惊得一群青绿花纹的黑蝴蝶纷纷飞走了。

就在我身边，我看到一只做了完美伪装的昆虫，形似叶子。我能听到蜂鸟寻找心爱的花朵时发出的熟悉的嗡鸣，一阵高密度的嗡嗡声，接着它们又飞向下一朵。

森林的声音在变化，随着日光渐弱，万物的响动越来越大。我从未听过的奇怪声响在周围回荡。马儿载着我小步跑出了山谷，朝大路走去和 P-J 汇合。

“你马上就能回来。别担心，天色还早。”他一向的乐观态度某些时候未必行得通，所以我抄近路，穿过了一片垦殖的小农场。天眼看要黑了，我深知没有都市的光污染，这里的夜有多黑，所以稍稍向上拽了拽缰绳，这样坎特耐罗就会明白我们得加速。空气中飘来家附近的葡萄柚园的味道，我知道我们离家越来越近了。

忽然，我发现我并不是一个人在赶路。我听到人声在逼近，还闻到了烟草的味道。拐角处出现了几个人影，那些人手里的香烟发出点点亮光。坎特耐罗觉察到我的两腿夹紧了，于是高扬起头，弓起脖子打着响鼻，用力踏地，摆出威慑的架势小跑起来。经验让它明白，要格外小心男人们：有些男人值得信赖，有些却很凶残。它四蹄撞击地面，叫声响彻山谷，那些男人被这匹马的架势震住了，于是让出很大一块空地让我们通过。我没听到他们说一个字，完全没有我在当地早已听惯的插科打诨。

等到我们离那群人越来越远，我才如释重负。全国的气氛都异常紧张，根本不知道当地人会对我们作何反应。我知道他们感到困惑，一个外国人怎么会如此爱马。更重要的是我是一个来自英国的金发姑娘，只有二十岁，在一个陌生的国度里生活。我很容易成为攻击目标，所以总是尽量小心行事，不过此刻我做的事简直危险到家了，只身一人在黄昏赶路实在离谱。看到最钟爱的那株被松萝覆盖的树在微风中轻轻摇曳时，我终于透过气来。对某些人来说，这些被攀爬植物覆盖的树仿佛幽灵一般，但那对我则意味着终于安全到家了。P-J 就在那里等我。关好巨大的金属门时，我才意识到天已经很黑了。坎特耐罗十分疲累，不过它很高兴又和我们在一起了，所以很快安稳下来，在花园里吃草。

又过了些日子，当我们正在山谷里跋涉的时候，一位学生主动过来打招呼。他在附近的城市梅里达上学，当时学校放假，他回乡看望父母。他是如此激动，我一开始都没有听懂他的西班牙语和断断续续的英语，不过我还是大致明白了他讲的故事，明白了我们忠诚的坎特耐罗是如何成长的。它是在崇山峻岭之间由这位年轻人的家人养大的。它还是小马驹的时候，就和家人同住在屋子里，屋里是泥土地，屋顶是锡皮做成的。坎特耐罗和这家人以及他们的小狗生活在一起，所以开始模仿狗，学会了保护主人。这家人用非常温和的方法教养它，它则以温和的态度回应大家。不走运的是，几年前他们的作物收成不好，只能卖掉这匹马，但是他们都希望它一切安好。

回想起我们过去与马儿的各种奇遇和探险，以及它们是如何帮助我的，我觉得把马儿介绍给艾瑞斯认识是一件顺理成章的事。相信这会给她的生活带来更多的快乐。那家辅助理疗中心的头几节课是在林

地上的，效果非常好。艾瑞斯喜欢和我坐在西部式的马鞍上，她坐在我前边，我们一起骑马。她总是仰头望着天空，在我怀里放松下来，仿佛我们正穿越树林。我们只在户外骑了几段短短的距离，我的脊背还好，只是有点痛，但能看到艾瑞斯幸福的模样就值得。马场里还有很大的蹦床，她也很喜欢。

但是几个星期过去了，艾瑞斯明显对马儿缺乏兴趣。在她看来，马儿只是一种载她去树林的交通工具，只是她亲近大自然的一种渠道。有几个星期，如果马儿没有准备好让她直接骑上去，她就开始沮丧，变得无法冷静下来，我们只得让步退出。她不想去抚摸马儿，事实上，她对任何接触都不感兴趣。意识到自己再次操之过急，我很难接受。是我自己对马的热爱让我去尝试这项最新的理疗措施。我太渴望取得进展了，希望听到她开口说话，看到她和别人玩耍，所以才从我内心的感受，而不是从艾瑞斯的角度孕育出了这个想法。

跟随孩子的步伐，基于她们的兴趣拓展她们的优势，进而建立情感联系，这话听上去容易，现实却迥然不同。这是一个不懈地学习的过程，需要时时细心观察，跳出画面之外，专注地发现那些鼓励孩子的动因，迅速而富于创造性地思考问题。我曾那么坚信“柳柳”和马儿能帮助艾瑞斯走出阴霾，而对于现阶段的她来说，这些都为时过早。我得多给她一些时间。

到了此时，我该重新考虑一番，回到已知的事实，即艾瑞斯真正的兴趣是什么，而不要再使蛮力，不再逼她去上其他理疗课程，不再心急火燎地尝试各种治疗方法。与此相反，我应该将注意力集中到那些奏效的因素上，最重要的就是再多些耐心。所以我带着艾瑞斯去了能让她沉浸于大自然中的地方。我们去看花园、森林、小溪、湖泊和河流，时时通过玩耍鼓励她说话。这些外出旅行多少让我们从孤独中解脱出来。玩水成了我们的日常活动，甚至成了语言理疗中极为有用的一环。

夏末，想到艾瑞斯要去上学前班了，我就觉得开心，虽然知道这不是件容易的事。我非常清楚，我们会有好几个夜晚不能睡好觉，但还是觉得艾瑞斯有望适应新的变化。一位护理老师每天都会陪伴在她左右。我们已经和这位老师见过面了，她善良而包容，把孩子交给她很放心。这位老师看上去对艾瑞斯和她的病症兴趣浓厚。她会参加一个有关自闭症的短期课程，并希望从我这里了解更多的细节，例如我如何与艾瑞斯交流，艾瑞斯如何与我们交流。我相信她有和我们一样美好的愿望。在回答我的问题时，她向我保证，只要艾瑞斯需要，我就可以陪着艾瑞斯。我的心平静下来，相信一切都能如愿。让我担心的是孩子们上下学的吵闹声，于是她答应我们，我们可以早上晚点到，下午早些回家。她还建议艾瑞斯在开学以后稍晚些时候加入班级，因为那时其他孩子都稍稍安分下来了，介绍艾瑞斯进班会更合适。一切看上去都非常乐观，学校的灵活措施和对我们的理解与帮助，化解了我的种种担忧。

快三岁的时候，艾瑞斯终于越来越多地走出自己的壳。我们为她的生日举办了一个小规模的私人聚会。这一回，我没有把她的生日礼物包裹在彩纸里，而是把它们全部塞进了一只猫头鹰模样的帆布书包。于是，艾瑞斯非常兴奋地把礼物一件件从书包里拽了出来。全是她最喜欢的小玩具。她玩得非常开心，我似乎正渐渐找到自己的节奏。

亲爱的艾瑞斯：

我们真为你感到自豪。过去的一年里，你的进步大大超乎我的想象。我早慧的小姑娘，你教会了我许多东西。我们一起学习，这个旅程还在继续。今天是你第一天去学前班上课。我希望你不要担心，你迈出的每一步都会有我陪伴左右。我知道，第一步会很可怕，但是别忘了，我们都在这里陪你。我明白改变很难，但有的时候改变可以是一件好事，甚至还会令人兴奋。你总是喜欢在大自然里探险，我想假以时日的话，你也会喜欢上和其他孩子一起玩，和他们一起探险。祝你好运，我的宝贝，在这特别的一天。

5

在学前班，我第一次看到了她的笑容。她苍白的面颊起了变化：圆圆的脸蛋和长睫毛下的美丽明眸有了高兴的神色。三岁的她比同岁的孩子明显高出许多。她单手提起一只水罐，往里面盛满水，另一只手拿着一块绿色的小圆木片，那是一幅拼图里的一块，俨然已成为她的至宝。她慢慢地将水倒在有一半被淹没的玩具上，弯下腰仔细观察水的动态，每圈涟漪都激起她极大的好奇心。当最后一片波纹平复时，我听到她浅浅地吸了口气。接着，她把手轻轻地放在清凉的水面上，快乐地享受着水面与手掌之间的张力。我借此机会稍稍退后几步，看着她在周遭难得的宁静中自得其乐。其他孩子都到屋子另一头去吃上午的加餐了，艾瑞斯却选择留在水桌旁边。我望着她，过去几个星期的愧疚感稍稍平复了一些——也许一切都会好的。我们的愿望会实现，艾瑞斯能适应学前教育的生活。

一个吃完加餐的小男孩开始了下一项活动。那个小家伙牵着小火车出发了，他飞快地迈步，从屋子一头奔到另一头，小火车的塑料轮子在坚硬的地面上发出巨大的声响。艾瑞斯立刻向我伸出手，希望我能加入她的行列，可还没等我赶到她身边，她就哭了起来，再也无法忍受下去。

小火车的噪音抹掉了我们那天早上取得的所有进展，我能感受到她的痛苦。她浑身颤抖，紧紧攥住我的胳膊，把我也弄疼了。她心跳加速，脸色特别苍白，和我热红的脸截然相反。我怎么都无法撬开艾瑞斯如贝壳般紧紧钳住我的小手，只好对老师们解释说，能不能把小火车拉到远一些的地方，这样艾瑞斯才能放松下来。但她们无法理解。她们凭什么非要理解？艾瑞斯的症状比较复杂，任何一刻，她的反应都能迅速移动到自闭症谱系中另一个级别的敏感度和另一组症状。有时候是可以预测的，但有时候你必须保持开放的心态，从她的角度考虑才能理解。她对世界的感知与我们不同，沟通和社交技能极为薄弱，有别人在场时总会缩回壳里。这些老师从来没有照料过自闭症患儿，也不知道什么样的声响会让这样的孩子遭受折磨，所以我的建议没有被采纳——在她们看来，把玩具拿走对其他孩子不公平。我真想站起来据理力争，替无法为自己辩解的孩子争取权益，但此刻我已经精疲力竭，意识到再争论下去毫无意义。

噪音和孩子们自由玩耍的混乱场面就在眼前，幸福的瞬间转眼消逝。连教室里的照明设施都时时刻刻惹人烦恼，闪烁不定的灯光让人心神不宁。小火车的车厢被一节节拖着走，不时撞击着地面。我带着艾瑞斯去了外面的游乐场，呼吸着清凉的空气，试图找到新的力量来应付这个漫长的早晨。如何才能行得通？如何才能让她们明白艾瑞斯复杂的病症没有明确的答案，也没有既定公式可循？

我开始觉察到学前班并不欢迎我的存在。为了帮助艾瑞斯适应新环境，学会在挤满了其他孩子的班级里生活，我已经在这里待了三个星期。情况并不乐观。每当她远离其他孩子，试图找个安静的角落待着，别的孩子就会跟着她；事实证明，她像一块吸引着大家的磁石。就像柳柳总爱跟着艾瑞斯一样，其他孩子也会这么做。艾瑞斯玩玩具的专注劲儿，她对各种质地的浓厚兴趣，喜欢用皮肤接触物体表面的习惯，将简单的倒水动作变作一种艺术的能力，都引起了孩子们的好奇，于是他们都挤过来，希望加入她的行列。随着个人空间被迅速挤占，艾瑞斯的温柔性格也被逼到了边缘。如果能保持适当距离，她还是可以容忍他们的，但如果距离太近，麻烦就来了。她要么大哭起来，很长时间都哄不好，要么就把其他孩子推出她的个人空间。如果我或者那位护理老师用蜡笔在纸上画出重复性图案，这些情况能得到缓解。她会饶有兴致地跟着之字形或旋涡状线条兴奋地踮起脚尖。我们利用这种训练与她做目光交流，鼓励她说话。起初她会引导我们的手，希望我们画出更多的图案。只要她抬头望着我们，我们就继续在纸上画图案。后来，我们会说“更多的……”，然后停下来等她接话。听到她发“多”这个音节的时候，我们会画更多图案来奖赏她的努力。

我非常庆幸我们能利用这些小小的兴趣点拉近彼此的距离。这些练习可以为她营造一个有安全感的地方，但好景不长，她很快执迷于这种活动，甚至根本无法让她干别的，于是我们被困在了蜗牛状图案里。她一头钻进这些有规律可循的图案里，一直沉浸其中，直到时间到了，我们必须赶在别的妈妈来接孩子之前回家，避开那些混乱的场面。

我们还努力想让艾瑞斯喜欢上户外游乐设施，但也困难重重。在别的孩子玩耍的时候，艾瑞斯沿着白色的场地边线走到远处另一侧的树底下，远离所有人，独自坐下审视脚下一块龟裂的地面。她渴望独处，眼神迷蒙。我知道她是在想念我们自家花园里的摇椅。我看得出她故意让自己走神，以便找到些许宁静，不再对外界做出反应。要是我们叫她的名字，她根本不会回头，向她走过去的时候，她甚至不会

《隔离》，丙烯颜料，2013 年 4 月

看我们。她总是避免目光接触，也从不握我们的手。我觉得这是在退步，其实更像是向后跳了几大步。在家时，即使她需要空间，也会意识到我的存在，感受并享受当下的生活。如今她对外界的反应更强烈，但在学前班里，她的样子就像是回到了一年前。看着她这样退步下去，我心如刀绞。所有努力都付诸东流了吗？就这样看着她崩溃，让我们

的生活再回到最初的情形?

每次送她上学，我都害怕穿过教学楼和她的教室之间的走廊。我抱着艾瑞斯，艾瑞斯则张开四肢，拼命抓住任何能抓的东西阻止我继续往前走，就像上次在康沃尔度假时我带她进商店的样子。她明明白白地表达着自己的感受，我选择无视，但心里觉得这么做根本不对。我曾承诺说，会倾听她的感受，会更呵护体谅她，而此刻却背弃了这些承诺。一进教室门，她就要回家。我恨自己逼她经受这番折磨，但当时别无选择。专家建议我们这么做，以便为接下来的计划做准备，逐渐过渡到一星期上五天学。我们选择的余地非常有限。其他学校都比这一所大，班级里学生更多。私立学校的人听到“自闭症”这个词的时候都赶忙合上了等待名单，为特殊儿童开设的学校和幼儿园又路途遥远。

艾瑞斯能愉快地上学前班，接着正式上学的目标，现在看来希望渺茫。我觉得局面已经失控，毫无章法可循。但望着艾瑞斯的脸庞，我忽然决定再也不能这样下去了。她最近养成了一种习惯，一紧张就抠嘴唇的皮，现在嘴唇皲裂，破皮的地方流出血来。最近她无法正常吃饭，瘦了很多，黑眼圈也出现在脸上。自从开始上学前班，她的睡眠习惯就从有所改善退化到了匪夷所思的程度，我也跟着遭罪。P-J试图帮忙，但艾瑞斯只要我。看着他一次次被女儿拒绝，我们的耐性都快被磨光了。他和艾瑞斯的关系越来越糟，艾瑞斯越来越不想和他独处，连播放音乐这招也失灵了。无论我说什么做什么都不起作用。艾瑞斯就是要把他推开，这明显是倒退，她甚至也不想和我玩了。她仍然会拥抱我，但那是一种更绝望的拥抱，紧紧抓住我，把我捏得生疼。夏天的时候，P-J和艾瑞斯的关系明明有了显著改善，可是现在艾瑞斯对所有人关上了心扉。从确诊以来，我们做出的所有努力正在迅速消失，取而代之的只有恐惧和沮丧。

她的自闭特征排到了所有事情的前边，主宰着家庭成员间的关系、我们的生活和健康。她的理智、情绪和感受从不在和谐状态，它们总是彼此冲撞，让艾瑞斯筋疲力尽。她的执迷和控制欲把我们所有人逼到了极限。P-J 无法跟上她时刻变化的小心思。例如必须从固定的一侧喂她吃饭，必须以一种固定方式递给她水杯，否则她根本不接受。她还喜欢以特定的方式被抱进车里和送上床。在家里，她只看卡通片的某些片段，并且希望一直看下去。她希望一本书总在某一个特定的页面打开，想让我们一遍遍读给她听。她爱用左手攥住的东西已经堆积如山。这成了相当大的负担：东西越来越多，她根本拿不过来，最后她就像电影《剪刀手爱德华》里的主人公那样，用手拿着东西，手指缝里还夹着一些。我们日常生活的方方面面都被一系列既定的活动控制，还根据艾瑞斯设定的标准不断变化。因为沟通技能受到阻滞，她更加不愿意看我们，这些趋势越来越难以应对。我们不知道自己是不是做对了，唯一的标准就是她有没有哭。只要我们做得不对，她转眼就变得沮丧绝望。我们竭力地理解她的需求，但也只能通过不断试错才能搞懂。

那天我们离开学校的时候，艾瑞斯瘫坐在车后排的座椅上，车子猛地向前一蹿，熄了火——完全是我的过失，我太累了。我看了一眼后视镜，发现其他的妈妈正在学校门口聊天。她们无忧无虑的快乐模样吸引了我的目光。一股妒意升起，我心中涌上怒气。为什么发怒，我也不清楚。我没法埋怨艾瑞斯，这不是她的错，更不能因为其他人过得比我轻松而怪罪她们。我想象着她们的生活，接送孩子上下学，有自己的闲暇时间，即使就几个小时，但那将是多么放松的感觉。我打断了自己的思路：人生是无法比较的。我有我的人生，她们有她们的。即使现在她们的生活看上去是完美的，有新烫过的衣服和好看的发型，欢颜和谈笑背后也总会隐藏着什么。人人都有难处，自怨自艾于事无补。开车回家的路上，我感到像挣脱牢笼般重获自由。开下山坡，又爬上乡间小路，我们母女俩都松了口气。

我真想一直生活在那种感觉里：自由，充满荣耀的自由。我不由自主地向艾瑞斯承诺说，我们再也不回那里了。我能从后视镜里看到艾瑞斯的反应：听到这句话，她非常开心，于是我才有勇气把这个想法贯彻下去。我们放弃了送艾瑞斯去学前班的计划。学前班不是法定教育，我可以充分利用明年的时间，亲自为她做正式上学的准备。我们对她提出了太多要求，动作也太快，把她一下子扔进陌生人里，而这些人根本没办法充分理解她的情况。我在自家的车道上停好车，给艾瑞斯解开安全带时，她抱了我。那是一个美丽的拥抱，安静而甜蜜，她的小脸蛋靠在我的颈窝里，我感觉到她均匀的呼吸吹过我的皮肤。不知道她是否明白我说的“我们再也不回去”的意思，或者是否体会到了我的如释重负，但那个拥抱让我不再质疑自己的决定，将所有负面的想法暂时停下，转向正面的那一端。被学前班那些并不理解我们的人包围时，我曾感到孤立无援，但在回到家的那一刻，这种孤独感消失了。

接下来的一年，我会在家里教导艾瑞斯，希望把丢掉的进展重新捡回来。我的脑子里满是想法，手中的一线希望成了我的动力。我要把专家的建议放到一边，按照自己的想法干。我知道 P-J 会百分百支持我，但有些担心艾瑞斯外公外婆的想法。每次打电话或见面时，他

《水一样的蓝》，水彩，2014 年 1 月

们都殷切地询问艾瑞斯在学前班的情况，从他们的语调和表情里，我明白他们多希望艾瑞斯能在学前班好好安顿下来，希望听到我们战胜了一切困难的好消息。我回话时，他们表现出的失望和鼓励的拥抱让我百感交集。然而把放弃学前班的事告诉母亲，她竟然全力支持我的决定，这着实让我松了口气。她也没法看着艾瑞斯这样下去，所以建议找一找私人理疗师，来帮助我们度过接下来的一年。

冬天转眼就到了，我的目标是研究并找到几位专家，帮助我处理四个关键领域的问题。要有一位职业理疗师帮我应对艾瑞斯的感官需求，以及一些难以处理的行为模式，例如她在活动转换环节遇到的困难、玩耍的技能、对某些刺激的反应，还有自律能力。一位语言理疗师和一位音乐理疗师鼓励她与外界交流。还有一位膳食理疗师帮我评估艾瑞斯的一日三餐，看看能否通过饮食改善她的某些行为问题和睡眠质量。

艾瑞斯喜欢一部叫作“滴答滴答小画家”的动画片，是关于一个小卡通人物在一直向前延伸的线条上冒险的故事。这个小卡通人物有几乎类似外星人的长相，除了两只大眼睛外，没有别的五官，造型极其简单。我可以体会到它对艾瑞斯的吸引力，它让艾瑞斯回想起我们一起画画讲故事的经历。这个人物的长相无比简单，没有什么令人迷惑不解的特征，所以在接下来的几个星期里，我模仿这部卡通的风格，让我们的生活也简化下来，创造出能令艾瑞斯放松的空间。上个月在学前班里经历的混乱让我疲于应付。家里的房间疏于打理，乱糟糟的。如今，我把她堆满各式杂物的游艺室清理了一遍，然后摆上一些装饰品，让一切井井有条，给她一个充满创造趣味的空间。我用艾瑞斯的彩色蜡笔在墙上画了一棵树，树上有一对猫头鹰，枝桠上开满了花。

她的书被整齐地放在书架上，我又买了一些家具用来摆放她的玩具。现在，她的游艺室不再是乱糟糟的模样，成了有秩序可循的空间。

这对我们两个来说都是一种恢复过程。我需要对生活重获控制的感觉，我们正朝着一个积极的未来努力；艾瑞斯也在这种新秩序中得到了平静。她会整齐地排列玩具，从碗里拿出玩具水果，将它们整齐地放在沙发边缘。她还用同样的方法玩那些从私人车道上捡回的小石头，一次拿回来几块，把它们排列在窗台上。家里越来越有序，我的感觉也越来越好了。看得出艾瑞斯也有同感，她手里抓的东西越来越少，直到最后只剩下一样：一把粉色的勺子。我母亲建议我们每星期回家里吃一次午饭，选一段清静的时间，让艾瑞斯习惯待在外婆家，重新找回放松的感觉。我们决定星期五过去，并尽量固定在这个日子，给艾瑞斯一种规律感。总体而言，艾瑞斯还是只跟我互动，但午餐让我们有了改进交流方式的可能，也让她更有安全感。她偶尔会放松下来，在午饭后跑去看花园，接着上楼去玩。我和母亲跟着她的步伐，让她去发现各个房间里的宝贝。她很喜欢母亲化妆台抽屉里的一些装饰品和香水瓶，去看这些小东西成了我们的例行活动。母亲特意把这些小物件放在靠近抽屉边缘的地方，好让艾瑞斯轻松拿到。这些细节成了艾瑞斯的世界里的定心丸，也成了我们帮助她顺利转换生活方式的策略。

艾瑞斯在家受教育的方案在稳步筹划。我们不希望她错过学前班给予的锻炼机会，想帮助她为以后正式上学做好充分准备。于是我找到了学前班课表上的各种活动，要教会她数二十以内的数，认识字母、各种形状和颜色，以及一些基本的音节等很多知识。当然，我还想让她继续学说话。就开销而言，请私人理疗师每星期给艾瑞斯上一次课，是一笔不小的经济负担，我都不知道我们是否有足够的钱坚持下去。我永远不会忘记赛勒斯特姑妈的好意，是她照亮了前方的道路。她的宽容大度让我们找到了最合适的理疗师，我也得以降低婚礼拍摄的工作量，有时间在家教导艾瑞斯。赛勒斯特不仅帮助了艾瑞斯，也帮助了我。她给我写信，提醒我也要照顾好自己，她永远支持我，还说有什么需要帮忙的尽管找她。我需要这些温暖的话语，只要想到她心里惦记我，我便不再感到孤立无援。

十月底，我在本地找到了一位非常合适的职业理疗师。贝基正是艾瑞斯和我需要的人——她坚强、博学、积极而务实，而且在坚强背后还有一颗温柔善感的心，所以她懂得如何与艾瑞斯相处，何时拥抱她，需要采取什么行动、用多大力气才能平复她的不安。贝基还是感官方面的专家，在帮助艾瑞斯管理感官系统方面教会了我很多东西。艾瑞斯需要有效利用来自感官的所有信息——视觉、触觉、听觉、味觉和嗅觉，以及她身体内部发出的讯号，即各种动作和体内的意识。这些信息有时会发生混淆，令她感到茫然无措。所有输入的信号都被神经接收器记录下来，在大脑中加以处理，进而激发出反应。但有时我们发现情况并非如此，她会难以应付或变得沮丧。她会经历过低和过高的敏感度两种状态。我们的目标是让艾瑞斯的信息处理系统学会适应各种变化，从而减少对她的压力。在贝基的帮助下，我们开发出一系列叫“感官餐”的练习，来帮助艾瑞斯应对一天中各个时间段出现的情况。有时候她需要在蹦床上跳几下，或者在健身球上坐一坐，需要感受紧紧拥抱的压力感，需要按摩、挤压关节、刷一刷皮肤和滚来滚去；有时候她需要被抱起来、被裹住，或者躺到豆袋坐垫下面。这些活动都对她有显著的镇静作用。我学会了如何运用这些练习，以及艾瑞斯在何时需要做这些练习。贝基还教会我用各种素材来玩感官游戏，例如米、意大利面、水和肥皂泡，这些东西能帮助艾瑞斯调节敏感度。她还介绍了一些游戏种类，能降低艾瑞斯对嘈杂环境或意外声响的敏感，此外还有一些游戏鼓励她与别人共同关注某样事物。我们还精心设计了这些活动之间的过渡环节，在艾瑞斯表现好的时候给予奖励，而忽略她表现欠佳的情况。

贝基还和我一起设计了一个循序渐进的计划，用以开发艾瑞斯听我要求的能力，培养她对各种任务和过渡环节灵活应变的素质。最近，艾瑞斯的行为出现僵化，局面正逐渐失控，所以贝基每星期都陪着她，练习从一项活动过渡到另一项。与此同时，贝基始终用一些基本的语言理疗技巧鼓励她说话，激励她要“更多”东西，或者在玩耍时学会数数。她还要求艾瑞斯学会用麦管吹肥皂泡，锻炼她控制呼吸的能力。艾瑞斯在精细肌肉技能训练方面没有问题，所以有些游戏更侧重其他方面，例如对噪音的抵御能力。贝基带来会制造声响的玩具，不过艾瑞斯会为此得到某些补偿，这些设计都是为了让她更灵活地应对日常生活。

通过各式各样的训练，她的感官反应逐渐稳定下来，也开始学习自我管理。起初，在整场培训课上，贝基看到艾瑞斯一阵阵地发脾气，最后推开她回到自己的个人空间。在这样的间隙，她对我详细介绍这些技巧，听我讲述以往的情形和艾瑞斯如今的表现。她非常了解艾瑞斯当下的状态，这让我耳目一新。我们似乎正齐心协力朝一个共同目标奋斗。等艾瑞斯收拾好自己的心情，贝基就将培训课继续进行下去。我再也不是孤军奋战，这种感觉很棒。长久以来，我都无法正确理解艾瑞斯为什么如此敏感，也不知道如何帮助她，找到真正帮得上忙的人实在令我宽慰。

贝基对前景抱有一种更冷酷更现实的看法，这也是我需要听取的。她让我意识到，艾瑞斯需要学会掌控她的世界，而我要帮她做好准备，这就意味着要更频繁地外出，帮助她获得更多的独立能力。我需要这个提醒。当你身在其中的时候，会被整个局面占据身心，失去客观看待问题的角度。只要我稍有放松，孤立无援的感觉就会再度袭来。我已经很少带艾瑞斯出门。我们的日子主要是待在自己家或我父母家，我开始觉得自己得了幽闭烦躁症。艾瑞斯越来越独断专行，每天大部分时间我们都让她决定日程安排，决定看什么电视节目，玩什么玩具，做什么游戏。我需要扭转局面，让关系更加平衡。顺着艾瑞斯的兴趣和心意是一回事，发挥她的优势是另一回事，然而我们却陷入了不健康的模式——任由她一遍遍地看同一部卡通片，听同一段音乐，把东西放得跟过去分毫不差，这些都成了习惯。如果听之任之，不培养她的灵活程度，问题肯定会日益严峻。我们需要向前迈步，无论多么艰难，也要让艾瑞斯的行为受到规制，不能让这些自闭行为主导我们的生活。

上完几星期的理疗课，艾瑞斯对音乐的反应起了变化。最初，当理疗师伊丽莎白演奏、模仿艾瑞斯的情绪和她发出的声音，或即兴演奏一段曲子鼓励她回应的时候，艾瑞斯会异常着迷，就像进入了音乐世界。她轻轻移动手指，感受音乐，像感受风的时候那样。渐渐地，她对理疗引导有了更多反应，会与乐器互动，学唱一段曲调，或是加入伊丽莎白的行列。伊丽莎白则根据情况随机创造小游戏，鼓励艾瑞斯试着弹奏她放在沙发上的一只袋子里的打击乐器。有时，艾瑞斯需要哭一哭才舒服，伊丽莎白便用音乐帮她抒发情绪。她用小提琴或钢琴表达应和，让艾瑞斯知道对方明白她的感受，哭出来就好，不过接下来伊丽莎白让曲调更加风趣活泼，艾瑞斯的情绪也随之转变。音乐的神奇作用和艾瑞斯的反应之快实在令人惊讶。艾瑞斯会跟着哼唱，过了一阵子，她居然发出了几个音节和单词，这些被伊丽莎白收入接下来的歌里。如果艾瑞斯说“蜜蜂，大黄蜂”，伊丽莎白就跟着说，然后演奏音乐并唱一首歌，讲述一个有关蜜蜂的故事。

起初上课时，艾瑞斯不让我离开，所以我静静地坐在沙发另一头，艾瑞斯坐在靠近钢琴的那头。看到她终于开口说了为数不多的几个单词，我忍不住想过去紧紧地拥抱她、吻她，但伊丽莎白让我保持安静，不要让艾瑞斯分心。听到这几个单词时，我心里充满了骄傲。起初只是偶尔冒出几个单词，几星期后，我们听到了更多的单词，这多么让人激动。艾瑞斯往往在最放松、最投入音乐中的时候说出单词，仿佛她在与音乐对话，歌唱和只言片语避免了日常对话的压力。教育方法没有什么对错可言。伊丽莎白很快就摸清了艾瑞斯何时需要花更多时间去听，她何时可以更靠近艾瑞斯，鼓励艾瑞斯说话、活动和参与到音乐中。她在漫长的一周即将结束时，将艾瑞斯从最黑暗的地方拉出来。有时，她演奏小提琴，艾瑞斯会快乐地跳起舞。课后的效果始终如一，艾瑞斯的情绪处理有了改进，更容易与人合作，而且连我也爱上音乐了。

十二月，我找到了一位膳食专家，从她那里学到了许多知识，例如该给艾瑞斯吃什么样的食物，如何平衡她的血糖值等。以前，我总在一天的后半段喂给艾瑞斯太多谷类和水果，甚至在晚上喂她吃香蕉，这对睡眠毫无益处，因为这些食物会让艾瑞斯在睡觉前精力旺盛。她的饮食已经很健康，不过我仍需要增加蔬菜、坚持做家庭餐，并且更细心地安排每天的进食时间，以达到我们希望看到的行为效果。艾瑞斯头皮发干、多动和互动能力差的问题可能与缺乏脂肪酸有关，所以我们开始喂她吃更多的鱼肉。我们还尽量购买有机食品。我降低了她对谷物的摄入量，并尽可能地排除糖分摄入。艾瑞斯只喝牛奶和水，所以这不成问题，但是我以前给她吃了太多的饼干，便开始用更健康的零食替代饼干。她的行为不那么乖戾了，睡眠也有所改善。相信这对我们尝试的各种理疗课程间接起到了作用。吃得好睡得好，她对外界的反应会更积极，也更乐于合作。

我们依旧带着艾瑞斯到大自然里去，慢慢地，原先那个快乐的小女孩又回来了。她依然很脆弱，我们还是经常看到她冲到沙发边上噘起小嘴，她还是很难和 P-J 等家里的其他成员亲近。有很多次，她似乎要把所有人推开，需要自己的空间。她还会拥抱我，但只在受惊吓和非常疲劳的时候才会如此。我们想重新获得她的信任和信心，但仍然需要时日。

不过，出现了一个新情况。它来得太突然，甚至让我觉得只是一种过渡现象，会逐步消失。艾瑞斯不想再穿上衣了。她想光着上半身。

外出时她会穿上上衣，这着实让我松了口气，可只要一到家，她就把衣服脱光。无论我们多少次帮她重新穿上，她都会再脱下来。我和职业理疗师一起帮艾瑞斯解决关于衣服的感官问题，包括用一种叫“刷身减敏”的方法，即威尔巴格疗法。这种方法是用一把柔软的鬃刷用力刷艾瑞斯的身体，然后做关节按压，每隔几小时重复一次。这方法的确对留住上衣有帮助，但好景不长，过了一分钟，艾瑞斯又会把上衣脱掉。但鉴于其他方面有了好转，我也没太在意。

圣诞节，我终于信守了去年圣诞许下的承诺。一切都在掌握之中，礼物包装纸成了历史，艾瑞斯的礼物都扎上了柔软的蝴蝶结。我花了几个星期装饰屋子，并为艾瑞斯预留了一些空间，如果节日气氛浓烈得让她难以承受，她可以来到这些小空间，将注意力集中到某些关键因素上，比如我们一起装饰的美丽的圣诞树。我买了许多本圣诞图书，这样她就会有心理准备，知道将要发生什么。圣诞节的早上，她在巨大的圣诞树下一边玩圣诞礼物，一边望向窗外的花园。她能看到她的老朋友，那个大树桩。我们穿着睡衣，播放起音乐，让气氛更柔和。壁炉点着了，我们披着毯子团坐在沙发上，艾瑞斯过来给我们展示圣诞老人送的礼物。没有了招待客人和做饭的压力，不再像去年那样忙中出错，我们得以尽情享受节日气氛，而我也得到了最最珍贵的礼物：我们一家三口一起，在橡木房梁下其乐融融地过节。我们去了父母家吃午饭，但考虑到艾瑞斯的感受，并没有久留；如果她需要空间和清静，那我们就给她好了。由于花了足够多的时间准备和用心体会，我们终于度过了一个梦幻般美丽平和的圣诞节。

开春之前阴冷潮湿的日子，被依然摆在走廊和花房里的各种障碍游戏点亮。每样低矮的家具上都摆好了纸、铅笔和彩色蜡笔，随时供她使用。如果艾瑞斯还无法通过语言表达自我，绘画就成了答案。我们看着艾瑞斯一天天变得更活跃，更爱与人互动，但即使我尽了最大努力，她在语言方面的进展仍不如预期。时间飞逝，她语言能力方面的缺失越来越让我们担心。音乐理疗课上她偶尔蹦出的几个单词的确是值得庆幸的进步，然而我们的不耐烦也开始显露出来。她的说话能力时好时坏。有时她会发出一些声音，并用一个单词作答，但大多数时候除了哼歌以外都保持沉默。她依然用肢体语言和我们沟通，想要什么就用手指指。对于熟悉的人，她可以运用这种技能，但遇到不太熟的人，她的应对能力就显著降低。如果继续鼓励她，也许会像贝基教她吹肥皂泡那样得到一句“更多”的要求，或者在我把她推下床垫做的滑梯时听到她从一数到三，但是和同龄的孩子相比，这些进步都过于缓慢。大部分孩子在三岁时已经掌握了一千个单词，可以讲述简单的故事，还会背诵几首童谣……而艾瑞斯只会说大约二十个单词，甚至连这二十来个单词也不能熟练掌握。我们必须非常费力才能听到她讲这些单词，连艾瑞斯自己也很吃力。我知道这些单词就在她的嗓子眼，卡在那儿就是发不出来，这个过程着实令人沮丧。存在某些阻碍，仿佛电话串线……我们不知道症结在哪里，没人知道。我们也去见过几位语言理疗专家，他们的建议也不外乎我们正在采用的那些方法，所以只能继续下去，将游戏和其他活动的内容定位在现有的学习计划上。

我们玩了一天沙子，我在沙子上写字，艾瑞斯学着大声念出这些

字，练习非常成功。接下来是绘画，我准备了画架，那个画架是艾瑞斯的外公外婆在圣诞节那天送给她的。我对这种练习抱有不少期待，因为她很喜欢玩蜡笔，而且我知道她喜欢我用画画的方式讲故事。此外，这还能提供许多加入某些语言训练的机会。

我用儿童塑料颜料桶调配颜料的时候，艾瑞斯变得非常兴奋。她在花房的蹦床上跳来跳去，在画架旁边跑来跑去。我在画板上贴的画纸和平日贴在家具表面的不同，引起了她极大的兴趣。当然也有“皇冠”牌卫生纸广告里狗狗玩卫生纸的时刻——艾瑞斯会拽画纸，直到纸卷摊满地板，我不得不把它重新卷好再装上去。我蘸好颜料，在我们面前的画纸上画出长长的一笔。艾瑞斯耐心地站在一旁观看，然后自己也试了一下。当颜料顺着纸往下流的时候，她生气了。接下来，单薄的儿童画纸开始卷缩，颜料里的水分让纸变得皱巴巴的。她开始哭，躺在地板上赌气，但手里依旧拿着那支画笔。蓝颜料溅到地板上和艾瑞斯的手臂上，让一切变得更糟——她无法忍受颜料留在皮肤上的感觉，希望立刻弄掉它。我跑去厨房拿毛巾，回来时发现她正站在窗边，一边哭一边试图打开窗户。她想逃离这一切，这让我也难过起来。本该带来快乐的学习体验，成了一场让她坐立不安的痛苦折磨。我尽力帮她擦干净身上的颜料，然后打开门，她立刻跑到外面的冷风里。我发现她撞翻了红色的颜料桶。差劲的颜料桶太轻太薄。我沮丧地收起画架和颜料。清理洒在木地板上的颜料时，我回想了一下过去成功的经历——贴在游艺室茶几上的大块壁纸供她用蜡笔画画。她非常喜欢，在茶几边度过了许多快乐时光，那种纸不会因为水彩里的水分出现明显的褶皱。如果把纸张平放，艾瑞斯就能更好地控制颜料，不会出现颜料往下滴的现象。于是，我修改了眼下的绘画练习的一个环节，就是画画的材料——从蜡笔到水彩，其余部分保持不变：游艺室里的壁纸是用胶带纸贴好的，所以很有确定感。除了画架之外，那些塑料颜料桶也必须换掉。我要用马克杯替代，马克杯更稳固，艾瑞斯也很熟悉它们。

第二次，我用旧床单覆盖了游艺室里的家具，用马克杯盛好颜料给艾瑞斯看。我让她决定何时到桌边来。没等多久，画纸上就填满了色彩。她似乎对自己画画的精准度有极高的要求，那是自由发挥和细致考量的奇妙混合。她使用各种各样的技法，包括颜色的旋涡、之字图案、喷溅的彩点和细致的小点。令我惊奇的是，地上居然没有多少洒下的颜料，她身上更是一尘不染。画面上的各种颜色都清晰地分隔着，根本没有污浊的混合。当这些画放在我的工作间里晾干的时候，我忽然意识到艾瑞斯的处女作是多么吸引人，所以用相机拍了下来，以纪念我们在这项新活动里找到的乐趣。

接下来的几天依循同样的规律。她对绘画的兴趣更加浓烈，在每幅画上花的时间也越来越长。这项新爱好开启了我和她互动的良机。她是那么开心，有画笔握在手中的时候，社交场合往常为她带来的不安和防御状态会渐渐消失。当我给她讲解颜色和水彩颜料的构成时，她一边兴奋地跳跃，一边认真倾听。她也不再执迷于动画片和书，我似乎找到了打开这个小女孩心灵的另一把钥匙。我们也取得过零零碎碎的进步，但眼下这种进步却是整体性的飞跃。我感受到了长久以来未曾有过的莫大鼓励，决定让她尽可能地画画，任由她去探索这种新鲜的表达渠道。我重新整理了厨房里的家具，腾出一块地方放那张桌子。

那个星期快结束的时候，我又铺开一段壁纸，艾瑞斯满怀期待地在厨房里跳来跳去。当我把那块纸贴到桌子上时，她却躲进了花房里：她无法忍受我把胶带纸从卷轴上扯下来的声响。一直等到一切安静下来，她才踮着脚回到厨房，在我身旁站定。我握住她的小手，由着它引导我到厨房的水槽。她的手指僵硬地朝蓝色的颜料罐伸去，于是我和了一些蓝色颜料。这一次的颜料里掺了许多水，因为她的小手一次次将我的手引向水龙头。

颜料干了之后，我站在椅子上，身体尽力向前倾，把她的作品用相机记录下来。眼前的画让我的心怦怦直跳：重复的形状，一层又一层的蓝色和绿色，还有一抹黄色。艾瑞斯的画超出了我对一个三岁孩子的预期。

“你看到新画的这幅了吗？”P-J 指着画说，“真的太棒了。快过来看看。”

“我知道，我也这么觉得。我都已经拍过照了。要不要把它用画框裱起来？”

《晴朗的日子》，丙烯颜料，2013 年 3 月

“当然要。”

“她看上去那么……”

“成熟。”

“是啊，和先前大不一样。我想把这项活动继续下去。我知道清单上还有很多别的活动，但这一项进行得太顺利了。”

“忘掉清单吧！哪个行就做哪个。这就是她的画作。你知道吗，她今早抱了我！径直走过来，灿烂地笑着拥抱了我。”

P-J 一副喜出望外的模样。我知道那个拥抱对他有多重要。他一直在等女儿觉得舒服的时候表达这种情感，等了很久。那个拥抱是自发的、真诚的，美妙得难以言表。家里弥漫着兴奋的气息。那张不起眼的松木茶几成了艾瑞斯的画桌，创造出一股积极的能量，对我们的家庭生活产生了极大影响。

看着她用自己独特的方式作画，我意识到得买些质量更上乘的纸，因为泼溅到桌上的水流到了地板上。幸运的是艾瑞斯正在桌子的另一头，没有受到影响，但还是需要补救。我从适合茶几尺寸的画纸中挑了质量最好的买回来。艾瑞斯不怎么喜欢变化，我有点担心这种纸粗糙的表面纹理得不到她的青睐。

其实我根本不用担心。她像做实验一样仔细观察了新画纸，先是用手掌轻轻拍打纸面，然后靠近观察，近到她的鼻子尖都快碰到纸了。看上去就像她在亲吻这张纸，但我看得出，她是在用上唇感受纸的纹理，用唇弓的部分。现在她把脸别了过去，把面颊贴在纸上，直直地望着我微笑。这是难得的目光交流，她的行为模式有了惊人的改变。我把她最喜欢的画笔递给她。于是画笔在空中上下翻飞，不一会儿纸上就满溢着色彩，棉质水彩纸快乐地吸收着艾瑞斯涂抹的水彩。水彩晾干后，她又覆盖上一层白色，但不要掺一丁点水。她用一支更长的画笔在画纸上舞动，画出各种图案，然后走到桌子另一侧，用画笔点在纸上，画出一堆白点。我把她的画桌推到餐桌下面，让画晾干，同时开始拖地板。这幅画的能量特别充足，彩色斑点遍布画纸。然后我听到开大门的声音，P-J 从伦敦回来了。他一进厨房，艾瑞斯就等在那里微笑着迎接他，上前拉起他的手，把他带到画桌前。

“艾瑞斯，你要做什么？”

“让我把它拿出来。”我把画桌拖回原位，艾瑞斯将画中她自己最喜欢的部分指给爸爸看。这个过程花费了不少工夫，因为她把所有的白点和曲线一处处指给他看。

我一边做饭，一边和丈夫聊天。艾瑞斯跑到游艺室去了，我听见她从书架上把书抽出来的声音。

P-J 看上去很自豪。“画得很好啊。你觉得呢？”

“是啊，不过家长都这么看自己孩子的画，不是吗？我知道这幅画很特别，但会不会只有我们自己觉得好呢？我的意思是，也许只对我们来说比较特别，因为画画的时候她判若两人，这让她敞开了心扉。”

那一晚，关于艾瑞斯的绘画作品，我们讨论了很多。为什么她如此热衷于画画，为什么作画时变得容易与人相处，为什么绘画改变了她。我们喝了不少葡萄酒，情绪也激动起来。关注积极的方面，而不是讨论最近遇到的问题，这让我们享受了不少乐趣。我喜欢这种超出控制的感觉。艾瑞斯只在她想画画的时候才画，这完全取决于她，由她自发进行。我只须站在后面，等待与她互动的时机，担任这位小画家的助理。某种压力仿佛消失了，我终于又能自由地呼吸。

对于我发起的大部分活动，艾瑞斯最终都会推开我自己玩。但在作画时，她要我待在厨房里离她不远的地方。我成了她作画过程不可或缺的一部分，在她需要时调配颜料。我利用这个机会说了更多的单词，她反应极佳，甚至让我忙着思索如何充分利用这最新的兴趣点。我决定做出牺牲，忘记厨房必须保持干净整洁。这里曾经是我一个人的地盘，一个大人使用的区域，和我们的学前教育完全无关。清晨，

《色彩的爆发》，丙烯颜料，2013 年 3 月

我们总是静静地坐在这里，准备食物，聊一些大人的话题，偶尔也用厨房来招待朋友，但目前的用途太重要了。所以茶几将一直摆在那里充当艾瑞斯的画桌，随时供她使用，无论清晨还是深夜。这里将是她的地盘，随她去用。餐桌被推到了烤箱旁边，好像被丢弃了一样，P-J偶尔还抱怨过，他总是因为不熟悉家具最新的摆放位置而撞疼小腿。

《滚动的球》，丙烯颜料，2013 年 3 月

我买来更多的绘画工具，比如海绵擦、画笔和颜料，尽可能地搜集能找到的东西，让艾瑞斯去尝试。制订全新的计划，朝着一个积极的目标努力，我忽然不觉得累了。P-J 在门边看着艾瑞斯跑来跑去，挑选颜料，她先凝神片刻，再倒退一小步审视画面，接着继续在最新的画作上涂抹。他简直无法相信这些画里倾注了艾瑞斯多少的心血。

第二天早上，我母亲带来了更多的绘画工具，还有一瓶放在厨房餐桌上的鲜花。P-J 听到大门的响动，也走进厨房来喝上午茶。我们相视而笑。艾瑞斯在她的画桌前忙活。一抹蓝色和一抹红色正在融汇，有些地方是粉色的，另一些地方则涂了紫色。当她把画笔往白色颜料里蘸了蘸，然后涂抹在画纸上时，我们听到她说“球”。她在画纸最右边的角落里画了一个圆环，在靠近中央的地方又画了一个。她将画笔拖过画纸，画出一道白色的长条。画面无止境地延展，覆盖了桌子的各个角落——桌子总长一百二十厘米。我们喝茶时，母亲在画桌边和艾瑞斯互动。她没有推开我们中的任何一个，当我们谈论她的画时，她显得心满意足，颇为自豪。P-J 和我看着这一切，简直不敢相信这就是艾瑞斯。此刻的她自信而沉着，在要东西和向我们展示作品的时候都镇定自若。

艾瑞斯和我很快适应了这项新活动。我知道她何时需要更换一张新的画纸：她会揭开画纸边缘的胶带，跑去工作间拿一大张新纸回来。我则帮她把盛颜料的马克杯挪开，然后调配新的颜料。一旦完成了这套工序，我就去忙厨房里的其他活计，但总是在一旁听候艾瑞斯的需要，或者抓住时机做语言训练。

艾瑞斯看着我放到画桌上的四种原色，逐一观察，朝着康沃尔蓝白条纹马克杯里窥视，看看里面盛了什么颜料。她轻轻拿起身边的画笔，蘸了一下蓝色，搅了搅，检查一番，然后开始尝试。她把马克杯推到我的一只手里，然后拉起我的另一只手往水槽那边去，指着上方的水龙头，于是我用马克杯接了一些水，把杯子还给她。她把杯子放在桌子另一头，远离其他颜料，一大片水彩画将它们隔开。接着她搅拌了一下那蓝色的颜料，觉得还不太对，便拿着画笔，沿着桌子的长边走到盛放绿色颜料的杯子旁，蘸了一下，再回到蓝色区域，整个过程中没有一滴颜料掉在画纸上。她又搅拌了一下，开心地看着绿色的旋涡逐渐和蓝色混合，融汇成一种新颜色。然后她点了一下头，提起笔，做出短促而反复的上扬动作，笔头的颜料被甩向空中，然后落到画纸上。她的动作越来越快，但控制得更完美无缺。画纸上，一片斑驳的颜色海洋慢慢成形。她暂停下来，审视着水彩向远处洁白的画纸延伸的轨迹，拿起另一支画笔，过去蘸了蘸黄色的颜料，悠然地沿着那片海洋画出几笔。她不断尝试各种工具、家居用品和材料，她的绘画方法也在不断进化。她用画笔在各个颜料杯里蘸来蘸去，跟着自己的感觉调配出新的颜色，不断探索新的效果。由于她站在桌子的四边作画，有时候我们无法确定该从哪个方向看这些画，于是我们让她坐在椅子上，由我把画举起来。P-J 说：“这方向对吗？”接着我转一个个儿。“或者这么看？”艾瑞斯则会皱一皱眉，或者跳一下。这方法很原始，但的确有效，我们屡试不爽。总是拿着书埋在沙发里的艾瑞斯，此刻在屋子中间欢快地跳跃，因为四周都是美丽的色彩。

“我在大海的深处看到一只神秘的海马……”艾瑞斯最喜爱的一本故事书是这么开篇的。在她会用手之前，常常用脚翻书。她会一遍遍地看，一遍遍地读。那本书色彩绚丽，颇有质感，洋溢着快乐。书上画着神秘的珊瑚礁，有小亮片做成的鱼鳞，小珠子和小扣子做成的动物的眼睛，还有羊毛毡做的海草。所以发现一幅仍在厨房桌子上晾着的画里出现了一只粉色的海马时，我一点都不吃惊。那只海马在绿色和蓝色组成的海洋里畅游，在阳光照射下的波光粼粼的海面之下，在斑驳的光影之间。我激动地想起了和艾瑞斯一起读那本书的快乐时光，所以为那幅画取名为“神秘海马的故事”。

《神秘海马的故事》，丙烯颜料，2013 年 4 月

6

“来杯葡萄酒？”我不明白他为什么还会问这一句。星期五晚上，我们总是这么过的：趁我在厨房做饭的时候，夫妻俩喝点葡萄酒，聊聊天，艾瑞斯在隔壁房间心满意足地看书。

“好啊，谢谢。”

P-J 往玻璃杯里倒了半杯葡萄酒，之后便停住了手。“有件事我一直想告诉你，这办法我已经考虑一阵子了。”

我有点发怵，知道我的生活中要发生点什么事了，一个有创意的想法，或是一场冒险，可我实在不知道自己是否还能应对新变化。长久以来，我们的生活好不容易看上去有了点起色，艾瑞斯的信心与日俱增。我们已经从学前教育的灾难中恢复过来。我似乎更希望保持不变，不愿意打破每天在厨房的这段美妙时光。

“什么事？”我用一种颇为疲惫的语气问。

“你知道大家都很喜欢艾瑞斯的画。你在 Facebook 上分享这些画的时候，我们的朋友都觉得它们很出色。”

“是啊，但也只限于我们的亲友。他们当然会说好啦。”

“我觉得这些画有更大的价值，我的意思是，它们非常棒，尤其是最近那一张——噢，看看。”

我看了看，虽然根本没必要看：我可以在脑海里想象出那幅画，

《耐心》，丙烯颜料，2013 年 4 月

柔和而多层次的淡彩，画里融合了暴风雨中的大海和树林里的风铃草，风格奇幻，感染力很强。有些部分的细节构思精巧，另一些部分则更为随性。

那幅画是艾瑞斯目前为止最复杂的作品，颜色丰富层次繁多。她已经学会了让画上的颜料风干一下再回来作画的技巧。她已经懂得画可以有许多层次，分多次完成，可以想花多长时间就花多长时间，添加更多的细节和色彩。于是她会先画下一些颜色，然后在两天内一次次地回来添加，总共花上至少六个小时。她运用不同尺寸的画笔、各种质地的滚刷和小星星图章来喷绘、点彩及涂擦。画完的时候，她笑着放下笔，虽然杯子里还有颜料。之后她做了我只能称为爵士乐手舞的动作，冲着我咧嘴笑了一下，然后便跑开了，再也没回到画桌边上。我将那幅画命名为“耐心”，以纪念她从多层画法中学到的诸多技能。每幅画都有一个与艾瑞斯作画的过程相关的名字，可以一眼看出我们觉得它看上去像什么，或者艾瑞斯对它有怎样的感觉。我希望有一天艾瑞斯能自己给这些画取名字，但在那之前，只能由我代劳，我也很喜欢给画取名。

我开始对 P-J 这个主意感到好奇。“你是怎么想的呢？”

“建一个网站和 Facebook 网页，就像比尼画廊一样，但是做成在线的形式，提高公众对自闭症的认识。我们甚至可以把其中一些画做成印刷品，为艾瑞斯的治疗筹款。你能建网站，你的婚礼照片博客就很不错。你觉得呢？”

我在脑海里飞速地考虑。他说得没错。能建立这样一个网站和其他家长互动，鼓励他们从正面看待自闭症，是件非常有意义的事。我回想起我们刚刚意识到艾瑞斯也许属于自闭症谱系的一种时，我有多么忧虑，看问题的角度有多么悲观消极。我又想起了那份诊断书和医生令人沮丧的态度：当初我多希望读一些正面的故事，看看其他家长怎么找到和自闭症孩子建立沟通的方法。能让大家都意识到利用孩子自身的兴趣多么有效，还有更温和的办法帮助孩子扬长避短，这主意的确很棒。

不过，还有一个细节问题困扰着我。我还没有把艾瑞斯得了自闭症这件事告诉多少人。我们的社交活动锐减，我只能在婚礼或派对上和朋友们碰面，而那些场合根本不适合展开这个话题。我已经把生活的各个部分与外界隔开，远离了其他人，因为这是最容易的方法。我不想谈起自闭症，我才刚开始了解它，生活就已经被它占满。我也不想在艾瑞斯在场的时候谈起它。这么做也许是错的。等艾瑞斯再长大些，她需要明白自闭症是什么，但现在她还太小，不能理解，很容易误会我的意思。她甚至没办法问我相关的问题。P-J 凭着自己的直觉，在我还没开口解释的时候就明白了我的种种担忧。我们详谈之后意识到，这其实是一个告诉大家的好渠道：我们可以将一张关于自闭症的网页加进来，这样大家就能自己阅读，而不会提出我们难以回答的问题了。

“与其我们一直解释，还不如让亲友们先了解一点。”P-J 说着，又给我倒了一杯酒。

我笑了。“好。就这么做吧。”我起身走到工作间，坐到了电脑前。

“现在吗？”

“为什么不呢？不会花很长时间，照片我都有了。只需要写一些文字。别担心，今晚我不会发表任何信息，只是想着手干起来。”

P-J 什么都没说。他到壁橱里拿出一些零食，然后我们一起干了起来。我就喜欢他这一点，我们总是情投意合。看着我这么急匆匆地参与各种冒险活动，他丝毫不会焦虑，而是会鼓励我支持我。大多数人希望我慢下来，要我再细细斟酌，可他知道那会让我担心，所以最好的办法就是让我放手一搏。他知道他播下一颗种子，我就会即刻付诸实施。

《风铃草》，丙烯颜料，2013 年 3 月

第二天，我就把网站建好了。

“那咱们就按‘发布’键吧。”P-J 站在我身后，笑了。

“真的吗？我还不确定。也许这很傻。我是说，也许没人感兴趣。我想象不出会有多少人访问这个网站，不过大家都能看到它。”

我知道这个网站也许能帮到其他家庭，要是我之前看过这样一个网站，多少了解一下自闭症，会受到更多的启发。但是我没法按发布键。心里有什么东西紧绷起来，将我往回拉。昨晚是不是头脑发热了？大家会怎么想？为什么我要担心这个？别人怎么想有什么关系……不过我是介意的。我不想这么做，但已经做了。心中某个地方依然希望我们生活融洽，希望我们像我生艾瑞斯之前梦想的那样，过着普通人的生活。接着，我打开网页上的照片簿，一张张地翻看艾瑞斯的画。这些画非常吸引人，色彩绚丽，却弥漫着一股沉静的气息，让我的身心放松下来。

“按吧。我知道你其实是想这么做的。”

我按了下去，网站上线了，我们的故事瞬间被世人所知。令我吃惊的是，这种感觉很好，兴奋而舒畅。我们计划下一步找一家文印店，把这些画进行专业扫描和印刷。我们可以按需印刷，这样就不用考虑库存。我不知道是不是真的会有人买。碰巧在我们家这条路上，五分钟车程的距离之外就有一家很好的文印店，店员和我一起讨论，制作出不同的印刷尺寸。起初他们觉得我的要求很有趣，但一个星期接一个星期过去，当我把更多的画拿到店里，他们看出了艾瑞斯作品中的风格演进，说卖出去只是个时间问题——人们一定会对这些画产生兴趣。

一天，我收到一位朋友的电子邮件，她与伦敦的一家瑜伽慈善机构有联系。这家机构正为自闭症患儿提供专门的瑜伽课程，她问我们是否愿意捐赠一幅印刷作品，参加接下来的慈善拍卖会。我觉得这主意不错，所以立刻抓住了这个机会。我们决定选那幅《耐心》的印刷版参与拍卖。

拍卖会当晚，我和艾瑞斯待在家里，P-J 和我哥哥去参加了。P-J 在招待酒会上听到了人们对艾瑞斯那幅画的评价。他们都惊呆了，那幅画引起了众人的浓厚兴趣，反响远比我们想象得好。那晚，艾瑞斯的画筹得了八百三十英镑善款。我们都为她骄傲，我更有信心把她的故事分享给更多人了。

接下来的几个星期，我们卖出了好几幅原作，购买者中有朋友，还有一些从网络上认识艾瑞斯的人。起初，我拿不准是否要卖画，但知道艾瑞斯急需接受理疗课程，这些销售所得能帮我们满足她的生活所需。有些画我们是永远不会卖的，它们对于艾瑞斯来说非常特别，是她的心头好。不过，她似乎喜欢看到自己的画被挂在别人家里。我跟她解释说，这些画会被买的人好好珍惜爱护，每天都被人们欣赏，她咯咯地笑了。

随着她的故事不断传开，也开始有人购买印刷版，大家对艾瑞斯的美术作品的兴趣与日俱增。这简直令人难以置信。对我来说，绘画是我和艾瑞斯建立联系的一种方式；对艾瑞斯来说，绘画是一种自我表达，本身就是一种不可思议的天分。我已经非常熟悉这些画，厨房里总有一幅画处在创作阶段，而别人却从另一个角度看待这些画：这是一个有天分的孩子创作出的美丽作品，让他们的心灵归于平静。人们时常描述他们看到这些画时的感受，艾瑞斯的作品在他们身上产生了奇特的效果。许多父母也开始发邮件来谈他们的感受。他们说读到艾瑞斯的故事、看了她的画，改变了对自闭症的看法，可以更加积极地面对未来。就像 P-J 说的那样，艾瑞斯的故事为大家带去了希望和

启迪。这感觉棒极了。

六月，我答应接受当地一家报纸《莱彻斯特水星报》的电话采访，以增进大家对自闭症的了解。这次采访将被写成一篇小文章，也许会藏在报纸封底的某处。但是 P-J 拿回报纸的时候，看上去非常吃惊。

“怎么了？没有刊登？”

“刊登了。”

“效果很糟糕吗？”我一直担心这次采访，想象着很多信息也许被误传了。

“我可不这么看。不。效果很好。”

P-J 把报纸翻转过来，稳稳地放在厨房的餐桌上。我的心快跳出来了。我们的小姑娘正沿着她外公的花园小径在奔跑，她的笑容出现在头版头条上。标题是“三岁的顶级画家”，整篇文章位于第三版。我还没读几分钟，电话就响了，然后一直响个不停。

我原本只想让当地居民了解一下自闭症，但貌似低估了事情的发展。一天之内，艾瑞斯的故事刊载在了全英国的各大报纸上。但我首先要保证家里一如往常。我们想让事情尽可能单纯：我们可不希望拍摄人员到家里来，或者做什么现场采访。我们不想上电视，而是坚持邮件采访，由我发送照片。我不知道该期待什么，或者这种状态会持续多久。

我踮起脚尖走进艾瑞斯的房间，吻了吻她的前额，轻声说了句“我爱你”。她看上去如此宁静，对自己的影响一无所知。我走下楼，在玻璃山墙边一张舒服的扶手椅上坐下。那天天气暖和，花房里也很热，所以我打开门，望着外面静谧美丽的夜空，天上只有稀稀落落的几颗星星。

第二天早上，电话又响了。我跳下床跑下楼梯。艾瑞斯还没起床，我希望她多睡会儿。

“我现在就把复印件拿过来，五分钟就到。”

来电话的是我父亲。我几乎无法听清他的大声嚷嚷，他听上去非常兴奋。我把电话拿得离耳朵稍远些，以免耳膜被震破。他每次在车里用空着的一只手打电话时，都觉得自己得大点声，似乎以为我在另一个国家听他的越洋电话。事实上，他距离我还不到一英里。他游完晨泳，正在回家的路上，刚停下来在报摊拿晨报。

我一开前门，他就给了我一个大大的拥抱，还吻了我。“你看到了吗？啊，我们的小艾瑞斯太棒了，简直太棒了！”

我去厨房烧水，他拿着一捆报纸跟了进来，把它们放到餐桌上，然后一份份地翻到有艾瑞斯报道的那页，激动得浑身颤抖，还选了一些片段大声读给我听。

P-J 走下楼来，我们一起看这些报纸。一天内，艾瑞斯的故事从本地一篇普及自闭症知识的文章变成了全国性的新闻。我打开电脑，数百封邮件涌进了我的邮箱。不仅有采访邀约，还有来自家长、艺术品收藏者、青少年、老年人和艺术家的信……大家似乎都被艾瑞斯和她的画深深打动了。

每隔几秒钟，我就会听到“叮”的一声，那是收到邮件的提示音。“叮，叮，叮……”我慌慌张张地去找设置里的选项，把提示音关掉，这声音让我心神不宁，但我还没喝早茶，所以完全搞不定这些。艾瑞斯的故事变得世人皆知。在线报道也越来越多，电话从早上七点四十五分开始就没停过。

P-J 拿起我的手机、他的手机，还有屋里的固定电话，到他的工作

间去接听，我则忙着回复邮件。上电视和周游世界的邀约如雪片般飞来。大家都被艾瑞斯打动了，一位三岁的小女孩虽然不会说话，却能像印象派大画家一样作画。可我们非常清楚，人们并不了解和自闭症患儿一起生活是什么滋味。这正是当初我与外界分享我们生活点滴的初衷，是我在Facebook上展示艾瑞斯真实生活的原因。我们终于有了这个机会。我的想法是，如果人们能够理解艾瑞斯，理解她的行为原因，那么时间久了，就能欣赏她的与众不同之处，开始关心她，赞美她取得的进步。这样，当人们遇到其他自闭症患者时会更体谅他们，理解他们那些出乎意料或与常人相异的行为。如果人们能透过这种残障看到自闭症患者的潜力，那该有多好。我希望他们能不被一纸诊断书遮蔽视线，真正明白不一样也是一种精彩。

但另一方面，我又下定决心绝不让艾瑞斯的生活被改变，所以不管做什么，都会在家里做好，把一切纳入我们的日常起居。感觉就像我们母女终于走上了生活的正轨，我再也不想遭遇挫折了。例如，只

《水之舞》，丙烯颜料，2013 年 6 月

有当艾瑞斯在花园里玩的时候，我才会阅读来自世界各地的家长的邮件和信。他们的话语总是非常打动人心，我再也不觉得孤单，因为数千人和我有相同的感受，他们都感谢我们分享自己的故事。对于刚刚拿到诊断的家长而言，艾瑞斯的故事似乎给他们带去了希望。绘画是一种强大的天赋，我为我们的小比尼骄傲。

时间一星期一星期地过去，显然艾瑞斯的故事正在继续传播，仿佛这个故事有了自己的生命，她在 Facebook 上的群落也日渐壮大。我们决定尽自己的力量打理一切，不想在外面聘请艺术代理，有许多代理主动询问，但我们想控制好一切，以便保护艾瑞斯。

有时我的确不堪重负。为了跟上交流的节奏，我常常工作到深夜，但是读那些来信让长久的工作变得极有价值。艾瑞斯的画的社会影响力让我感动到落泪。一位女士来信说，她常去看望卧床不起的母亲，她自己也得了非常严重的抑郁症，但自从看了艾瑞斯的作品，她感受到了喜悦和惬意。这些画让她的生活有了起色，读着艾瑞斯的故事，她的每一天也变得明亮起来。艾瑞斯的画不仅给经受自闭症折磨的人带去了希望，也因为各种原因打动了数百万人的心灵。她的故事已被世界上两百三十个国家的人熟知。一些人说艾瑞斯让他们忆起了童年的快乐时光，另一些人则觉得她的画风颇像莫奈。还有许多人只是简单地欣赏她的画，然后来信告诉我在画中看到了什么。

一幅幅画在我的办公桌上越堆越高，我意识到我们需要一种更妥当的保存办法。“要不用我的文件柜？你知道，我过去用它放素描。

它现在在马厩里，上面堆着摆放花卉的用具。”我母亲提议道。我觉得这主意很好，就安排他们送了过来。

这就意味着家里要有搬动东西的声音。听到家具在地板上推动的声音，躺在沙发套下面的艾瑞斯扭了扭身子，又开始哭泣。屋里的变动依然让她烦躁不安。她已经习惯了所有障碍游戏的路径，家具一直在原地，所以在她看来就应该如此。我过去安慰她，可她的表情告诉我，我还是走开的好，于是我整理好了工作间其余的地方，等待新画箱的到来。

我们没费太多力气，就把那个柜子放到了书桌下面。我开始清理每个抽屉。这个箱子将是艾瑞斯的画儿的新家。这是我们家代代相传的文件柜，曾是建筑师的蓝图和照片的守护神，如今则是我们亲爱的小艾瑞斯·格雷斯的画儿的守护神。我小心翼翼地把每一幅画放进去，每幅画上都铺了一层软纸隔开，接着关上一个抽屉，再装另一个。然后，我给整个文件柜盖上一块红丝绒毯子，遮住表面剥落的油漆。我眼角的余光瞥到艾瑞斯踮着脚尖走进门来。我再次打开抽屉，抽屉里最上一层放着《朱砂》，一幅色彩红艳明快的画，上面还带着几抹绿色。这幅画吸引着艾瑞斯走到柜子跟前。她的焦躁消失了，取而代之的是好奇和愉悦。她把手放在画上，轻轻拍了拍它，接着示意我合上抽屉。她沿着柜子前侧走着，抚摸着上面的把手，然后跪下来用脸感受木头和金属的质地，接着她爬到柜子上，像只猫一样躺在上面，显示出完全放松的样子。她明白了这个入侵者的意图，这个柜子终于被她的世界接纳了。

一天，我母亲过来吃午餐，艾瑞斯非常满意她的画桌，正在那里忙着作画。母亲把烘焙盘放到桌上，转身悄声问我：“那只粉色的勺子

《朱砂》，丙烯颜料，2013 年 9 月

呢？她是不是弄丢了？”

“没有。只是不再需要了。这很好，不是吗？”

那只粉色的小勺子曾是艾瑞斯最好的朋友。这种不离不弃的朋友关系持续了一年之久，即使洗澡或是其他活动，甚至连胳膊穿过袖子时也不离手——这样穿衣服有点难，但也不是不可能。除了沉睡，什么都不可能拆散这种牵绊。勺子并不是她依赖的第一件物品，之前也有好多东西成了她的心爱之物，她一直用左手拿着，但勺子的历史最长。

忽然之间，她把自己心爱的东西，例如一只金色的高脚杯交给了我：她要让我接管，帮她好好照看。我在厨房里找了一个抽屉放进去，她会时不时查看一下。对我们来说，这标志着她找到了新的自信和更多的安全感，是一种无可比拟的进步和独立的表现。我相信她不会忘了那只粉色的小勺朋友，只要她需要，它就一直在那儿，但是没有别的东西接替那只小勺。之前她手里一直攥着东西，这是她的手头第一次空了——她自由了。

整个夏天我们都在平衡自己的生活，尽量花更多时间在外面的花园里教育艾瑞斯，给她上理疗课。艾瑞斯全然不知外界发生的事，课上得十分顺利。天气好的时候，理疗课就在外面进行，望着她的模样，我心里仿佛在歌唱。艾瑞斯和音乐快乐的互动令我喜上眉梢，于是我悄悄退到一边。只要她想弹琴的时候，她就弹得很自在，而每次上过音乐理疗课后，她对钢琴的兴趣便愈发浓厚。家里到处都挂着她的画，我们的家庭照片则挂在画的上方。她坐在小板凳上，透过玻璃落地窗就能看到花园。无垠的蓝天、河谷的绿树和远处起伏的绿色丘陵，风景总是不断变幻着。春天有粉色的苹果花，夏天有在风中起舞的葱茏绿叶，而秋天的傍晚更是绚烂多彩。艾瑞斯看着鸟儿在山谷里飞翔，会跟着它们的飞行轨迹展开双臂。她左手拿着一根白色的长羽毛，优雅地模仿鸟儿飞行，在屋里翩翩起舞。

“我一直在想……”我对刚进门的 P-J 说道。

“什么……”

“别担心，不是什么大工程。我知道咱们现在都很忙，不过我想筹划一项我们全家都能参与的活动，一项户外活动。但又决定不了具体做什么。你知道，艾瑞斯在花园里有多放松……哦，不妨把外部空间扩展到别的地方？我担心她在这里太与世隔绝了。你有什么好主意吗？”

“骑车郊游怎么样？”

“我想过这个，可她好像没兴趣学骑车。她讨厌三轮车。这有点让我伤心。我以前非常喜欢跟爸爸一起骑车去乡间游玩。”

“不，我是说我可以骑车载她出去。我可以装一个车后座。这样她又能看到乡间美景，又不用担心骑车的问题，会让她很放松。嗯，希望如此……”

决定之后，我们第二天就带着艾瑞斯去了几家自行车店，我得买一辆自行车，还要给她买一个车后座。在店里，艾瑞斯立刻跑去看那些最危险的物件，着实让我们捏了把汗。我们的第一次骑车旅行是试探性的，因为不知道艾瑞斯会作何反应，我们还特意用 P-J 的手机播放艾瑞斯最喜欢的音乐，作为旅途中的调剂。用最大音量播放的佩吉 · 李的音乐果然让艾瑞斯松弛下来，就像她第一次听到这位爵士歌手的嗓音时一样。父亲在某个星期天的早上去了古董市场，带回一些 CD 唱片，其中一张就是佩吉 · 李的。几个月前的一次家庭午餐，他把这张唱片放给艾瑞斯听，她听着那欢快的曲调，踮起脚围着屋子跳起舞来。愉悦的歌词跟随着我们越过一条古老的火车道，跨过山野，沿着运河在村庄里穿行。佩吉很快就像艾瑞斯的书一样，成为我们生活的一部分。

从那天起，艾瑞斯爱上了骑车出游，于是这个项目也成了我们的日常活动。

我跟在P-J后头骑车，所以能看到艾瑞斯。她身体前倾，坐在爸爸身后掠过的风中。她望着田园风景，水库里的涟漪、绿树和鸟儿，睁大眼睛仔细观察每样事物，兴奋得尖叫，头发在风中飞舞。她还不时回过头冲我笑，那笑容是如此明媚，所以我也马上用微笑来回应。我们还会跟她聊天，比如看到田野里有牛，就说："哞，牛会这么叫。"我们真心希望她能听进这些词，但也清楚乡间有太多的视觉和其他感官刺激，学习单词的愿望未必能实现。根据传统的语言理疗的说法，你需要让孩子全神贯注，在一间非常简单的房间里，只准备几种玩具或活动，而且你和孩子都要将注意力集中到这些玩具和活动上。需要不断重复，鼓励他们说单词，并以玩具作为"多说"的奖赏。而在野外，艾瑞斯的右边是田野和树林，左边是水池，我们离那种简单的学习环境差了十万八千里，但不知为什么居然有了效果。开车回家的路上，艾瑞斯看到田野里的牛，居然在无人鼓励的情况下主动说着"哞，哞"。她的确听见了我们的话，明白了其中的含义，然后在正确的场合自发地使用了新词汇。我们好像找到了一种有趣的综合治疗方法，以绘画帮她镇静和放松，以音乐愉悦心灵，借骑车出游自由锻炼语言能力。下一个疗法会是什么呢？

和自闭症患儿建立联系并互动，有时就像调收音机，一旦忍过了那段“吱吱拉拉”的噪音，你就能听到一个无比清晰的频道。频道的声音也许只持续几秒钟，但你的确听到了，作为家长，这感觉非常美妙，会令你的心情出奇地好。骑完车，当我们把车放起来的时候，艾瑞斯又说了句“拜拜”。这句话让我忘记了双腿的疲乏，心中充满喜悦和骄傲。迄今为止，她只有在开心和放松的时候，例如在花园里玩耍、画画或是听音乐的时候，才偶尔说几个词，而现在我们发现了另一个“触发点”——自行车。她坐在 P-J 的后车座上，伸开双臂感受风的吹拂，远离各种担忧，不再为裙子和羊毛开衫烦躁，也不再担心凡事要规规矩矩，受她控制。这种放松似乎解开了她心中的某些东西，所以这些词才能脱口而出。

不过有件事正慢慢爬上我们的心头，再也不能无视了。那就是艾瑞斯去哪所学校上学的问题。九月就要开学了，我们要找一个合适的地方。她在这一年的学生里算年纪小的，但是我们跟一些学校的班主任谈过，说了目前的进展，他们都觉得这是合适的入学时间。我害怕我们刚刚取得的进步会因为上学功亏一篑，那会让人非常伤心。艾瑞斯正在向我证明，她在这种温和的天然环境里可以学到很多，我担心一所学校是否有同样的效果。

寻找合适的学校是我目前为止遇到的最严峻的挑战。多数情况下都是 P-J 在家照看艾瑞斯，我独自一人去拜访学校，但无法想象把艾瑞斯送去其中任何一所学校的情形。校方和老师们看了艾瑞斯的诊断报告，听了我讲解目前的发展情况，都觉得不能把艾瑞斯送到主流学校来，因为会给她太大的压力。我同意他们的观点，所以只剩下在我们周围的郡里零星分布的特殊教育学校。

我探访了附近所有的特殊教育学校，觉得没有一所适合艾瑞斯。艾瑞斯对某些衣物的敏感问题令我非常担心。校方的说法是她无论如何都要穿规定的校服，因为学生不穿校服，他们就无法记录考勤。他们把这种情况形容为“如果有必要，在他们学会适应的过程中，会有持续几个星期的沮丧情绪”。我相信艾瑞斯讨厌衣服一定有她的原因，校方的建议实在令我惊讶，而我的做法与他们恰恰相反。我也希望她能穿衣服，但绝不是因为我逼着她穿。我认为不论是人还是动物，如果你以强硬手段对待他们，就会夺走他们的一部分。总会有别的办法，有不同的路，这通常会耗费更长时间，有时会出现怀疑和不确定的情况，但最终的结果却更为纯粹。

对于我提出的问题，大部分学校都会回答“别担心，我们会照看好一切”。这些话反而令我更加担心。几个星期以来，每当我开车驶离这些学校，都会伏在方向盘上哭泣。这些地方怎么可能适合我们的女儿？我心里很清楚，感觉完全不对。软墙游戏室、感官游戏室、游泳池……这似乎跟先进的教学设施没多大关系。其他孩子频频发脾气使性子的声音吓坏了我。这显然是“正常的情况”，但对我们来说却并非如此。是的，艾瑞斯也会使性子，但现在很少出现这种情况，只有在事情失去控制时才会发生。我们通常会事先看到一些迹象，然后成功地把她安抚下来，所以不至于到情绪失控的程度。我们会调暗灯光，关掉电视，安静地坐下，将注意力放在她喜欢的一本书上，一会儿那股烦躁不安的劲头就过去了。

她是如此脆弱，只能说为数不多的几个词，无法告诉我她今天过得如何或发生了什么事。学校将是她每天待的地方，我需要相信那个地方，觉得艾瑞斯在那里是安全的。但现实是我在那里感到恐惧。老师和理疗师习以为常，他们认为家长把不会说话的孩子托付给他们时，必须跨出这一步。

我们选中了一所教学方法看上去更灵活的学校。那里的女校长为人和善，当我介绍艾瑞斯的画、她最近几个月学习上的长进，以及我如何让她参与各种活动的时候，校长都认真地倾听。她让我耳目一新，对我保证说，她们会尽力满足我们的需要，支持我们，即使这意味着上学的时间是机动的，这样艾瑞斯才能有时间在家做她爱做的事。

不过，后来我接触的这位校长去了别的学校，新校长并不认同我们先前商定的事情。艾瑞斯被安排到另一个班级，而不是我一直期待的那个班。这个班上全是不会说话且有严重残疾的孩子。当我看着艾瑞斯拿着玩具在教室里转悠，而其他孩子都坐在轮椅上时，我担心她是否会有所长进。当外界困难重重，她又如何与别人交流呢？艾瑞斯甚至开始模仿班里其他孩子那些更糟糕的行为，这地方实在不适合她。我说出了自己的顾虑，并提及不希望学校在课间给艾瑞斯吃含糖量大的零食，因为我们曾经非常努力地调整她的饮食。校方全然不理会我的建议，这让我很不舒服。九月初的时候，我们试了一个星期，最终发现这所学校明显不是我想象的样子。他们对艾瑞斯的种种期待着实令人担忧。当我谈及艾瑞斯的绘画天赋，以及我如何利用她的兴趣点教导她并开辟各种沟通渠道的时候，他们似乎并没有认真倾听。他们看不到艾瑞斯的潜能，我意识到这并不是一所合适的学校，又重新开始寻找。

我的自行车忽然“咯哒”响了一声，有东西卡住了脚踏板，于是我停下来，从踏板处抽出一根枝条，一声刺耳的“嘶嘶”声钻进耳朵，原来是一长条荆棘。我使劲按了四次车铃，示意走在前面的P-J停下。接着我们交换了钥匙，这样他们就能先回家，然后开车来接我。为了不惊扰艾瑞斯，我们都尽量保持平静，我对她笑了笑，然后他们先走了。我独自一人推着车，沿着一条很窄的乡间小路往回走。暖风在四周回旋，瘪了车胎的车轮每转一圈就有规律地嗒嗒响。

我低头瞧着车子，意识到它多像我那天下午的心情，失望、气馁、不走运、来回兜圈子。过去的一个星期里，我跟更多的学校接洽过。有些已经没有招生名额了，另一些在下一学年只有几个空位，但还有很多学生在申请。我是不是因为艾瑞斯的画和媒体风暴兴奋过度，所以下手太晚了？也许我太分心了，本该将精力放在寻找学校上。这是否都是我的错？我又去了几所学校，每所都让我觉得被逼到了角落，只能妥协。回家的路上，其中一所学校的老师的话在我耳边回响：“我们在训练学生。”而我一直相信，最好的老师只会指给你方向，不会告诉你要看什么。

我希望找到一位不会抑制艾瑞斯的创造力，也不会摧残她的自由意志的老师：要想学习，她必须保持开心。我继续走着，享受着难得的个人时光，思量着艾瑞斯接受教育的种种选择。重新燃起的自由感让在家教育孩子的想法又回来了。她还很小，接下来几年也许会发生很多变化，但现在我意识到，在家接受教育对艾瑞斯来说才是最好的选择。我只计划着今年这一年在家教她，但既然进展顺利，为什么要停下来呢？

就在这时，救援队终于到了。我一边将自行车固定在车后面，一边吻了吻艾瑞斯的面颊。接着是只有我们懂得的握手礼：手部动作加上几种声音，我们俩在车后面咯咯笑了起来。

那晚，我们把补好胎的自行车取了回来，我列了一下第二天艾瑞斯和我可以进行的趣味活动。P-J 和我商量了一番，觉得这办法也许能行，我们都对这个决定充满信心。我不禁感谢那根荆棘，是它给了我时间，独自冷静地考虑这个问题。

九月让我们五味杂陈。艾瑞斯四岁了。我们为她举办了一场精彩的生日派对，但也深深地意识到了我们的与众不同。新学期开始了，朋友们都骄傲地上传了孩子穿着漂亮校服的照片。这让我怀疑自己的决定是否正确。有时候，我们很难远离社会常规，与大家格格不入，远离群体独自行事。我们每天都要面对各种困难和挑战，现实就是如此残酷。但与此同时，我们又看到大家都轻松地生活着。这些时刻，我总会意识到自己要为最简单的沟通付出巨大的努力，比如为了听到艾瑞斯的声音，看到她露出笑容，或者只是为了让她看一看我。这一点让我很难过，但一想到我们已经开始与她建立联系，我又心怀感激。在谁都无法预料的方面，我们是幸运的，而且我们的生活将是不平凡的。这样的生活与众不同，值得骄傲和赞许。

几个星期后，家里的氛围有了戏剧性的变化。我到花园里找艾瑞斯，发现她最喜欢的大树桩旁边多了一座白色的蒙古包。她把自己的被套拿了出去，这样就能在冷风中舒服地和朋友们坐在一起了。“芬宝”是艾瑞斯前一年喜欢的卡通片里的人物。她左手攥着这只塑料玩具，用食指圈住它的肚子，玩具那带黄绿色条纹的胳膊靠在她食指上方。她的游戏在不断演化。她不再把朋友们排成一排，每天进行检阅，而是与它们互动，和它们一起探险，玩上一整天后把它们送上床去睡觉。这像是社会生活的一块基石，让其他的发展成为可能。可是她转过身，又把自己裹到白被套里去了。过去的几天里，她被一种悲伤的心绪占据。秋天来得如此突然，对她的身心和思维都造成了强烈的冲击。变化不是容易的事。她前一天还在花园里和暖的阳光下跳舞，第

《风中之花》，丙烯颜料，2013 年 5 月

二天冷风就吹得她发抖，而且湿漉漉的灰色空气遍布四周，似乎让她一早起来望向窗外就骤然心碎。她大哭起来，跺着脚跑到外面，以为能纠正世界这毫无征兆的改变。

绘画和音乐能让她兴致高涨，于是我常常以此开始新的一天，想让她心情好些。我清理了厨房中所有家具的表面，放上艾瑞斯的音乐书和乐器，再播放一张 CD 唱片。我鼓励艾瑞斯跳舞，活动一下，在画画间歇玩一玩乐器。慢慢地，我们快乐的小女孩又回来了。

“我们骑车出去玩吧。”P-J 忙完了一天的工作，想轻松一下。

“好主意。下午天会放晴。天气预报说要出太阳。”

“好的，我把她裹得严严实实，这样她就会又暖和又舒服。即使太阳出来，空气依然很冷。”

外边刮着风，但天空是蓝色的，太阳也出来了。我们一家三口沿着河岸小路骑车，心情很愉悦。运河的水在太阳下粼粼放光，秋天的色彩也让艾瑞斯高兴。经过一团混乱的一个星期，现在她非常放松。我们从一座桥下穿过，叶子落在四周。艾瑞斯高举起双臂，手指也大大张开，然后转身冲我微笑，头发在风中飞舞。

那天晚上，我试图按时送她上床睡觉，却发现这是徒劳的，因为她非常清醒，依然沉浸在那份快乐的心情里。我们很晚才睡。午夜时分，艾瑞斯依然浑身有使不完的劲儿。她把疲惫的我从沙发上拽起来，带我去游艺室里她最喜欢的小角落，那里铺着彼此相扣的垫子，每块垫子上都有可以抠出来的字母形状。当初买这套垫子是为了教艾瑞斯学字母，不过我也很喜欢它的保护功能。她带我走到最左边的 A 字母垫子边，轻轻地把字母抠出来，说“A”，然后又把字母放回原位。她又推着我的腿，把我带到下一个字母那儿，抠起来说了声“B”，如此反复，一直到“H”，这次她希望我念出来。我非常吃惊，我们之前从没玩过这种游戏。我顿时不觉得累了，这个新发现让我欣喜若狂。艾瑞斯不仅认得字母，还会自发地念给我听。全部念完之后，她非常安静平和，脸色却十分苍白，脸上还挂着黑眼圈。我看得出这费了她不少力气，现在她累坏了，于是我抱着她回到沙发上，没过一会儿她就沉沉睡去。

我简直无法相信，艾瑞斯居然学会了二十六个字母。我知道这对普通的四岁孩子来说很正常，但对于一个无法说话、无法轻易与人交谈的孩子来说，却堪称一项非凡的成就。她一定是默默记忆过这些声音和形状，用 iPad 和书自学。就像金秋的落叶一样，语言也终于在艾瑞斯的世界里落入正轨，仿佛一条道路开散出枝杈网络，每掉落一片叶子，这条道路就变得更畅通无阻。

接下来的几天里，念字母的声音不绝于耳。一首曲子跟着我从一个房间到另一个房间。艾瑞斯说话了，我开心得合不拢嘴。午夜字母游戏之后的一个星期里，艾瑞斯让自己完全沉浸在语言中，尽一切可能寻找它们的痕迹：书、游戏、iPad 里的应用程序、电视、钢琴、美术，还有我们夫妻俩。从早上起床到晚上睡觉，她坚持不懈、如饥似渴的学习态度常常让我诧异。一个年纪这么小的孩子，居然有这么坚定的意志力，这实在罕见。当然也会有起伏，踏实认真的日子和低沉沮丧的日子交替出现，但她的步伐在加快，自信心也日益增长。

她的词汇量迅速扩大，很快就能说好几百个单词了。一天，我发现要听她说话，有一个更可靠的办法。在我的工作间，我跪在她的工作台前，她顺势靠在我身上，两条胳膊耷拉在我肩上。我拿起一叠写着简短单词的卡片，和她一起一个个拼读，例如“在”“上面”“上头”和“看”。我在另一张纸上把单词写下来，她就会重复这些词。她在学着念单词。我简直不敢相信我们居然如此迅速地走出了沉默的世界。就像一场梦。当然有好多学习内容要补上，也有很多困难需要她去克服，但是艾瑞斯爱上了学习。在鼓励她阅读的过程中，我终于听到了艾瑞斯的声音。当初我曾梦想着有一天和我的小女孩聊天，听她诉说自己的所思所感，如今这个美丽的白日梦仿佛已近在咫尺。那一天之后，她的沟通技能有了显著进步，不仅能跟我沟通，甚至可以说出各种物体、质地、颜色、动物的名称，以及一些简单的连词。不过挫折会时不时出现，当她烦躁不安的时候，这些技能就消失不见了。她会不断重复用过的一个词，而这个词跟她想要的东西毫无关联。不过当她放松而快乐的时候，我们又能看到许多显著的进步。她会发表评论，评价周围的生活和运河里的野生动物："鸭子、水鸡、鸟、树，看见真好……"出门前，我说："让我们摇滚吧！"她会重复"摇滚"一词，然后加上"骑车出游"。晚上她会说"晚安"，早上则是"早"，而且开始模仿歌曲里的一些片段。

太阳西沉，自行车的影子在湿漉漉的路面上摇摆。我们一路前行，然后左拐，艾瑞斯看到我们的影子起了变化。要是我的影子碰到 P-J 和艾瑞斯完美的影子轮廓，她就会扭动身子，对我皱一皱眉。影子之间隔开一段距离似乎对她很重要，于是我特意落后他们父女俩一小段距离。

她的长腿向下耷拉着，P-J 的脚踏板偶尔会碰到她的腿，她似乎并不介意，完全放松下来。一排新修剪过的紫杉篱笆立在路边，像站岗的士兵，其中一棵紫杉引起了艾瑞斯的注意。一只知更鸟正停在那株灌木上，在一汪如水的阳光里抖搂着羽毛。冬日的清晨，那只鸟在温暖的阳光里神采奕奕地看着这个世界。

骑车出游回来后，艾瑞斯喝了一杯热牛奶，接着带我进厨房，要我拿出颜料。这是美好的一天。厨房里到处是颜料，我知道大多数人很不情愿收拾烂摊子，可我毫不在意，因为处处都是色彩，快乐充满了整间屋子。兴奋地画了一阵之后，她既开心又放松。我趁机和她一起做了几个字谜游戏，她很快就完成了。接着，我们又拿出字母卡和数字开始练习。我把塑料泡沫做的数字铺在地板上，她按照从小到大的顺序从一个数字跳到另一个，边说边跳。在这样顺利的一天里，决定在家教育艾瑞斯似乎是世界上最好的主意。我觉得自己就像那只沐浴着阳光的知更鸟。当然，事情并不总是那么顺利，我深感责任重大，有时会觉得接下来要做的实在太多了。

那天晚上，我把游艺室里的灯光调暗，示意艾瑞斯过来和我一起坐到沙发上。客厅里的灯还亮着，她注意到自己的影子投射到了前方的墙壁上。我立刻明白调整灯光带来了一种新游戏的契机，上床睡觉的时间又遥不可及了。她简单地变换了一下身体姿势，熟悉了影子的规律，便挥一挥手，跳一跳，把手放在头上，再放到臀部。接下来令我吃惊的是，她居然模仿起坐在自行车上的状态，她转动自己的手，模拟车轮或脚踏板。想象力和模仿并不是她的强项，所以这场景让我很开心。看着游艺室墙壁上映出的影子，我们俩都咯咯地笑了。

如今，我们的生活充满了欢笑和快乐——在大自然中，在骑车的时候，还有艾瑞斯的画儿。不过生活似乎要平衡这一切似的，新问题也慢慢浮现。艾瑞斯开始讨厌洗澡。给她洗头发成了大难题。有时我甚至无法把她放进浴缸。只要把她往浴缸里放，她就疯狂地又抓又挠，还大声尖叫。我帮她洗头发简直像是在折磨她。她变得像一头受了惊吓的小野兽，拼命地要逃走，很多次都演变成一场无法应付的战斗。等到把艾瑞斯擦干，她又恢复了平静，坐在沙发上看书，而我到楼上的房间去独自哭一场。我努力控制着情绪。真希望过去那个喜欢洗澡的她能回来。我回忆着过去的温馨时光：我们俩一起泡在热乎乎的浴缸里，她靠着我，头贴在我的胸口。那时的宁静现在已变得遥不可及。

她还坚持不脱鞋子和袜子，这也给我增加了困难。我试着在她睡着以后脱掉它们。我们试了很多方法，都失败了。似乎朝一个方向迈进的同时，另一个方向的东西就会坍塌。这对于我们取得的进步也产生了负面影响。例如她总是不肯睡，导致我更加疲累，更费力地打点家里的一切。这就是为什么小问题冒出来的时候要及时处理，因为小问题很容易演变成失控的大难题。不过有些问题需要时间，我也要更加耐心才行。穿上衣的问题就有了些许改善。现在她可以忍受一件蓝斗篷，那是某个星期五大家一起吃午餐时，我母亲为了让她暖和些送给她的沙滩巾。我们试了各种材质的衣服，想知道哪些材质更容易被她接受。我甚至翻出了自己的礼服盒，拿出里面的丝绒斗篷、真丝围巾和许多穿过的舒服的衣服。

“试试这个吧。布料很软和，她也许会喜欢这颜色。刚从我度假时穿的衣服里找出来,我不再需要它了。她的画里就用了好多蓝色……这也许管用。”母亲说着，把那块棉纱笼披在了艾瑞斯肩上。

“蓝色。”艾瑞斯一边用手指摩挲着纱笼上的流苏，一边说道。她望着流苏前后搅拧的丝线，观察了一会儿，然后把纱笼更紧地裹在身上，左右两襟在她身前交叠起来。

“啊，很管用！干得漂亮，妈妈！”我一边说，一边把纱笼打了个松松的结。但是我话音刚落，纱笼就掉了下来。我决定把它拿回家再试试。几个星期后，我的尝试成功了，它终于成了艾瑞斯最喜爱的上衣。

我泡进浴缸里的时候，一排七只塑料青蛙颇具喜感地望着我。为了引诱艾瑞斯到热水里来，我试了很多玩具，这是最近的一批。所有努力都以失败告终。我躺在浴缸里，思索着其他可行的方法，想矫正艾瑞斯对浴缸突如其来的恐惧：感官游戏——试过了，保湿霜按摩——试过了，关于水的故事——试过了，吹泡泡游戏——试过了。还能做什么呢？自闭症的症状总是会在毫无防备的情况下突然出现在你背后，就像是夜晚的窃贼，吞噬了珍贵的东西，将它们偷走。思考这有多么不公平，为什么会发生这些，到底是怎么发生的，实在耗费精力。有些孩子的能力会突然退化，有些会突然失语，或出现无法控制的感官障碍，有些孩子会退回到他们自己的小世界里，外人几乎无法涉足。即使你这次拯救了心爱的宝宝，这种疾患依然像一道永不会消失的阴影，毫无征兆地换成另一种形式出现，在宝宝的感官里掺入难以控制的情绪和执迷。但是，我们对孩子的爱始终如一，正是这股力量给予我们宽慰，推动我们不断前行。

7

又到十二月了，圣诞节前夕，我在接听一个略显慌乱无措的电话。不过这次有点区别，需要帮助的不是我，而是我非常能干的母亲。她正在准备圣诞前夜的派对，不巧的是，家里住着很多来过节的动物客人。不仅有她答应帮一位朋友照顾的几只狗，还有我哥哥带来的他女朋友的小猫西拉，因为卡罗琳娜打算去瑞典跟父母过圣诞。那是一只漂亮的西伯利亚猫，脾气温和，非常习惯旅行。然而想到接下来得忙里忙外，平素沉着冷静的母亲不由得想象出各种灾难性画面。

帮她排忧解难总是件开心的事："为什么不让那只猫过来和我们一起过圣诞呢？"我当然会顾及艾瑞斯的反应，我可不想让柳柳的遭遇重演。但在我心里，猫是不同的，它们比狗儿更独立，而且就我听到的而言，这只猫还是很不错的，大概是艾瑞斯的绝佳拍档。也许艾瑞斯会真的喜欢上猫。在我们尝试领养小狗之后，她已经成长了不少。

这次圣诞节我们会过得非常低调。我在父母家参加酒会的时候，P-J和艾瑞斯留在家里，以免艾瑞斯受不了节日聚会的嘈杂。我在聚会结束后把猫带回来。这将是可爱的消遣，让圣诞节不再有压力。

圣诞聚会如期举行。我到父母家的时候，母亲正在厨房里忙活。壁炉已经点燃，我的第一个任务是点蜡烛。父亲正像往年那样争论着饮料的摆放位置，哥哥则冷静地应和着手忙脚乱的父亲。最后，父亲安生下来，给我们每人倒了一杯香槟。在第一位客人到来之前，家里终于恢复了平静。

我们围在火炉前，屋子里播放着圣诞歌曲，父亲拥抱了我，把我的头重重地压在他的彩色领结上，这是从我有记忆以来的标志性的拥抱。孩提时代，我很喜欢翻弄他那个放领结的抽屉，里面的领结上有各种精致的图案设计和花色。一个人真的需要这么多领结吗，这让我们想不明白。

父母家里的梁柱上都装点着花环，父亲书桌的一角摆放着美丽的插花，还有一盆花放在壁炉上，和蜡烛交相辉映。温暖的金色烛光让这座古老的庄园小屋焕然一新。这所房子就是圣诞节的完美象征，落地窗边的圣诞树让每个人的脸上都挂着笑容，好似把大家都拉进了圣诞的魔幻空间。历年积累下来的小装饰挂满枝头，其中包括一位美丽而脆弱的小仙女，她曾属于我的外祖母艾瑞斯。每个人都找到了回家的感觉。房间布置得很有特色。每个房间都在不同的层面，例如厨房门原来是马厩门，而且要往下走一级台阶。对一些客人来说门框太低，但是烤炉的温暖气息和母亲的家常菜却可以抚平房屋结构带来的不适。

我一直在期盼着这场派对，这是和一起长大的朋友们重聚的好机会，而且我难得出来一趟好好放松一下。父母也邀请了他们的许多好朋友。圣诞节时与亲友团聚、聊聊近况是我们家的传统。我也有点紧张，因为这将是我第一次公开谈论艾瑞斯和自闭症的事。我不知道人们会怎么说，关于艾瑞斯的事他们知道多少，有多少人知道我们过去一年的经历。

“我知道我们年年说同样的话，但是今晚对我们大家来说，是圣诞节的开始。你父母又安排了这次聚会！多棒的聚会啊！艾瑞斯最近怎么样？我们一直惦记着她，你知道的。我特别喜欢她最近的画，很有活力……”

老朋友们围绕在我左右，如今他们都知道了艾瑞斯的事，我和他们聊着遇到的挑战和取得的成就，感觉很放松。不必尴尬地解释，不必找借口搪塞她为什么不在，也不用早早地仓皇逃走。一切都已公之于众，大家都非常体谅。有些人想更多地了解自闭症和艾瑞斯眼里的世界，我尽力讲解，接着去迎接更多的客人，给众人分发各种开胃小食。酒会的高潮过去后，我的思绪集中到了新任务上——那只新来的西伯利亚猫。

哥哥带我走进洗衣房，把我介绍给那只猫。“詹姆斯，她真漂亮。”我朝宠物笼子里看了看，赞叹道，“看这身皮毛和毛茸茸的爪子。她有自己的雪地靴呢。”

她是一只虎纹猫，明亮的绿眼睛闪着智慧的光芒。耳朵很小，尾巴是黑白两色，一身厚实的皮毛，双肩和后腿的毛尤其多，像穿了一条马裤。让我吃惊的是，哥哥对女朋友的猫有些保护过头。我仔细听他讲解这只猫的日常起居，她的三餐内容和喜好。哥哥甚至把一件外套给了我，因为猫儿喜欢在那件衣服上睡觉。聚会结束后，我把西拉放在车后座上带回家，期待艾瑞斯对我们这位美丽客人的反应。

我关上车门，转身朝自家的房子走去。我看到艾瑞斯的脸庞出现在窗口，显然她根本没睡。之前已经告诉过她有只猫会来我家过节，并且明确说过只是过节期间而已。不过那是好几个小时前的事了，我怀疑她是否记得我说过这些，又或者她当时根本没有听我说。有时候，我很难判断她能听进去什么。不过后来证明，她把我说的一字一句都记在了心里。当我拎着宠物箱穿过前门的时候，她就兴奋起来，巴望着和猫见面，甚至等不及我把猫儿从笼子里放出来。

艾瑞斯立刻被西拉蓬松的皮毛、白色的胡须和长着黑白条纹的大扫帚尾巴迷住了。这可不是一只普通的猫，她雍容华贵，非同凡响。圣诞前夜，艾瑞斯跟着她在屋子里乱转。“C、A、T，cat，更多的 cat。”她一边跟着猫一边说。让艾瑞斯说话并不容易，但自打这只纯种猫科朋友进了家门，艾瑞斯就毫不费力地说出了想说的动物名字，甚至正确地拼了出来。最后，西拉终于接纳了艾瑞斯，在地毯上消停下来，艾瑞斯在她旁边跪下，西拉则用大尾巴在艾瑞斯膝头扫来扫去。于是，艾瑞斯顺着这只猫躺下来，抚摸着她的肚子，笑眯眯地捻着她柔软的毛。

整个圣诞节假期，艾瑞斯都尽心尽力地想跟我们的客人搞好关系，给她水喝，甚至想让她一起用鸡蛋杯喝茶。艾瑞斯特地爬上柜子，够到了最上面一层的两只鸡蛋杯，这满怀爱意和善意的举动着实让人怜爱。

要是艾瑞斯心情不佳，西拉就会蜷缩在她身旁，艾瑞斯便立刻忘记了沮丧、不适和缺乏睡眠的影响。艾瑞斯讨厌生病，她无法忍受不能顺畅呼吸的感觉，我又很难跟她解释这症状不是永久性的，一定会过去。幸运的是她很少生病，但我时常为此担忧。然而，西拉似乎成了一剂良药。看着她们两个待在一起，艾瑞斯抚摸着小猫的毛，我简直不敢相信她们这么快就成了好朋友。没几天工夫，我们的圣诞客人就成了一位称职的保姆。虽然这只猫很快就要回伦敦去了，但她打开了一扇门，而我之前并不知道这扇门没上锁。也许以前让艾瑞斯和动物相处的努力是操之过急，她需要时间培育出这种情感联系的能力。

此前艾瑞斯不怎么注意动物，似乎根本没有看到它们。如今情况大为不同了。西拉在她需要时给予她慰藉，当她不堪重负时让她平静下来，而且给了她一份友谊。生活中，时机就是一切。每当我举起相机，就会有这种感受：成败全在一瞬间。我的新年愿望并不是忘记与艾瑞斯的那些不愉快的经历——你永远不知道时光是如何改变这一切的。

在把西拉送回伦敦之前，我下定了决心。我会再次寻找合适的宠物，不过这次目标更明确些，而且我拓宽了思路，我们期待的特质也许来自一种从未考虑过的动物：猫。猫是否能满足我期待中的宠物能带给艾瑞斯的东西？西拉显然知道该如何做。我是不是因为素来听说猫是种高傲的动物，不如狗忠诚，而忽略了这种可能？西拉改变了我的看法。她走后，我们都很怀念她的陪伴。艾瑞斯对她的离去早有心理准备，知道她只是小住一段日子，但是之后依然在屋子里乱转悠，吵着要“猫”。这更让我下定决心，要为艾瑞斯找一只属于她自己的猫。

我曾经见识过动物出乎意料的行为。只要给它们机会、耐心和善意，它们就会完成你从未期待过的任务。在法国，我们那匹忠诚的佩尔什小马“巴金斯”就曾是这样。

出了那场意外后，我的身体正在恢复的时候，从一位朋友那里听说有些马儿需要一个家，它们正在一场城堡拍卖会上被拍卖。P-J觉得我是不是有点不理智，因为那时我们正打算卖掉自己的马。但是拍卖会上的一匹马引起了我浓厚的兴趣。它属于我们在当地见过的品种佩尔什马。它们身体粗壮，忠心耿耿，如今负责拉马车的任务，不过以前曾因为勇气和智慧以及惊人的力气，被当作战马使用。这匹小母马的眼神也拨动了 P-J 的心弦，于是我们把她连同马车一起买了下来。我们给她取了个名字叫巴金斯。她在许多方面帮助了我。当时我还要花很长时间做复健。起初，这匹马和我都不在骑马的状态，我总是带她出去散步，就像遛狗那样。她一直跟在我身后，所以没过多久就没必要圈住她了。我们只把农场的大门关起来，任由她四处转悠。每次邮差到家里来，我都会听到一阵雷鸣般的马蹄声：她会跑上山坡，看看谁来家里了，她是一匹非常像狗的马。很多次，当我遛她遛累了的时候，她就会低下头，让我拽着她的鬃毛借点力气。她是你能想象的最温柔的体型巨大的动物。所以，也许艾瑞斯的动物朋友不会是一只忠诚的狗，虽然我一直殷切期待着有这么一只狗跟在艾瑞斯脚边，坐在她的自行车筐里，就像我儿时的那条西高地白梗犬。但也许艾瑞斯的宠物是只猫……

一想到把猫放在自行车筐里，我就想笑。那样是不是更有意思？骑车出去的时候，有只动物在身边会让我们受益良多。开车出去的话，如果我们在整理工具箱，艾瑞斯不得不待在车里等，有时候她会不耐烦地大哭起来，有只宠物陪她也许就不会这样了。当我们等着别人打开大门，或者在运河的桥上等待时，艾瑞斯不喜欢停下车，这些过渡阶段让她觉得难挨。这样的时刻让艾瑞斯惴惴不安，她越紧张，就越不堪其扰。要是有个朋友陪着，一个忠诚的伴侣，就会大大减轻这种压力。我开始思考日常生活中需要伴侣的地方，还有我们在车里的艰难时刻。车开起来还好，但只要遇到红灯，她就会不耐烦，变得焦虑、坐立不安，接着哭起来，最后一发不可收拾。猫儿能经常开心地乘车外出吗？它能在长途旅行中为艾瑞斯带来安全感吗？还有睡眠习惯的问题。最近艾瑞斯在这方面已经大有改进，但和常人相比的话，还不算是拥有正常的睡眠。她几乎都是半夜才睡。在我的孩提时代，狗狗会睡在床脚帮我入睡；清晨，我迫不及待地起床去看她。一只猫会给艾瑞斯的作息带来同样的益处吗？

我能想象一只猫完成所有的任务，但猫和狗有一个截然不同的地方，不容人忽视。治疗辅助犬都经过特殊训练，明白它们对一个有特殊需求的孩子的职责。大人发出指令，狗就会在不同场合做出某种特定行为。如果一个孩子需要冷静下来，训练员就会给这条狗一个信号，它把头搭在孩子的膝头，给孩子的身体施压，产生镇静效果。许多自闭症儿童都是“飞毛腿”——他们会忽然间飞奔出去，全然不在乎危险，也不知道自己要去哪里。因而可以把牵狗的绳子系在孩子身上，如果孩子忽然跑起来，经过训练的狗就会立定不动，防止孩子跑出去发生危险。如果孩子开始自我伤害，或者做不利于自己的重复性动作，训练员就会示意狗去干涉，分散孩子的注意力。我知道可以用食物作为鼓励，以响指作为信号来训练猫，但也仅限于个别情况。我怀疑能不能训练猫去做设想的任务，以我期望的方式陪在艾瑞斯左右。那应该是一种本能反应，以对艾瑞斯的浓厚兴趣和强烈情感为支撑，这些都不太容易发生在一只猫身上。

所以我的目标很明确，一些性格特质决定了猫和艾瑞斯的匹配度：忠诚、对人类和人类的活动有兴趣，有勇气又聪明，喜欢水更好——连我都意识到这个要求不大可能实现。这些特质都极为少见，但也不至于不可能。我要坚信“不至于不可能存在”，相信“一切皆有可能”。

我和一些流浪猫收容所有联系，其中一家的确有一只年纪稍大的

《暴雨》，丙烯颜料，2014 年 5 月

母猫，听上去符合我们的要求。工作人员建议我们带她回去待一星期，看看她和艾瑞斯相处得如何。但是完全不行，艾瑞斯再次无视她的存在，那只猫也对艾瑞斯毫无兴趣。她不喜欢我们所有人，只想出去。她并不是怕生，事实上她很疯，但明确表示希望待在一个我们都不在的房间，只要我们一靠近，她就逃走，还拍打尾巴，对我们的出现表示深深的厌恶。我试着用食物和玩具引诱她，但她却向我“嘶嘶”叫着示威。从那以后，我就知道这些努力于事无补，我们不合适。我不能强求，也不能鼓励，这需要动物自愿选择。

“好吧，也许这法子本来就不行。毕竟，我们都为艾瑞斯试过不少回了。”

看着我无休止地寻找，仿佛大海捞针，P-J 打起了退堂鼓。我也开始怀疑搜索信息是否成了一种习惯。我总是寻找我们没有的东西，一些无法企及、虚无缥缈的东西——这也许成了我应对挑战的一种机制，我需要让脑子忙起来，压制对未来的种种忧虑。

我决定再试最后一次，动用我们所有的渠道，包括在 Facebook 上向艾瑞斯的追随者寻求帮助。我描述了打算为艾瑞斯找的猫的特点，问他们是否知道一些适合的品种。评论、邮件和信如雪片般飞来。有一种猫我闻所未闻：一种美国大型猫，名叫缅因猫，以出类拔萃的仁爱、活泼和忠诚的秉性著称。一些猫主人说它们很像狗，对人类有极大兴趣，而且喜欢水。我简直不敢相信读到的这些信息，似乎发现了猫世界里的“巴金斯”。这就是我们想要的猫儿，绝对是孩子的完美伴侣。

幸运的是，离我们家不远的地方就有一位缅因猫繁育者。我打电话给那位女士，她提到的一只小猫仔似乎很有希望成为我们的宠物。

她的体型比同窝的其他猫小很多，也许是因为她总是跟着人，而不是跟在她的生母身后。那位女士听了艾瑞斯的事，觉得这只小猫非常合适，因为在一群小猫里，她尤为喜欢与人互动，充满爱意。这位猫主人和我们联系过的繁育者不同，我似乎成了被调查的一方，她仔细询问了我们的家庭情况和艾瑞斯的情况。我喜欢她这么在意自己的猫，愿意花时间先了解我们。我也相信她的判断，因为她远比我了解猫，于是我们约好去看那只小猫。

“她刚从厨房这儿过去，小心台阶。我不像那些主人一样，把它们关在笼子里。猫儿和我们一起生活。”

我踮起脚尖小心翼翼地从她引以为傲的大猫们旁边走过。这房子是校舍改建的，这些大猫爬满了高高的窗台。有些骄傲地卧在沙发上，有些则坐在梳妆台上。家里所有家具上都是猫，一开始我有点受不了那股味道，心里庆幸还好把艾瑞斯留在了车里，由 P-J 陪着她。我还从没被这么多家猫包围过，它们美丽的姿态令我叹为观止。它们依然存有某种野性，耳朵像猞猁耳，尖角上有撮长毛，古铜色的眼睛又圆又大，面部有类似人类表情的神情。

穿过厨房门的时候，一只公猫挡住了我的去路，我弯下腰抚摸他，发现他的眼神像童话里狮王亚斯兰的眼睛。他有蓬松的鬃毛和毛茸茸的大爪子。他缓步走了过去，接着我看到那只小猫正在厨房餐桌上玩报纸。当她看我的时候，我忍不住微笑起来。她有两只大大的耳朵，胡须又白又长，和她小小的长着虎斑的身体构成滑稽的对照。她比别的猫小很多，可是听说了更多关于她的故事，知道她一直睡在主人的枕头上，而且成了厨房里的二把手，我立刻爱上了她。我们决定当天就把她带回家。

当我用那只宠物笼带小猫上车的时候，艾瑞斯认真地看着我。回家的路上，我把那只笼子放在艾瑞斯身旁，半路上还去了一家宠物商店，买了些宠物用品。P-J 进店买东西时，我打开笼子一侧的门，让我们的小猫咪和艾瑞斯正式见一下面。她们俩对视了一会儿。我鼓励艾瑞斯去摸摸她，艾瑞斯用小手碰碰小猫松软的毛，咯咯地笑了。到家以后，她们俩都可以自由活动。我和 P-J 看着她们一起坐在沙发上，像一对老朋友似的。她们肩并肩坐在一起，小猫的身子紧紧地依偎着艾瑞斯。

“大功告成！”P-J 和我一起进厨房的时候，他咧嘴笑着，拍了拍我的后背，“干得好。你成功了。”

我简直不敢相信。大功告成，他说得没错。真是一拍即合，她们俩一见钟情，根本不需要做任何事。我可以停止寻找了。

这只小猫完全符合猫主人的描述，甚至给了我们更多的惊喜。我们给她起名叫“图拉”，这个名字来自艾瑞斯最喜欢的非洲轻音乐的曲名，在祖鲁语里的意思是“平和”。自从看到艾瑞斯的那一刻起，图拉就一直待在她身旁，第一晚就睡在了艾瑞斯的臂弯里，简直成了艾瑞斯的守护天使。她是一只名副其实的缅因猫：友善、忠诚、机灵。我看着她们俩坐在沙发上，小猫和艾瑞斯一起聚精会神地看着 iPad 屏幕，图拉盯着眼前的一切，一直在快乐地发出咕噜咕噜声。当艾瑞斯翻书时，会轻轻捻着图拉的耳朵或是长胡子。在思考的时候，艾瑞斯偶尔会随意地捻着图拉尾巴尖上的毛，仿佛那是她自己的一部分。图拉喜欢被关注，所以从不会逃开。正如她很快就和艾瑞斯好上了一样，她也很快适应了这个家，只不过和我们大人在一起时，她会表现出另一种状态。她是一只典型的小猫，非常活泼好动、淘气、好奇心极强，而且很搞笑。P-J 很开心地向我展示，这只小猫会在他吹口哨的时候跑过来，我试了一下，并不怎么奏效。这时候的图拉让我想起了米奥斯卡，但她还是不一样。令我百思不得其解的一点是，她对我们做的事都兴趣浓厚。她看着我做饭、打扫、编辑照片，似乎在研究我。我不知道是什么在激励着一只如此年幼的小动物。她是在学习吗，还是试图融入新家庭？

图拉的到来改变了我们早晨的例行活动。以前艾瑞斯很难在九点前起床，如今她仿佛脚上装了弹簧。她总是带着甜甜的笑容醒来，身边躺着她的新朋友。当图拉跟着她下楼梯的时候，我听到艾瑞斯在说“更多的猫”。图拉可靠的陪伴和温柔的天性立刻在艾瑞斯身上产生了显著影响。我开始听到艾瑞斯向图拉发出指示。“坐下，小猫。”当图拉试图玩她的 iPad 的时候，艾瑞斯会这么对她说。她的话带着命令的口吻，于是小猫顺从地坐下来，长着条纹长毛的双脚规规矩矩地并好。

和大多数这个年纪的孩子不同，艾瑞斯从不会粗暴地对待小猫，也不会无止尽地摸她抱她。她们之间完全是伴侣关系。艾瑞斯玩的时候，图拉认真看着，如果可能就一起玩儿。艾瑞斯站在桌边玩橡皮泥的时候，图拉就坐在她身边模仿着她的动作。我简直无法相信自己的眼睛：这只小猫居然在做基本的游戏理疗。我越想越觉得猫是自闭症患儿的最佳伴侣。我们难以理解的地方，它们和得了自闭症的孩子可以轻松理解彼此。无可否认，她们之间正在形成一种特殊的纽带，一

种我们一直在寻找的强大联系，如今亲眼看到，实在令人着迷。

图拉的眼神有种特殊的魅力，我猜想这就是艾瑞斯不拒绝和她对视，或者看着她的脸的原因。图拉的眼睛有时是黄绿色的，有时却是蓝色的。她的眼眶是黑色的，像美丽的眼线，一直延伸到外眼角。除了长胡须之外，她还有与眼睛相配的长眉毛。胡须和眉毛像她的尾巴

一样，似乎有自己的生命和个性。当图拉对什么感兴趣的时候，胡须和眉毛就会向前伸展，仿佛要去抓住那件东西。

如果艾瑞斯晚上醒来，图拉知道怎么让她再度入睡，好像她凭本能就知道该做什么。她会叼来一只小玩具，放到艾瑞斯身边。艾瑞斯拿着那只玩具玩一会儿，手指的动作似乎缓解了她的紧张。接着图拉会依偎在她身边发出咕噜声，与此同时，艾瑞斯慢慢安静下来，重回梦乡。我常在门口看着这一切。要是我进屋去，艾瑞斯就会举起胳膊要我抱她，然后用她的体重指引我下楼，就像摩托车手在转角处左右移动身体。但是有图拉在，艾瑞斯很乐意待在床上被图拉抚慰，因此不再需要去屋里其他地方转悠。即使在白天，当艾瑞斯烦躁不安的时候，图拉似乎也不会被惊扰，反而坚持留在她身边，把艾瑞斯的注意力从困难中转移开来。

过去与动物相处的经验告诉我，不要有任何成见，只要给它们机会，动物们就可能给你带来惊喜。在这个基础上，我需要把一些东西布置到位，以便在带她开车甚至骑车外出的时候保证图拉的安全。于是我买了给猫用的鞍套，这样猫儿就能舒舒服服地被我们牵着，艾瑞斯的手也有了可把持的东西。从我给图拉穿上鞍套的那一刻起，图拉便明白了它的用途。她特意坐到艾瑞斯面前，让艾瑞斯检查各个部件。图拉觉得这是开始工作的信号，所以穿上它感觉特别荣耀。牵猫用的绳子则没那么简单。每当我把绳子系在鞍套上牵着图拉走，她就会停下来，表情迷惑地望着我。可如果牵她的是艾瑞斯，那就不同了。图拉会开心地在冰冷的花园里走来走去。这是图拉第一次让自己的爪子触碰到草叶。她小心翼翼地走着，但绝不会从她的朋友身边跑开。我很快就明白了，图拉每次勉为其难，都是为了艾瑞斯。

对于 P-J 和我，图拉则厚脸皮得多。“图拉，回来！”P-J 大叫着。图拉长着虎斑花纹的身躯噌地飘过，嘴里好像叼着一大条面包。

“那是……”

“是的，是我们的早饭。她偷了我们的面包。”

图拉忙着掠夺我们的面包，弄得整个洗衣房里都是面包渣，一片

混乱。图拉有很多类似的怪癖。例如她喜欢奶酪。只要闻到奶酪的味道，她不管正在做什么都会立刻跑来。她还喜欢叼回抛出去的东西，要我们一次次地扔出去让她捡。她还坐在厨房门上的篮筐里，在每个人经过时用她的大爪子拍我们一下。她很快就长大了，不适合再坐那个篮筐，但还是努力把自己塞进去，尽管最终只能放弃。没有用的，她的身体飞快地长大。虽然还是只小猫，她就长到了普通英格兰农场猫的大小。

最近天气很糟，不方便出去散步或骑车出游。于是我们全家开车出门，图拉蜷缩在艾瑞斯膝头，大声地咕噜。她什么事情都想参与，让自己适应所有场景，尽可能地帮助大家。

带猫骑车外出的设想和其他冒险活动一样，事先的规划自然非常重要。我找到一种专门为小型犬设计的舒适车筐，可以挂在车把上。接下来的几年里，图拉的个头会变得更大，所以筐子越大越好。筐内有根拴绳。我先在家里让图拉适应坐进筐子里，之后带着她和筐子到院子里走了走，最后才把筐子固定到车把上。她居然很爱坐自行车。

从第一次外出开始，她就很放松，在筐里开心地欣赏着运河边的风景，并一直紧跟着艾瑞斯。我立刻看出这将成为我们的固定节目。图拉从来不试图跳出筐子，只要一看见自行车，她就想跳进筐里。从那一刻起，图拉成了一只自行车猫，陪伴着我们每次骑车外出，在艾瑞斯需要帮助的时候做她慷慨的好伙伴。

当艾瑞斯看上去需要帮忙时，我骑车赶上去，把装图拉的篮子靠到艾瑞斯的车座上。图拉趁此机会尽力伸展身体，去吻艾瑞斯的脸颊。她的长胡须弄得艾瑞斯痒痒的，吸引了她的注意，把她从不安中拉出来。艾瑞斯则用胳膊搂住图拉的身体，我们让她们俩这样待一会儿。艾瑞斯轻轻抚摸图拉的头，用手指划着图拉两耳之间对称的黑白条纹。有时候艾瑞斯会用大拇指和食指摩挲图拉耳尖的长毛，图拉一动不动，用那对明亮的眼睛看着周围的大自然。

我们在运河边的曳船道上骑行的时候，图拉总会引来路人的谈笑，因为他们看到一只猫如此自信地用爪子趴在篮筐边缘，迎风伸出脑袋，脸上一副殷切的表情。图拉超出了常人对猫的期待，让这一天变得特别。我希望所有人都以这种乐观包容的心态接受生活中遇到的特别的事物。图拉和艾瑞斯向世界传递着一个强烈的讯息：有些东西会因为不同而精彩。

一天，外面刮起了大风，我们抄近道回家。艾瑞斯耐心地坐在台阶上，我小心翼翼地帮她脱下滑雪服。她的斗篷如今成了固定穿着，我一直将它放在手边准备着。把滑雪服放到一旁时，我以为她还会像往常那样迫不及待地脱掉里面的上衣，去年一直如此。然而此刻她坐在那儿看着我，一副安静而开心的模样。她看了看斗篷，我轻轻地把它套过她的头，她的上衣还穿在身上。接着她跑去找图拉。P-J 和我对视了一下，默默地决定还是不要声张，以免艾瑞斯又改了主意，把上衣给脱下来。

那天晚些时候，她依旧穿着衣服，图拉睡在她身边。我想了想艾瑞斯过去关于衣服的问题。我们从没找到她突然不喜欢穿衣服的原因。我觉得那是从一种感官问题开始的，接着成了她的生活方式。不穿上衣让她觉得更自由自在，更舒服快乐，也更自信。而如今，她是否因为图拉变得自信，所以也更加灵活了呢？无论什么原因，我们都非常宽慰，因为生活变得更轻松了。

那年冬天，暴风雨袭击了英格兰南部，传来发生洪水灾害的新闻。我们这里虽然不是受风暴影响最严重的地区，风也非常猛烈。艾瑞斯整个早上都坐立不安。语言能力的爆发式发展和随之而来的各种开心事儿也不免要伴随低落期。

艾瑞斯最近一直在通过 iPad 和书努力学习语言，完全是自发的。她进步很快，但有时看上去又毫无进展，所以会因为徒劳无功而难过。看到她难过，我也心疼，别的孩子自然而然就会的东西，她却得费力去学，这多么不公平。她在屋里踱来踱去，一遍遍重复那些字母表里的字母和一串动物的名字。听到她说这么多词着实让人吃惊，不过她的发音有种强迫和失控的意味。我看得出她很紧张，想要到花园里去。于是我们走进了花园。树和草的动静让她兴奋得跳起来，她望着它们，很快就被这些律动所抚慰。艾瑞斯追寻着前些天的快乐脚步，又去看她喜欢的那些树，最后当然是最钟爱的坐落在花园中央的大树桩。她一动不动地站在那儿，闭起双眼，双手并排，掌心向下贴在湿透的木头上。我不知道她是在从老朋友那里汲取力量和平静，还是在安慰这位老朋友，但我们的确在暴风雨中经历了一段平静的时光，然后一起回了屋子。

即使如此，我还是为艾瑞斯担心。集中学习语言的负面效果初露端倪。听她一遍遍重复动物名字，我看到了进步的代价。她显然从中获得了安慰，能说出这些词也让她感到开心，但她无法控制，她想停下来歇一歇，却做不到，这种失控带来了新的挫败感。于是一些老习惯，例如撕扯嘴皮又慢慢出现，所以我必须多让她去做专业理疗练习、感官游戏和一些要用到压力球的练习，以此释放压力。

我激动地看到艾瑞斯正在进步，但大家都注意到了这种努力带来的负面影响，连她忠诚的猫朋友也注意到了。一天，图拉叼起一块方形的塑料泡包装膜，跳上艾瑞斯旁边的沙发，放到她腿上。艾瑞斯正缩成一团，显得精疲力竭。她笑了笑，说："嗨，小猫。"接着拿起那片塑料泡玩了起来，然后递给图拉。与往常不同的是，图拉不想把那块包装膜扔掉或是随意搁在一旁，又把它推给艾瑞斯，之后便躺下来大声地打起呼噜。她在鼓励艾瑞斯多玩一玩它，用手指感受那凹凸的质感。

我在门边瞧着这一切，简直不敢相信自己的眼睛。我一直在找某种东西，来分散艾瑞斯在记单词方面的注意力，让她不要太专注于当前的目标。图拉是怎么做到的？我知道她一定在解读艾瑞斯的肢体语言，但她居然机灵到可以找到一件感官玩具，不是为她自己，而是为了让艾瑞斯玩，把艾瑞斯从那片黑色空间中拽出来，这种能力出现在猫身上简直匪夷所思。

我发现艾瑞斯对猫的行为也发生了改变。艾瑞斯变得更善于运用触觉，并且充满爱意，她会给图拉的黑爪子做按摩，把手指埋在图拉丝滑的皮毛里。玩 iPad 时，她用一只手玩游戏，另一只手爱抚着身边那只忠诚的猫。这对她的感官平静大有好处。

一天晚上，P-J 和我正在准备晚饭，这对活宝在洗手池边玩泡泡。她们把画画的桌子当成结实的平台，站在上面。图拉在艾瑞斯身边，伸出爪子拍打着玻璃窗上的肥皂泡，艾瑞斯一边把更多的肥皂泡吹到玻璃上，一边兴奋地尖叫。有段日子没看到艾瑞斯这么舒服地玩水了。一连好几个月，她都用各种用具玩水，以免直接碰到水。有时候，即使只是一滴水落到她的皮肤上，都会引发一场大混乱：她大哭着跑过来，在我的衣服上擦身子，把水滴弄掉。我看得出这让她非常痛苦。但是慢慢地，随着和图拉的互动增多，她抚摸图拉的毛，跟着图拉一起玩水玩沙子，我们开始看到许多变化。这一刻，她转过身，脸上带着灿烂的笑，伸开双臂给了我一个最棒的拥抱，让我享受了一次罕见

而温馨的爱的表达。

接着，令我们吃惊的是她转向 P-J，给了他一个同样的拥抱，接下来是图拉。我咯咯地笑，于是她又来拥抱我。艾瑞斯以画桌为轴心，一个接一个地拥抱家庭成员，我们简直无法相信会有这样的好运。她极少拥抱别人，所以看着她张开双臂，向 P-J 俯下身子的时候，我感动极了。

我们发现生活的方方面面都有了改善。艾瑞斯和外祖父母的关系也有了极大改进。似乎她先前就有向他们表达感受的能力，但这种能力一直处于休眠状态。她过去常常讨厌被拥抱被亲吻，有时甚至讨厌别人跟她说话，但这些都在改变。要是她经过的时候我父亲逮到她，她会哈哈大笑起来，然后父亲挠她痒痒，给她一个拥抱，再吻她一下。当我哥哥抱起她，把她放在肩膀上时，她也似乎完全不介意，甚至开心地坐在他肩上到花园里跑一圈。换作以前，她会无视这些家庭成员的存在。这并不容易，因为我知道她其实有多爱他们。如今，当我父亲在花园里休息时，她居然可以自信地走到他身边，甚至牵起他的手，把他领到花园门口，一起到隔壁学校的球场上玩。她也开始用学会的单词和他们做游戏：让我父亲抬起脚开始数数，在他数到二十的时候接替他大声地数下去。听到她发出声音，父亲又惊又喜。

一个星期五的午餐时间，我母亲、艾瑞斯和我祖孙三人一起躺在床上咯咯地笑。母亲和我举起同一块毯子，像在我们之间支起一座帐篷，艾瑞斯兴奋地在毯子下面扭来扭去，接着跳了出去。她开心地在床上扑腾，我却深深地意识到这一年我们走了多远。看着她依偎在外祖母身边索要拥抱，我满怀喜悦。度过了一个快乐的下午之后，我把艾瑞斯带上车，母亲走到车门边跟艾瑞斯吻别。艾瑞斯忽然挥手说了句“再见”，接着来了个飞吻——太完美了！我不知道这一切是怎么发生的，或者何时发生的，但是某样东西的确起了变化。和她的语言能力一样，人际沟通道路上的障碍也正在清除，她向我们证明，先前她的情感只是在闭锁状态。她对家人的爱一直都在，就像那些单词一直在她脑海里，只是难以表达出来。有时候，自闭症非常残酷，越关心这些患者的人受伤越深，但只要有耐心理解他们，你就会看到不可思议的进步。先前艾瑞斯避之不及的情感纽带不仅显现出来，而且更加强大。我高兴地看到父母从不曾放弃。我们每星期参加午餐聚会和他们定期来我家做客的习惯一直在延续，所以艾瑞斯知道，只要她准备好了，他们就会在那里等她。

艾瑞斯和图拉之间的关系与先前和其他猫科朋友的关系不一样。西拉的角色像妈妈，圣诞假期里她就像一位保姆一样帮助我。图拉则比较年轻，需要指引，她这个特点让艾瑞斯的行为发生了改变。图拉完全信任艾瑞斯，艾瑞斯便有了一种责任尊重和爱护图拉。一天晚上，艾瑞斯正在整理画笔。在 P-J 身边的板凳上，一支支画笔慢慢堆成一座小山。接着她挑出三支最小的画笔递给图拉。图拉起初有些无措，接着便开始玩这些笔，于是艾瑞斯欢呼雀跃，因为她的朋友有和她一样的激情。

每次艾瑞斯走到绘画桌边，图拉都在那儿，耐心地坐在桌子的左上角看着，等着，痴迷地欣赏艾瑞斯作画的过程。偶尔，玩耍的诱惑太大，艾瑞斯会提醒图拉“坐下，小猫”，于是小猫照做了。天气允许时，我们把绘画用具搬到室外，图拉就在屋外恭候，她成了艾瑞斯忠实的朋友、知己和美术助理。起初放图拉去院子里的时候，我们还有些顾虑：她会不会到处乱逛，自己溜出去冒险？但当我把红色鞍套穿到她身上

以后，她立刻明白了自己的责任就是在家陪艾瑞斯，始终陪在艾瑞斯左右。

此时，我的大部分计划都是在一个最不可能的地方完成的，就是浴室。艾瑞斯忽然在洗澡的问题上纠结起来，浴室成了她不愿迈进的地方，所以我在洗澡时有了珍贵的时间和空间思考问题。一天晚上，我正在思索着第二天做什么，忽然意识到我不是一个人。图拉的胡子碰了碰我的脖子，她居然悄无声息地跳到了浴缸边。我摸了摸站在脑后的图拉，继续想第二天的计划。这时，一只爪子伸过来，接着是第二只爪子，之后第三只、第四只爪子落在了我的肩膀上。随后图拉沿着我的身体走进水里游起泳来，游完又卧在我腿上。她细弱的脖子浮出水面，转头看我的时候简直像个小外星人。我不敢移动——她还没把爪子露出来，但我的姿势很微妙。我决定一动不动，看看接下来发生什么。

图拉从我的腿上跳到浴缸的一侧，然后又跳到地板上，动作干净利落。她抖了抖身上的水，现在她的长尾巴看上去像根细棍子，和她的身体非常不成比例，惹得我哈哈大笑。接着，她开始清洁和舔舐自己，花了好一会儿才弄干她的毛，差不多恢复成了我记忆里的小猫咪的模样。

我的思绪不再停留在教学计划上，现在正围着这个新发现打转。图拉喜欢水，她真的非常喜欢水。在水槽边上时，她就对肥皂泡泡和玩水很感兴趣，而且这种喜欢还远不止于此，着实出乎我的意料。我们第一次了解这个品种的时候，曾读到过关于它们起源的民间故事，据说它们是挪威森林猫的后裔，被维京海盗带到了美国。有一个故事提到英国船长查尔斯·库恩，他开着船在新英格兰地区四处航行，船上带着一堆长毛猫。看着图拉在水里自由自在毫不担心的模样，仿佛她是属于水的，她祖先的经历也就显而易见了。

我脑中飞快地思考着。艾瑞斯不喜欢洗澡带来的种种问题难以应付，甚至到了困扰全家人的程度。我不愿意看到她那么烦躁不安，我们试过能想到的所有办法，想帮她解决这种感官问题，但一无所获。

《蓝色星球》，丙烯颜料，2013 年 4 月

既然艾瑞斯可以轻松地在水槽边玩水，也许这不是什么感官问题，而是一种恐惧症，也许是一个我忽视的小细节引起的。那图拉能不能成为完美的解铃人呢？

“那计划是什么？”P-J 在听完我的描述后问道。令我吃惊的是，他并没有笑话我的新发现。他被这个发现吸引了，而且非常清楚我的意图。

“我想下次鼓励图拉进浴室，看看事情发展。她也许愿意来，就像上次和我在一起那样。值得一试。总归有益无害，图拉不会做让自己不舒服的事。我知道她也不愿意伤害艾瑞斯。”

所以下一次给艾瑞斯洗澡的时候，我试验了一下。起初计划似乎不太成功。我费力地让艾瑞斯待在浴缸里，只要身体一碰到水，她就开始哭，图拉进来过，然后又跑出去了。我试图用浴缸边准备的各种玩具哄哄艾瑞斯。但它们被一个个扔到了浴缸另一边，排成了一排，艾瑞斯在哭声的间歇怒气冲冲地瞪着这些玩具。接着，她再次转向我，看我下一个拿出来的东西会不会更好。而我已经没辙了。艾瑞斯哭得让人无法忍受，我只得放弃这个主意。它就是不起作用。她又要爬出浴缸，我开始担心她的安全。紧接着，图拉回来了，叼着她们俩之前玩的一件首饰。她跳到浴缸沿上，开始玩那件东西。这吸引了艾瑞斯的注意，她的哭声止住了。一切都安静下来，我又能思考了。我往后一坐，深吸了一口气，不想打破这种平静，随后图拉跳进了浴缸。

我似乎还不习惯看着一只猫如此平静地待在水边，接着又悠闲地跳进水中。我比以前更爱图拉了，她总给我带来惊喜，但眼前这一幕确实令我叹为观止。浴缸里的水不像上次那么满，所以她没法游泳，便站在艾瑞斯身边。艾瑞斯立刻跟她打起了招呼："嗨，小猫。"我看见艾瑞斯笑了。看到艾瑞斯在洗澡时露出笑脸，简直让人想哭。我多么渴望她能再次享受平静的沐浴时光，我太想念那段平静的时光了。无论白天有多糟糕，温暖的洗澡水和美妙的背景音乐总会解决所有问题，让我们的世界归于宁静。那一刻，我看到这样的美好时光终于回来了。她的朋友也在浴缸里引起了艾瑞斯的兴趣，甚至令她忘了焦虑，接着她们俩开心地玩了起来。

P-J 走过浴室门口，我出去对他说："你过来看哪。"

看到我开心得合不拢嘴，他立刻知道这计划奏效了。"哦，太棒了！"他走过去抚摸图拉。图拉正在研究艾瑞斯的海洋生物玩具。"接下来做什么，游泳吗？"

“你居然也提到这个。我正想着呢。”我们已经有一阵子没考虑过游泳的问题。也许该再试一次了。

“但我不想操之过急。让她从目前的情形中增加些自信再试试吧。”

图拉一定成了方圆几英里内最干净的猫，因为她总是跟着艾瑞斯一起洗澡，甚至还让我演示给艾瑞斯看，告诉她用洗发水洗头发是个不错的主意。过去我很怕给艾瑞斯洗头。每次都像是在增加她的痛苦，于是巴不得快点洗完，然后图拉来了。当我给图拉洗头的时候，她静静地坐在水里，艾瑞斯看到图拉脑袋上满是肥皂泡，哈哈大笑起来，接着也顺理成章地让我给她洗头了。

给艾瑞斯剪头发也一直是让我发愁的事。她是个多动大王，总是扭来扭去，前后躲闪，又跑又跳，想尽一切办法逃避最害怕的剪发。剪一次头发通常要花好几天，甚至好几个星期，一次只能剪一部分。当她正聚精会神地做某件事时，就是我的最佳时机。但那时候，我也必须以熟练的技巧把手放在适当位置，以免她突然动起来，剪刀伤了她的脖子。这就好像是给桥上漆：你刚涂完漆，就要从头再来一遍。那一个星期，我有些懒散，没有履行剪发的职责，她的刘海长到每次眨眼时都会动来动去。

图拉躺在她身旁，她正在玩一个新的字母游戏，我的机会来了。开始剪的时候，图拉先是把爪子放在剪刀旁边，然后又伸到我手里。她对正在发生的事非常感兴趣，连艾瑞斯也跟着有了兴趣，还抬头看着我，这实在令我吃惊。

这一次，她没有跑开、哇哇大哭，或者使劲把我推开，而是安安静静地坐下来，毫不反抗地让我剪头发。图拉更紧地依偎在艾瑞斯身边，大声地咕噜咕噜，让艾瑞斯无比满足。我摸了摸图拉，感谢她成为我的超级英雄。这话是认真的，她帮我解决了很多我原本已经放弃的问题。

我们过去尝试过游泳，那是一个更大的挑战。我们从未成功地带着艾瑞斯走进公共游泳池的大门。她用惯用的办法，在我怀里把自己变成一只大海星。她的态度非常明确：绝不让我带她走进门，进入回

声巨大的喧嚣世界。我们也找过不那么吵的小型游泳池，但一直没找到。后来，村子里的一位朋友说可以用他家的游泳池。这对艾瑞斯来说简直是完美的选择，那儿安静而明亮，角落里还有一张可爱的秋千椅，但是去了几星期之后，我发现虽然她很喜欢看着我们游，却不可能让她下水，因为她对水非常敏感，还讨厌脱掉鞋子和斗篷。然而，和图拉共浴无数次之后，艾瑞斯不再有洗澡的问题了。事实上，她爱上了洗澡，也可以自由地穿脱鞋子了。这正是我们一直等待的再次尝试的时机。

“哇，鱼！”——那天早上，在游泳池里，艾瑞斯紧紧抓着我，说出了一对非常贴切而美妙的词。我们一家三口都在水里。可怜的图拉被留在了家里，要是她来了，估计很有可能也下来游，但我觉得这有点对不住人家借我们游泳池的好意。过了一会儿，艾瑞斯在水里更自信，也更开心了，愿意让 P-J 给她上第一堂游泳课。P-J 鼓励她先踢腾水。看着她的小脸刚好露出水面，朝我灿烂地笑着，我极为骄傲。我们还不能给她套上浮力臂圈，因为臂圈会挤压她的胳膊，引起她的焦虑，不过除此以外，她都反应良好。我们简直不敢相信这些改变。感谢图拉的帮助，游泳成了艾瑞斯生活的一部分。

我数不清图拉在日常生活里帮到艾瑞斯的地方有多少。把图拉的事说给别人听的时候，我知道他们都觉得我有些夸张，或者认为她一定是一只受过特殊训练的猫。有时候连我自己也难以相信这一切，尤其是当我们到乡间旅行，图拉一直陪伴在艾瑞斯左右，她们俩一起看着桥下的溪水，一起研究树林里的风铃草时，这种感觉更加强烈。当你对她讲话时，她的眼神中流露出听懂的意味。要是我们故意逗她，她立刻就能察觉，然后走开。

她有些奇怪的小习惯——要是她从外面回来，爪子上沾满了泥，会径直到浴缸里去，在排水口周围有积水的地方洗爪子。当然这种清洁方法并不怎么管用，于是家里到处都是她的泥爪印。但是她模仿人类的行为让我们觉得非常有趣。后来，她终于出落成一只极其漂亮的大猫，从花房里高高的横梁上俯视大家，颇有王者风范。我不再有疑问，也不需要知道她为什么会做那些事，或者她是如何知道该怎么做的。在我眼里只有一位朋友，她不仅是艾瑞斯的朋友，也是我们大家的朋友——她就是我们家的一员。

在花园的中央，三个小家伙静静地坐在一起：艾瑞斯、图拉和大树桩。那是一个宁静的地方，适合思考，可以在繁忙纷扰的世界中找到片刻安宁。不过暴风雨的云团眼看就到了，我把艾瑞斯叫进屋里。图拉跟着她最好的朋友回了屋，跳上绘画桌。看着艾瑞斯开始把各种颜色混在画纸上，图拉开心地咕噜起来。

倾盆大雨落在了她们俩花园中的小王国里。她们隔着玻璃窗看着被雨水浸湿的大树桩变成一团深色的影子。接着，她们又将视线拉回厨房。一层层的颜色已经变深，精美的细节呈现出来。艾瑞斯用画笔点点戳戳，用海绵和工具擦刮着颜料的表面，让深蓝色下面的靓丽色彩呈现出来。一个形象渐渐显露：影影绰绰中有一只猫的脸。艾瑞斯与猫的情感纽带如此强烈，甚至体现在了她的举止中。正是这根纽带突破了重重阻碍，让艾瑞斯隐藏的才华绽放光彩。

8

自从我们搬进这所房子，我工作间的用途已经改换了三次：起初是婚礼照片编辑室，接着是绘画收藏区，现在则是家庭教育室。我把一切都计划得非常完美：房间的一角要布置成舒适惬意的阅读区，还要有一张桌子供写字或更正式的授课之用，还有一个游戏区。只有一个问题：我在孤军奋战。一叠叠打印好的计划单似乎在嘲笑我，在家教育孩子的荒谬尝试眼看就要一败涂地。

图拉走进屋子，在我身旁蜷起身子。我比任何时候都需要她。“图拉，你好吗？艾瑞斯还是一直逃开。”我感到无比绝望，甚至开始后悔自己的决定。过去的一个星期毫无成效，挫折感从四面八方涌来。我迷失了方向，需要帮助。直到那一刻为止，在家教育艾瑞斯虽然不容易，但还是在稳步进展。她现在认得字母表，可以读出所有字母，会从一数到三十，可以说一些简单的词；她还开始识别各种形状，明白大小和体积的概念。我已经根据学龄前的教育大纲，教了她所有的知识。再过几个月，艾瑞斯就五岁了，我们正尝试小学一年级的教学互动，为了让艾瑞斯长时间集中注意力，我感到有些吃力。

和图拉并排坐着，我细细思考自己哪里做错了。这间屋子看上去很像教室，我为艾瑞斯计划的各种活动和学习内容在她眼里似乎无关紧要。她根本不感兴趣，这就是症结所在。我需要抓住她能集中注意

力的那段宝贵时间，规划出让她在意的活动。之前，我根据《全国课程安排》中的学前阶段模板制作了艾瑞斯的课表，那个模板是别人做的，可是艾瑞斯不同于一般孩子，而且我很快发现，要是还按部就班地上课，目前取得的进展都会付诸东流。

我的心跳得厉害，觉得浑身发热，很不舒服。图拉跟着我走到露台去呼吸新鲜空气，我们低头望着坐在树桩上的艾瑞斯。我慢慢地深吸了几口气，感觉好些了，但依然有些惴惴不安。那是一种愧疚，我再也无法承受的愧疚。这些天来，我一直在跟这种愧疚斗争。内心深处，我觉得自己在不断向下陷。我知道这种感觉来自何处，全是头脑中的困惑：独自在家教育艾瑞斯的艰巨任务和重大责任，让我意识到自己一个人势单力薄，而且根本不知道在做什么。我看到艾瑞斯有许多潜力，能感觉到这些潜力的存在，却往往无法触及。遭遇挫败时，我会质疑自己，在心中争论选的路是对是错。我不是一位训练有素的教师，此前也从未对儿童教育产生过兴趣。当初买下这栋房子的时候，我有过许多美好憧憬，其中之一就是这里正好在校车路线上，多年后送孩子上学一定很方便。那种孤独感又慢慢回来了，我觉得与世隔绝，孤立无援，不堪一击。大部分决定都是基于我的直觉和对艾瑞斯的观察，然而此刻，我也不敢确定这些依据是否充分。

接下来我们会去拜访权威机构，我需要为艾瑞斯制订一份清晰的教育计划，并保证落实所有计划，在家教导她。我知道要想摒除这种愧疚感，就必须掌控局面，而且不能用以前的方式，不能再打印从网上下载的资料了。我得自己设计制作一份课程表，将对艾瑞斯有所启发的内容纳入其中。我还必须放弃在一间屋子里教她的想法，采用更自由的方式。她想待在什么地方，我就在什么地方上课，如果有必要，在大树桩旁、花园里或者桥上都可以。要是她想活动活动，那也没什么不行，我们就四处走走，甚至利用这段时间授课。但是要做到这些事情，我需要帮助。为艾瑞斯设计独特的教学方案是一项浩大的工程。如果不能明确艾瑞斯应该学习哪些内容，就难以取得进展。所以我请教了在教育界工作的朋友查理，她非常好心地和我梳理了一些备选方案。

起初，面前的课程计划让我觉得有些无法掌控，但仔细阅读后，我慢慢发现也可以给艾瑞斯制作一份类似的计划，将重心放在她的兴趣点上。我去了查理家，她和我分享多年来在教育界积累的心得。

我在她的厨房里谈起艾瑞斯能做到什么、在哪些方面吃力，以及我的计划。感觉就像一场精彩体验的开端，我心头的重负也减轻了许多。我告诉她艾瑞斯目前的状态，比如她对某些领域的炽烈兴趣，她的阅读能力，迄今为止取得的成绩，接下来我对她的期待有哪些。查理的反应令我意外。她问了一连串具体问题，然后非常支持我在家教育艾瑞斯的决定，似乎我们为艾瑞斯做了目前为止最好的决定。她还列举了各种选择，比如专门学校和主流学校采用的各种课表，还有基于话题的学习模式。我特别喜欢基于主题的教学法。在我们看来，这是最理想的选择。接下来梳理了一遍要涵盖的学习内容。自我小时候以来，儿童教育当然有了不少进展，每一门学科都多出不少需要纳入考虑范围的新技能。让我高兴的是，以前的“信息技术”现在被称为“信息与交流方法”，意味着这门课囊括了通过技术收集信息的各种方法，摄影也在其中。和一个可以轻松地理解我，不时提供指导的人一起梳理想法，实在令人兴奋。为艾瑞斯创制课表也让我激动。

那天下午，我终于迈出了第一步。第一项任务就是确定主题。“猫”似乎是完美的选择。图拉很快觉察出了什么，明白我需要她。她跳上我的膝头，团成一只毛球，打起呼噜。

“正需要你呢，亲爱的。我们要用你教艾瑞斯学知识，图拉。这主意很棒吧？”

她抬头看了我一眼，好像在说：“哦，当然。除了我，还有谁能胜任？”

我在一张纸的正中央写上了“猫”，把这个词圈了起来，然后围绕它画了更多的圈，并在圈里填上各门学科：英语、音乐、美术、信息与交流技术、科学、数学、体育、地理和历史。我开始发散思维，策划各种活动项目——阅读、美术、音乐——能以猫为主题教授的各种技能。我把能想到的都想了一遍，包括去动物园参观。纸不够画了，图拉在旁边挤来挤去，我的字也开始歪歪扭扭，快认不出写的是什么了。清晰的计划变得不再清晰。正巧这时艾瑞斯踮着脚尖走进来，从我的书桌上拽起那张纸，拔脚就跑。这不是最好的开始。

我喝了一杯浓茶，回到书桌前。要想赢得这场战役，必须更机智，于是我打开 Photoshop 软件，在电脑上制作计划图。这办法很棒，每次纸不够用了，我就把软件里的画布扩大一些。这样可以轻松调整蓝图，没过一会儿，以猫为主题的教育计划就快做好了。我写下了许多备选方案，有选择总不是坏事。永远都不能确定哪种办法对艾瑞斯管用，有时候你不仅需要锦囊妙计，还需要几大袋妙计。

要是艾瑞斯不感兴趣，那她就走开好了，我会再尝试别的方法。她情绪多变，有时候这意味着一场灾难。她会被我惹毛，变得不知所措气急败坏，一边把我推开，一边说“后退”或“走开”。有时候她需要空间,我就让她一个人静一静。要是不给她喘息的空间,逼得更紧，她就会非常气恼，用手锤自己的肚子，然后朝我挥拳头，仿佛在说“你快走开”，那样子像只愤怒的小蜜蜂。

如果真到了那一步，也是我该喘口气的时候了。我会去厨房默默地坐一会儿，不过脑子里仍在飞快地想着各种与艾瑞斯建立联系的方法，以及何时可以尝试新东西。总有一种方法会见效，让人皆大欢喜，这种感觉无与伦比——我们两人一起做点什么，看着她终于开始学习，我有一种纯粹的快乐。她学东西非常快，理解力远不止表面上看到的那样，我总是吃惊地发现她居然会做那么多事。

在学习每一样新东西时，我都得回想之前她表现出些许兴趣的地方，以此作为切入点。沙发上有一本厚厚的二手书，是几年前为艾瑞斯买的。我曾经读过里面的很多诗和儿歌，都是她喜欢的。我发现她打开了那本书，停在《猫头鹰和小野猫》那一页。星空下，一只圆滚滚的棕色猫头鹰和一只虎斑猫坐在绿色的船上，在蓝色的海面上漂流。船上有一罐蜂蜜、一些钱和一把吉他。这就是我要再现的画面，我们

“Kumbengo”，丙烯颜料，2013 年 11 月

要用瓦楞纸做一条船，当然，图拉将扮演那只猫。接下来，我们会学习那首诗里的词汇，练习写字母、说单词。如果一切顺利，我们再看下一首诗，也许是睡前儿歌《嗨，第朵，第朵》，因为那首歌里有猫、音乐和各种农场中的动物。我打算将它作为下一次的主题。

我又按顺时针顺序仔细读了一遍我的规划。英语课的部分挤满了书、诗和歌谣。美术课则是各种活动，例如做猫脸面具、鼓励艾瑞斯与人互动和玩耍。信息与交流技术课上，她会用我的电脑和她的 iPad 做简单的打字练习，并尝试用我的相机给图拉拍照。为了增添一些科学元素，我们还会用磅秤称一下图拉的体重，比较各种猫的大小，看看猫胡子的用途，以及猫身体各个部位的作用。数学课上，我们数一数猫脸面具上有几根胡须。要是图拉在睡觉的话，也许我们会数数她到底有几根胡子。我们还可以把艾瑞斯的猫科动物玩具按大小顺序排列，数一数有几只，并学习简单的加法。有了这些野生猫科动物玩具，讲解地理也不是难事。为了让她真正了解它们，有必要去一趟动物园。最后是讲解历史知识。我有一本很棒的书《猫：三千五百年美术史中的猫》，也许我们可以看看里面的埃及人。这将是一场关于猫科动物的奇妙之旅。不过，第一步要把船造好。

颜料已经干了，我把瓦楞纸做的小船拿到阳台上去晾的时候，艾瑞斯拖出一捆我以前收集的蓝色布料。她知道这些布料是造船项目的重要环节。我用棉布在船周围做出一片蓝色海洋，然后又加上一些感官训练小玩具：一些海洋生物、一只螃蟹、几条鱼，还有一只龙虾。接着，我在船上藏了一袋子宝贝，还有一罐蜂蜜、艾瑞斯的夏威夷四弦琴和用来眺望海上景色的望远镜。我又去拿来一些东西，比如我们以前做的一只猫头鹰面具、一圈小猪剪纸。我把这些布置好，在一侧船舷上

装饰了银色的小星星，这是给艾瑞斯的小惊喜，希望她能数一数。我跟她讲解了大海以及我们即将开始的精彩旅行，她看着我，仿佛在说："你是疯了么？"接着她忽然跑开了，然后拿着我的苹果手机回来，图拉一直跟着她。每场探险都少不了图拉和爵士歌手佩吉·李。她在手机里搜索了一遍，找出佩吉·李的歌，之后我们出发了。图拉和

《航海哨子》，丙烯颜料，2013 年 4 月

我加入了艾瑞斯的行列。船上有点挤，不过艾瑞斯感谢我们能上来陪她，因为这条船还处于待检验的状态，还不是太安全。她在船上发现了一袋子宝贝，找到了一些金币和几枚在阳光下闪闪发亮的贝壳。她抚摩着贝壳的边缘，感受着它们的质地，在手里转来转去。接着她用身子轻轻推了我一下，我心领神会，便下了船。我的计划正在稳步实施，

花了数小时寻找完美的瓦楞纸，给纸板上色，寻找各种道具，所有努力都是值得的。感觉好极了，我对自己很满意。

但接下来，艾瑞斯也下了船，然后消失在房间里。我还以为我的努力能让她玩得久一点，不禁有些失望。我做过头了？是不是画蛇添足？该不该简化一下？毕竟这一年来接触过的自闭症专家和理疗师都建议过，在教育自闭症患儿时，要运用简单概念，指示要清晰明了，而且划分为不同阶段。而我目前采用的方法在很多层面上都与之相反。不过，我从镜子里看到艾瑞斯又折返回来，这次她手里拿着 iPad。回到船上后，她打开 Google Earth 软件，旋转地图，聚焦南美洲，掠过太平洋，缓缓地绕着地球行进，不时停下来用望远镜瞭望地平线。

这不仅是有趣的过家家。艾瑞斯正计划着如何横越太平洋。这着实出乎我的意料。她的理解力和情景分析能力，她的好奇心和专注力有时很令我惊讶。自闭症意味着这种靠想象力支持的过家家，充分满足了她对各种事物的工作原理的好奇心，以及对大自然之美的无限幻想。这是一种非常强大的天赋，我打算利用它教艾瑞斯理解许多新概念。艾瑞斯也在使用自己的想象力，但你从不会在这个年纪的孩子身上看到她的方式。在我看来，这些方式精妙至极。图拉在珍宝袋里找到了首饰，于是玩了起来。艾瑞斯拎起一条项链，在阳光下观察，图拉则用爪子去抓链子，让它晃来晃去。艾瑞斯开心地哼起小曲，看着项链将粼粼的阳光反射在船身上，宛如波光闪闪，愈发为这场游戏增添了魔幻气息。我大声朗读那首诗，艾瑞斯模仿起其中的片段，其中在月光下跳舞的部分让她咯咯地笑起来。我用手偶和面具鼓励她与我互动。那天下午，我把这首诗里的关键词摘抄下来，这样艾瑞斯可以轻松地看着卡片读它们。

对艾瑞斯的教育开始占据我们的生活。这种教育没有固定的日子和时段,而是以自然而随意的方式进行。每当看见一个好时机,P-J和我就马上抓住。P-J 扮演讲故事的人的角色，我则在家里放上许多关于当前主题的书。他对其中一些书了若指掌，能迅速把故事演出来，鼓励艾瑞斯填充其中的空当。无论时间多晚或多早，无论是在浴室洗澡还是外出骑车的时候都无所谓。只要她想学，想探索新知，或者对一个话题产生兴趣，我们就奉陪到底。我会把手头的事放到一边，跟着当下鼓励艾瑞斯学习的兴趣点走下去。虽然我们都花了一些时间适应，但这种自由显示出强大的效果。P-J 尤其喜欢运用上一次管用的方式，但我们俩需要了解当天奏效的东西，而不是依赖过去的成功。有时我付出许多努力准备了一个话题，便忍不住竭力推行。有时，我会变得盲目，但尝试几次未果后，得提醒自己还是要跟着艾瑞斯的步伐前进。如果缺少强大的激励因素，教她便十分困难。

事实上，她有时想让我从身边走开，教育她几乎是不可能的事。被她带到另一个房间里，然后她径自走开，实在让我沮丧，可如果我不走，她就会离开，如果强行把她留下，她会变得非常冷漠，没法逼她学任何东西。我真想号啕大哭，或者尖叫着发泄怒气——为什么生活总是举步维艰，为什么她总想一个人待着？但最终都能从这种负面情绪里走出来，因为我明白对艾瑞斯来说，这些都非常难。她的沮丧比我的更严重。她需要我们为了她坚强起来，保持积极心态，她需要帮助与理解。所以我深吸一口气，努力思索什么能让我再次与她建立联系，也许是她最喜欢的一本书或一首歌里的句子，也许我可以把曾经引起她的兴趣，而且和这次主题有关的某样玩具

拿进屋里。

和大多数孩子不同，艾瑞斯的学习过程没有假期或可以停下来的特定时段。从过去到现在，这种教育都是不间断地进行的，不过我们会时刻观察她，在她疲劳或不在状态时让她休息片刻，独自和她的书待着，听听音乐，或是去花园玩一会儿。我们学会了评估什么时候可以和她一起学习，什么时候她需要个人空间，什么时候可以将她在闲暇时某些放松的活动作为学习的契机。

这是一段神奇的时光。每一天都充满了愉快的片段。有了我可以信任的教师的帮助，在家教育孩子变得轻松不少。每当我着手一项新活动，图拉这位小助理就会第一个坐到桌边，一路引领着艾瑞斯，让她明白改变是件好事，探索新事物是多么开心刺激的体验。于是艾瑞斯跟随着图拉的步伐，我在一旁欣慰地看着她逐步建立起自信。

有时，连我们的骑车出游都融入了当前的学习主题。因为天气糟糕，我们已经有一个星期没骑车去乡下玩了，如今能再次沿着运河骑自行车，大家都挺开心。我们去看黑白相间的猪，这只猪也曾在《猫头鹰和小野猫》里扮演过一个角色。

在小花猪出现过的小树林里，图拉做了最大的努力。起初她看到猪吓了一跳，于是艾瑞斯搂起她，跳了一小段舞。猪哼哼了几声，我们都笑了，艾瑞斯则对猪说了句“嗨”。有最好的朋友在一旁打气，图拉很快有了自信，在自行车的前筐里看着那只猪，耳朵和胡须都朝前竖起。

关于猫的世界，我们还安排了最后一场旅行，并以此庆祝艾瑞斯的五岁生日。目的地是动物园。

艾瑞斯朝车窗外望去。她对田野里的牛颇感兴趣。牛巨大的犄角和巧克力色的光滑皮毛让她着迷。我们的车驶过牛场时，她推了推我，示意我拍张照片。在这场野外考察中，我们母女俩并肩坐在车后座上，我的膝头被照相机、书和玩具动物占满了。坐在车里看动物是一种完美的介绍方法，因为艾瑞斯还没有自信到能够面对动物园里成群的游客。以我们最熟悉的车为保护，她就能顺畅地享受这番新体验。我跟她讲了接下来要看的动物，她哈哈地笑，然后拿起玩具老虎放在手心里旋转，感受着玩具表面的纹理。我们接着又看了犀牛、猴子、斑马、老虎……

当我们的车驶入观看北美黑熊的区域时，艾瑞斯正高兴地吃三明治。我们停下车仔细观察车边的一头非常漂亮的大熊。她看了看窗外，然后知趣地把三明治藏到我旁边。这让我也笑了起来，接着她又推了我一下，让我拍照。我的用处非常明确：我是摄影师，等回家以后，这些照片能再度让她回想起这次旅行。

那天晚上，艾瑞斯又要回到游艺室的时候，我给了她一个拥抱。“生日快乐，”我说，“这将是美妙的一年，亲爱的。”

“我五岁啦。”艾瑞斯答道。

一天，一位来自南非的女士发给我一封邮件。她一直在Facebook上跟踪艾瑞斯的故事，她想告诉我，有一家公司正在提供一种非常独特的语言理疗，她觉得也许能帮到艾瑞斯。她正在自己的学校尝试这种方法，而且对结果相当满意。这个项目名叫“Gemiini”，是一个在线视频资料库，这些资料专为有语言学习障碍的人拍摄。每小段视频都聚焦一个单词或一小段对话，用户可以选择观看嘴形，或是看说话人旁边显示的图片，其中展示了他们对话的内容。对我们而言，这个平台很好用。我很快就通过它为艾瑞斯介绍关于当前主题的单词。她和我一起坐在电脑旁，如饥似渴地观看视频教材，一天看好几次，每次二十分钟。

艾瑞斯和P-J在厨房里的桌子旁边歇斯底里地笑。我从厨房门口看到她让P-J表演“猴子”这个词。她耐心等待着，一边笑，一边望着他。我又听到她说“猴子”。她停顿一下，接着举起双臂，发出“唔唔啊啊”的声音，试图让P-J再学一遍猴子。P-J照做了。艾瑞斯笑得打起嗝来，模拟游戏延伸到她从视频中见识过的其他动物。她与我们的互动方式和游戏模式开始发生改变。她现在会用自己的声音了，而且十分享受。这种发声不再是试探性的或零星的，更不像她先前特别陶醉时发出的重复性的声音。她刚开始学说话时，经常在某些特别的单词上纠结，但自从运用Gemiini，她就能在生活中的恰当场合复述那些单词了，而且时常要求我读出书本上的词，在读的时候研究我的口型。我确定这是语言理疗视频的积极影响，因为他们非常关注口型变化。患自闭症的孩子通常竭力避开目光接触，除非你极力鼓励她看你，所以我觉得她缺失了这个阶段的孩子需要的许多技能，因为在我们说话的时候，她多半没有关注我们的口型。现在，她会拿起我的手指，牵到想让我重复念的文字上，然后在我读的时候仔细观察我的嘴巴。她的兴趣似乎并不仅限于视频上出现的单词，它们只是切入点，激发了她对别的事物的兴趣。这似乎也有助于发展艾瑞斯的社交技能，鼓励她回答问题——从她在视频上看到的基本的东西开始。

对于P-J来说，这的确是个转折点，因为长久以来，他都希望能和艾瑞斯一起扮傻搞笑，一起做游戏。他一直用自己颇似彼得·潘的一面来逗艾瑞斯，可她以前还没有发展出相关的技能，无法加入他的行列。现在，一切都不一样了。

艾瑞斯的新技能很快扩展到其他家庭成员身上。当 P-J 的母亲海伦从林肯郡过来看我们的时候，我在露台上看到艾瑞斯把 P-J 和她奶奶的手牵在了一起。等到他们牵起手来，她把他们的手顶上去，做成一座桥的形状，然后她从“桥”下跑了过去。她反反复复穿桥而过，蓝色斗篷在风中飘舞。从“隧道桥”的这头钻进去，从那头钻出来时，她激动地尖叫起来。

因为我们给艾瑞斯介绍了这么多活动，她画的画儿比以前少多了，但绘画桌、纸和颜料一直在那里备着，供她随时使用。有一幅画放在五斗橱上，压在一叠没画完的画下面。它没有被遗忘，艾瑞斯时常把它拿出来看看，不过直到暴风雨那天才最终完成。那天风刮得很大，我甚至担心屋顶上的瓦片会被刮下来。我一直待在近旁，生怕她需要我，但是艾瑞斯全神贯注地作画，把那幅画放在厨房的桌子上，迅速用一抹抹五彩斑斓的颜色把它覆盖。在颜料晾干的过程中，她还用各种工具、玩具和印章给画面增加不同的质感。看到底层的一抹粉色颜料显露出来时，她激动得欢呼雀跃。我将这幅画命名为“小八”，因为艾瑞斯花了八个月才完成它。

我曾读到过一份研究报告，证明患自闭症的孩子在休息状态下，会比普通孩子多创造百分之四十二的信息量。事实上，他们拥有超强

《小八》，丙烯颜料，2014 年 5 月

的大脑，这起初让人难以置信，不太容易接受，却会让你意识到我们的自闭症患儿，还有患自闭症的成年人每天在面对怎样的情况，以及宁静对他们有多重要。

我正在酝酿一个想法，想通过社交媒体启动一个全球项目，让自闭症患者回答我们的问题，说出他们眼中的世界是什么样子，给我们一些宝贵线索，便于所有人理解我们的孩子。我把这个项目命名为“来自自闭症谱系的答案”。每个星期一，我都提出一个不同的问题，也让别人提问。收到的答案很有启发，回答问题的自闭症患者努力用别人能懂的方式解释他们的世界。

一个星期日的晚上，一位家长写信来问我是否可以发布关于噪音的问题。后来收到的答复里有一条令我深有感触，我甚至可以想见它是如何发生在艾瑞斯身上的：“那就好比是一张照片。对大多数人来说，他们只会将前景中的一个物体作为焦点。但对我来说，主题和背景没有分别，它们都是我的焦点。所以，我眼中的画面不像一件经过精心构图的艺术作品，而是一团混乱。我明白应该聚焦前景中的人物，而注意力却集中在背景里的东西上。”这有助于理解艾瑞斯为什么无法应付繁忙吵闹的场景，为什么她在这样的环境中更需要帮助。

另一个星期，我们问了有关“重复性动作”的问题。重复性动作也叫自我刺激动作，是指一些短暂的自我刺激行为。我们大家都会做，比如踢踏脚尖、用笔敲东西，或者用手指卷头发。这似乎是让我们保持冷静和专注的一种方式。

对于自闭症患者来说，“重复性动作”通常专指某些特定行为，例如拍打、摇晃、旋转，或是重复某些字词。有时候动作更不寻常，甚至令人吃惊。艾瑞斯在激动或感官接受的信息超负荷时会出现这类动作。这种动作可能有两种截然不同的含义：也许是快乐的表现，也许是暗示压力过大。如今我可以分辨这种差别，如果有必要，就帮她让周围安静下来。许多人认为重复性动作是不可取的，不能帮助自闭症孩子和成年人融入社会。他们会对孩子说“把手停下来”，如果孩子无法停下，就命令他坐在自己的手上。在我看来，这样做有些残忍；他们的身体做这些动作是有原因的，是为了更好地管理情绪，他们需要释放能量。而且，许多自闭症患者也说这些行为是一种愉悦的体验，而且为了管理自身的系统，他们需要这么做。制止此类行为表面上是解决了问题，但也许会制造出更大的问题——所有干涉只不过是为了让他们看上去“很正常”。

我从自闭症患者那里得到的答复非常有帮助。一位患者说：“对我来说，这就是释放能量。前后摇晃身体或跷起二郎腿摇晃时，我感觉好多了……这些动作让我放松、快乐。”另一位患者说：“当我激动或被某种情绪（不管好坏）淹没时，我就会这么做。它有助于缓解紧张，让我恢复到平衡状态。如果当时心情很好，那就会帮我把快乐的感觉保持下去。”这些信息对我帮助极大，它与所有的理论和研究相互印证。真希望也能帮助其他自闭症患者的家庭。

我激动地看到，这个信息交流社区聚集了越来越多的人，帮助大家更好地理解自闭症。对于大家的有趣见解，我深表感激。有一条评论深深印在我脑海里：“我们的想象力比常人更强大。我们的脑海里会演电影、播音乐。如果某样东西让我们着迷，我们就会漂移出现实世界。”这段话解释了许多自闭症天才的世界。这些来自自闭症患者的精辟剖析，让我用此前从未想象过的方式去理解艾瑞斯。

到了这个阶段，我打算引入一些能让艾瑞斯长大后在需要自我管理时可以使用的技能。所以，在其他理疗课程之外，我们开始每星期上几节瑜伽课。艾瑞斯并不是每次都愿意参加，但总是用心观看，而且我发现她会在课下摆出一些瑜伽姿势。心情好的日子里，她就加入进来，于是这成了一种锻炼她社交技能的极为有效的方式。她会纠正 P-J 的姿势，接着爬到他身上去。我在旁边努力集中精力，保证把动作做到位，却忍不住笑出来。P-J 在艾瑞斯挂在他一条腿上时，还要竭力保持平衡。瑜伽也在很多方面帮了我，它有助于在遇到意外的情况时，让我集中注意力，学会深呼吸。我总是思前想后，让许多事占据内心，瑜伽课上集中精神的练习给了我莫大的帮助。它还有助于缓解我在堕马事故中落下的腰伤，我不再需要去见指压治疗师了。

令我吃惊的是，艾瑞斯迅速和我们的瑜伽教练凯伊建立起了联系，她与凯伊沟通的多种方式也令人意外。艾瑞斯能够如此放松，满面笑容地望着凯伊，两人有完美的目光交流。艾瑞斯还允许凯伊靠近她，帮她摆好下一个姿势，让身体弯曲成各种形态。瑜伽让她将注意力集中在当前的动作上，这是一种非常有效的锻炼。本来只计划上六个星期的短期课程，后来变成了我们每周的惯例。

无须控制一切，就有一种新的生活模式在慢慢成形。每星期都安排得很满，我们的生活似乎填满了各种新鲜有趣的活动。我们爱上了趁着阳光明媚的好天气，随心所欲地骑车出游或到树林里散步的自由感。我从来没有从这个角度看待在家教育的任务，一直把它当成没有合适的学前教育时唯一的选择。这项任务曾让我既兴奋又担忧，因为我要投入许多时间和精力，并且责任重大。

现在，我终于可以拥抱这意外的自由，以及当下带来的无限可能。细想一下，事情真是峰回路转。自闭症患者通常在日常生活中依赖严格的视觉日程表和提示信息，需要有可预测的例行活动和稳固的框架结构，然而艾瑞斯正开始享受另一种生活的乐趣。她开始珍视不熟悉

的环境，只要我们适时关注她的感受，她就愿意探索未知的环境。新鲜的经历也刺激了她的语言及其他技能的巩固发展。就像画画时那样，我们也开始在其他场景看到她喜上眉梢的模样。

我在洗头，图拉坐在浴缸沿儿上陪我。我一下子坐直了，低头看着水：洗澡水变蓝了！图拉那条像大扫帚一样浓密的尾巴有一半浸在了浴缸里，她尾巴上的蓝颜料融进我的洗澡水里。我就知道那条尾巴早晚会变成这样，那可是一支最有诱惑力的大画笔。我从浴缸出来的时候，艾瑞斯正笑容满面地拿着一支硕大的画笔上楼来。她径直从我身边跑过去，跳到自己的床上。这是令家长五味杂陈的时刻：我很高兴看到她这么开心，看到她有了情绪表达的渠道会宽慰许多，但想到要为这位小画家没完没了地清理现场，天知道现在楼下已经成了什么样子，楼上还要洗多少床单，你就会十分沮丧。但是只要看到她的画，我就不会动摇。那些作品传递出的活力让我重新找到了幽默感，在打扫地板和餐柜时也脚步轻快。如此美丽的画，只会带来最纯粹的欢乐。

9

我知道只能继续下去。我们正在努力向艾瑞斯传授别的孩子可以自然习得的基本社交技巧，并让这个过程充满乐趣。但这样还不够。我们希望让她的世界对其他孩子敞开，鼓励她与同龄人互动，让她明白和其他孩子在一起没什么大不了，而且很开心。找一所适合艾瑞斯的儿童俱乐部也不容易，貌似没有轻松的解决方案。艾瑞斯与成年人的关系已经有所改善，她现在能和大人一起玩耍互动，不过如果周围有孩子，她依然会情绪紧张。我担心要是不介入的话，这种局面永远无法改变。如果我们不给她提供相应的机会，她又怎么能学习并运用这些技能？我们曾试过游戏聚会，但并没有奏效。艾瑞斯会躲到楼上房间和她的书待在一起，如果我硬让她留下来，她会大哭。在有许多孩子在的公共场合中，她仍旧非常紧张。只要一有婴儿哭起来，或者有个孩子风一样地从她身边跑过，她就扑到我怀里大哭，还把我朝门口拽。对于这个问题，我们得放慢脚步，改用更和缓的方式才能有所收获。

美国的一位母亲从自己的孩子着手，为自闭症儿童创建了一所俱乐部。她的做法启发了我们。P-J 相信我们也能组建一所这样的俱乐部。“这事儿不难。”他用一贯的欢快语气说。每当我听见他这么说，就知道这事儿一点都不简单。

理论上，这个计划的确简单：以我们家为基地，创建一所关注自闭症儿童的俱乐部。家长们可以和他们的孩子一起待在这里，在充满理解的环境里参与各种活动。向陌生人敞开家门的确会带来顾虑。不过，当艾瑞斯第一次被诊断为自闭症的时候，我们参加了一些关于自闭症的课程。在那里，我认识了几位家长，他们自然被列到了俱乐部成员名单的首位。

我们从小规模的活动开始，起初只有四个孩子。艾瑞斯对我为第一次聚会做的准备非常感兴趣。我们给这所俱乐部取名为“小小探险家活动俱乐部”，每星期都有一个让孩子们探索的新鲜主题。第一次聚会，我们选了海洋主题。初次尝试，大家都花了些时间适应。尤其是艾瑞斯，她不知道该做什么、该怎么和别人相处，因此觉得活动太累人。各种装饰让她兴奋着迷，这也成了她留在屋子里的唯一原因。别人发出的噪音和无法预料的举动让她疲于应付，参加活动的时候，她还是尽量远离大家，每过半个小时就要休息，然后上楼去。每次她离开大家，我都不由得失望。我费尽心思准备，当一切无法照计划进行的时候，我真不明白为什么当初要做这些。接着，我又提醒自己，这活动本来就不会立竿见影，需要时间，我也要耐心点才行。对于其他孩子也是如此。如果他们需要的话，我会让孩子们探索各个房间，找到适合他们的安静角落，这些安排非常奏效。我发现想让所有孩子都投入进来，就要定期举办活动，比如每个星期六早上举办，甚至在各种假期也不间断，规律的时间安排会营造出安定感，让关系深入。

每过去一个星期，艾瑞斯跟别人相处的时间都会变长一些。有几个星期，我觉得她又倒退回去：在别的孩子到来之前，她会哭，根本不愿意下楼。但接下来的一个星期又好了，她玩得非常开心。在活动大约办到第六周时，她终于有了确定性的改变。艾瑞斯第一次期待孩子们的到来。她巴望着，摩拳擦掌，仿佛在说“我准备好啦，快来吧”。这是一种可喜的变化。难道我们的计划终于成功了？

一片片缤纷色彩和用玻璃嵌板与黑卡片做的星星、地球和火箭形状的投影出现在墙壁上。图拉以为可以跳起来捉到墙壁上的彩色影像，从梳妆台上欢快地跃起，让艾瑞斯哈哈大笑。等其他人到家里来的时候，我听到艾瑞斯在厨房里说了一句“星星”。“好样的，艾瑞斯。说得好。”我大声说。

屋子里播放着轻柔的非洲音乐，我们那个早上忙着做星星形状的饼干，尝了太空食品，还从蹦床上跳进堆满了彩球、泰迪熊和豆袋坐垫的池子里。图拉什么都要参加，尤其是做饭。之后的那个周末，我们的厨房里挤满了意大利小厨师，他们都在忙着揉捏面团。意大利主题的俱乐部活动开展得如火如荼。木梁上垂下葡萄藤，窗户上画着大海的场景，上面有鱼儿、海带和海马。意大利地图和各种旗帜被詹姆斯充分利用到游戏里，他要我在十秒内找出某个国家的位置。詹姆斯是一个七岁的小男孩，被怀疑得了亚斯伯格综合征。他很爱讲话，却非常不自信，很依赖他的妈妈。在俱乐部里，他的表现一般都不错，但我听他妈妈讲过，一旦感官负担过重，他的行为就会变得很难控制。我有些偏爱这个小男孩，他在学习烹饪环节时黏着我，我感觉他的热情在不断增长。在厨房里尝试的东西越多，他就越自信。他好奇心很强，但不太懂得社交场合的分寸，所以举止往往有些不够得体。

他会问我俱乐部活动结束后，我午饭打算吃什么。

“香肠。”我回答。

“多少根？”

“嗯，两根。”

“艾瑞斯吃多少根？”

“也许一根就够了……”

他会接着问到土豆，问是什么样的豆子，我们吃完午饭打算做什么，接下来的几顿饭吃什么。我猜他是在想象他离开后，这里会是什么模样。

我之所以重视这个小男孩，还有另一个原因：他和艾瑞斯的关系。他对艾瑞斯非常温柔体贴，总是叫她加入活动。艾瑞斯也很喜欢他。他比其他孩子年龄大一些，更安静沉稳，也更可靠。

在厨房做披萨饼的游戏让大家热情高涨，试着烹调美食把大家逗得哈哈大笑，我也非常开心。我们的俱乐部打破了自闭症给人们带来的孤独感。我望着艾瑞斯，简直不相信会有这种改变。

詹姆斯小心翼翼地把面团扯成椭圆形。“我怎么才能把它弄成正确的形状呢？”他看着双手之间越来越薄的面饼，皱着眉头，有些不耐烦地问。

我向他展示我手里的面团，教他如何团成圆形，不过他最终认定椭圆形才是最好的。他弟弟查理总是飞快地跑去拿意大利香肠片，他母亲却在勇猛地用指尖顶着面饼，试图靠这方法把面饼转圆。

她冲我笑了笑，接着面团安全地回到她手中。她悄声对我说：“我简直不敢相信，看哪。”

环顾厨房，我的心里满是喜悦。她是对的，俱乐部里的每位成员都在这儿，着实罕见。“他们都来了。”我说。

“真棒，是吧？”奥利弗的妈妈笑容灿烂。

我不在乎厨房有多乱，也不计较艾瑞斯用我的衣服来擦干净手指，

于是我的衣服上都是白乎乎的面粉。我们取得了不小的成就。这对大多数家庭来说也许稀松平常，但对我们却意义非凡。

“哦，图拉！”艾迪大喊着。图拉冲到桌子和椅子底下，把面团小粒当足球踢，后来居然厚着脸皮，谁挡住她就用爪子拍谁。这只猫对别人也算友好，但和对艾瑞斯的态度并不一样。她偶尔很吵闹，男孩子和她玩的时候也能应对自如，对众人的关注安之若素。对不同的孩子，她的反应也不一样。她和一些孩子玩捉迷藏，也会站定了让某些孩子抚摸。我想她是不是凭直觉就能做到这些，真希望我们也能像动物一样敞开心扉接纳别人。如果我们也知道如何应对，而且对自己毫不怀疑的话，生活会容易得多。

奥利弗安静地坐在妈妈的膝头，母子俩一起做小巧的披萨饼。他如此安静而全神贯注的样子实在难得。第一轮烹饪体验结束后，只剩下两位小厨师了。詹姆斯把他的披萨饼装饰得美丽非凡，艾瑞斯仍在摆弄面团，开心地感受着面团的质地，拍打和抚摸它，把它团成各种形状。我听到她哼起了歌，发出一些小声响，她称心如意的时候就会这样。詹姆斯时不时和艾瑞斯搭几句话，虽说艾瑞斯不回答，他也不怎么介意。

计划奏效了。当然，所有孩子参与到活动中只占一小部分时间，但这对每个家庭来说已是十分难得。后来孩子们散开了。艾瑞斯回到沙发上，手里拿着她的新朋友，一只玩了很久的面团。此刻面团的表皮像大象皮似的。没过多久，图拉就跳上了艾瑞斯的毯子，蜷缩在她身旁。

然而接下来的星期一，望着艾瑞斯水汪汪的眼睛，我又看到了那种疏离呆滞的目光，是我非常熟悉但希望再也不会看到的眼神。她根本没看我，而是透过我望向遥不可及的东西。这种状态会持续几个小时，甚至好几天。她的脸庞忽然变得毫无血色、苍白无力，我知道她又退回了自己的世界。长久以来，她总是独自一人待在自己的世界里。最近由于图拉的帮助，加上艾瑞斯优秀的画作带来的兴奋，我们常常忘记自闭症这回事。她一直表现得很好，但俱乐部热闹的活动，加上星期日的家庭聚会，对她来说有些过头了。

她指着我桌上的台灯。于是我关了灯，看到她低下头蜷起脚窝在沙发上。“艾瑞斯，握住我的手。”我轻声说。她抓住我的手，我领她上了楼，她一路紧贴在我身上。我们手挽手躺在厚厚的被子里默不作声，就这样过了好久。她慢慢放松下来，转向我，望着我的眼睛。她又回来了，而且十分沉静。图拉也上床加入我们的行列，依偎在艾瑞斯身旁，凭直觉知道艾瑞斯需要她的陪伴。图拉伸出一只爪子，一撮软毛掠过艾瑞斯的肚皮，我听到她咯咯笑了。图拉再次成功地把艾瑞斯带回光明中。

自那以后，我开始调整我们的生活，在俱乐部活动或社交节目结束后安排些放松的时间。我保证不让她承受过大的压力，但又循序渐进。这需要花费不少时间，但我们有的是时间，不用匆匆忙忙。于是我们有了一个新惯例：每次俱乐部活动之后，都开车带艾瑞斯去兜风，让她在尽情玩乐后稍事休息。这样，她有机会放松一下，让图拉爬上膝头。待车开到山边长满风铃草的树林中时，她们两个已经睡得非常香甜了。

俱乐部拿到了新的活动资金，该尝试更多的活动了。我希望给我们的小探险家们一切可能的机会，不仅让他们获得启发，还要以他们

现有的想象为基础，循序渐进地拓宽他们原本过于专注的兴趣点。

一个星期又一个星期过去，我对俱乐部的热情越来越高，虽然举办这个项目的初衷是让艾瑞斯有机会和其他孩子玩，效果却超乎想象。它成了家长们歇息的港湾和孩子们的奇幻世界。我很喜欢基于主题创造出一个个让孩子们探索的奇妙世界，用院子里采来的叶子打造热带雨林，或者用涂了颜料的硬纸板做船，用蓝床单和蓝毛巾做出一片片海，造出海洋世界。我总能围绕某个主题发现各种道具、玩具和书，让孩子们尽情玩耍。工作日的时候，在艾瑞斯上完理疗课之后，我们就会准备下一期俱乐部活动的主题。我们剪出各种生物或字母形状的剪纸，把它们贴在玻璃山墙上。艾瑞斯也会“帮忙”，当然，有图拉跟在身边。

唯一令我失望的是很难找到一个可以陪艾瑞斯的女孩，大部分被确诊患有自闭症的孩子都是男孩，我不知道这是不是因为女孩更善于适应环境，没有确切证据解释个中原因。艾瑞斯的行为显然和那些男孩不同：玩玩具的时候她都小心谨慎，有时非常慷慨地和别的孩子分享她的世界和东西，这令我着实惊讶。一周又一周过去，艾瑞斯越来越善于与人交流。虽然她只能和别的孩子相处一小段时间，但这些时间在慢慢变长。我有时甚至发现她在别的孩子近旁玩耍，虽然不是直接和他们玩，但至少是在他们身边。但她仍不愿意和他们说话，她会安安静静地观察他们，如果某样东西合她的心意或激起她的兴趣，她便哼起歌表示赞赏。

动物开始成为我们这个群体的主角。一年之中，我们会定期举办“和动物见面”的活动。孩子们认识了来自世界各地的爬行动物、鹰、猫头鹰、大型蛇类、刺猬和啮齿类动物。对于孩子们来说，动物是个理想的话题，促使他们围坐在一起听大人介绍它们的生活习性，以及如何与动物相处。

鉴于艾瑞斯的乐器在俱乐部里广受欢迎，我还邀请了一些音乐方面的专业人士来做一系列音乐讲座。孩子们非常喜欢尝试各种乐器，了解不同类型的音乐。在这些讲座中，我们介绍了电吉他、钢琴、鼓、麦克风和混音设备。那儿光线明亮，作为摄影师，我必须及时捕捉眼前的景象。欢乐在孩子们和我的四周蔓延。艾瑞斯拿着夏威夷四弦琴在窗边跳舞，艾迪拿着麦克风，詹姆斯在敲鼓，奥利弗骑着巨大的红色健身球满屋子跳来跳去。小乐手们竭力避开奥利弗，但撞到一起的风险总是不可避免。音乐声很大，但似乎没有人介意，除了图拉——她已经跑上楼，钻进舒服的被子里了。给詹姆斯拍照的时候，我感觉艾瑞斯就在身旁。先前她像摇滚歌手一样拨弄着那把白色的夏威夷四弦琴，这会儿居然把琴递给了我。她的小手把我的手放到琴弦的位置。她弯下腰，把耳朵贴近琴，等着我拨弄琴弦。这个要求被满足后，她跑到 P-J 身边让他弹吉他，接着又抓住一位音乐老师的手，领他到沙发前，把电吉他拿给他看。“我可不太会弹电吉他，更擅长弹钢琴。”他说。但那把吉他已经被艾瑞斯坚定地放到了他手中，于是他真的弹起来。艾瑞斯似乎很满意，继续去找下一位乐手，直到每个人手里都有了一件乐器，她的乐队组合总算大功告成。让我们所有人都有事做成了一种新的游戏，我看着她和每个人互动，包括和其他孩子。音乐拓宽了她的视野。她很享受指挥别人的过程，引得所有人哈哈大笑，她自己则自信又开心。在一连串密切互动之后，她需要休息一下，便拿了几本书跑到楼上我们的卧室里，和图拉待在一起，其他人则在楼下玩到活动结束。

我们这些特别的星期六活动——从马戏团表演到维京武士——成了丰富的摄影素材，捕捉快乐场面的照片在平日为我和艾瑞斯创造了不少一起学习的机会。我们将这些照片一一看过，练习一下词汇，提醒艾瑞斯她做得有多棒，培养她的自信心。艾瑞斯高举着丝巾在游艺室里转圈，学着我们周末观看的莫里斯舞蹈表演那样小步跳跃，我们一起笑个不停。莫里斯舞者总是成群结队，脚踝上系着铃铛，穿着英国古典服装，这种表演乍一听似乎不太适合有自闭症的孩子观看。事实上，当越来越多的车子停在屋外，花园里站满了舞者的时候，我的确开始怀疑自己想出这个主意是不是疯了。

“这是要办活动的俱乐部吗？”

“是啊。”我回答。

《锦鲤》，丙烯颜料，2013 年 5 月

“太好了，终于找到了。”一个个子很高、蓄着胡子的人冲着三辆载满舞者的汽车挥手。

大门关了又开，开了又关，我的心快跳到嗓子眼了。不能再来人了！我完全忘了事先问一下会有多少舞者过来。

可是艾瑞斯却被舞者身上层层叠叠五彩斑斓的布条吸引住了，这也让我松了口气。小探险家们集合好了，音乐响起，我环顾四周，看到了许多笑脸，他们都在看艾瑞斯。她正在露台边上模仿舞者的动作，两眼紧紧盯着他们和小提琴。她正沉浸在音乐和舞蹈的世界里，社交障碍的苦恼都不见了。艾瑞斯的热情感染了周围的人。詹姆斯在她身旁坐下，看着五花八门的表演动作。奥利弗和艾瑞斯也加入了花园里的观众行列，我们新来的小探险家威廉则抱着一只恐龙，站在露台上望着这边。以往举办俱乐部活动的时候，我曾有好几次心里充满骄傲，但是这一刻，看着艾瑞斯被舞者包围，享受快乐时光，我高兴得差点落泪。

后来，威廉和他的家人成了俱乐部取得成功的关键，他们鼓舞着我们向前，在我需要帮助时，充当我的动力之源。威廉的兴趣点执着地集中在大自然、动物和恐龙身上，他简直是关于自然历史的小百科全书，他的博学多识总让我们耳目一新。我喜欢让孩子们在群体中分享自己的兴趣爱好，决定拓展威廉对恐龙的兴趣。我知道这个主题对艾瑞斯来说有点难度，必须事先做好准备。于是，在俱乐部活动之前的那个星期，威廉非常好心地把他的一整盒恐龙玩具借给艾瑞斯玩。

艾瑞斯坐在树桩旁边的毯子上，饶有兴致地研究关于恐龙的书和玩具。经验告诉我，介绍新东西时，最好和她最喜欢的东西联系在一起，并在让她舒服的地方进行。大树桩同时满足了这两方面的要求：既是她喜欢的物件，也是让她觉得舒服的地方。看着艾瑞斯优雅地把玩这些外表吓人的动物，我也得以从全新的角度认识恐龙。她把翼龙的两脚轻轻夹在指尖，让它的两翼落在芭蕾舞小演员似的圆润的小手掌上，然后踮起脚尖在花园里跑来跑去，就像芭蕾舞版的《侏罗纪公园》。她一边跳舞，一边抱着三角龙，抚摸它凹凸不平的皮肤、光滑

的长角和头周围的一圈硬甲。

艾瑞斯非常善于感受事物那种脆弱的美感，我也从她那儿学会了注意曾经忽略的细节，比如一些出乎意料的地方、精致的纹理或有趣的形状。恐龙吸引了她的注意，这让我十分开心，并激动地期待着“自然历史博物馆之旅”的到来。那是一家专门为孩子们举办展览讲座、

介绍化石和各种动物复制品的公司。

巨大的卡车停在门外，挡住了花房的阳光，屋里顿时暗了下来。那是一个星期六的清晨，我们打算把家布置成一个迷你博物馆，在屋里放上大型恐龙模型、化石、牙齿和各种稀奇古怪的物件。厨房也将改造一下，为孩子们举办制作石膏模型的讲座，让他们自己制作化石模型。布置工作进展缓慢，很多箱子只能一次搬运一只，我又开始体味那种熟悉的焦虑：要是我们来不及怎么办？连 P-J 都有些坐不住了，他给恐龙专家沏了一杯茶，希望能帮这位专家提神，令他加快进度。艾瑞斯爬上三角龙，咯咯地笑了，她的笑声奇迹般地舒缓了我紧绷的神经。外面的露台布置了流星展，大家都加入进来，包括图拉。她甚至成了舞台的主角。这只尖牙利齿的“大老虎”掉进了流星前面的一盆面粉里，顿时升腾起一团白色粉末，引得孩子们哈哈大笑。

大家都离开之后，艾瑞斯和被装回卡车的恐龙模型们道了别，手里仍攥着自己做的化石模型。我把她抱回屋里，随手关上了花房的门。

她拿着新买的有关恐龙的书，躺在舒适的扶手椅里，开始大声读上面的单词。

“巨兽龙！”她大声读着，“咚咚咚！”

有一阵子，俱乐部活动就像田园诗一般美妙，但仍需要改变。我们希望让俱乐部里的孩子多面对一些挑战，拓展他们的视野，便开展了一个会带来更多帮助的新项目，把没有自闭症患儿的一家人介绍进来，他们是从前参与活动的一个患儿家庭的朋友。我期望在得了自闭症的孩子有点迷失的时候，那些正常的孩子能及时发挥引导作用，并鼓励他们与他人交往，更多地参与各种活动。新加入的孩子们对艾瑞斯十分体贴，当艾瑞斯需要个人空间时，他们就会让开，并试着把她拉进活动里来。我十分感激他们。这后来演化成了“好友帮助项目”，让没有自闭症的孩子和自闭症患儿一起参与活动。这项举措让一些家长感到不适，觉得抹杀了俱乐部的互助氛围，然而我们认为这个决定是正确的。我也开始明白满足所有参与者的要求并非易事，很难令每个人都实现他们期望获得的利益，因为自闭症有时会带来极为艰难的挑战。但想到这只不过是孩子人生中各种冒险的开端，我就为我们目前所取得的成就而骄傲。

随着艾瑞斯的自信不断增加，我们发现她更有勇气外出了。在工作日，我们开始带她去一些安静的地方，例如公共的庭院，让她习惯陌生的地方，习惯有更多人在周围走动。

起初，我们的外出活动时间很短，只有半个小时。但每过一个星期，我们便将外出时间稍稍拉长一点，直到在外面待上半天工夫。为了使计划切实可行，我们不会太勉强艾瑞斯，事先告诉她打算去哪里、看什么，并在出发前让她美餐一顿，回到家也马上有东西可吃。我不会让她待在咖啡厅里，或在外出时进食，我知道她觉得这很难，她需要在一个熟悉而平和的环境里吃饭。总有东西引起她的兴趣，许多外出活动都与动物、水和大自然有关。她也逐渐适应了公共场合中有其他人在走动，我看到她不仅开始和新环境互动，而且和周围的人有了交流。不过,这种锻炼并不总是奏效。有时,我们会看到她变回老样子，紧张不安，被周围的忙碌嘈杂惊扰。在她累的时候尤其如此。我们便后退一步，让她放松几天，在自家的花园里恢复元气，或者带她去骑车兜风。必须时时保持拓展边界和随性放松之间的平衡。

冬天，鉴于艾瑞斯第一次的成功尝试，我们去了另一家动物园，但这次不是开车游览，所以对她来说难度更大。她必须穿过人群，站在队伍里和别人挨着，还要看着成群的学生来来往往。不过她被大象

吸引了，花了好长时间看大象在温暖的谷仓里吃干草。她很喜欢企鹅，还有其他一些鸟类，甚至对着猫鼬学了一声“喵”。我为艾瑞斯而骄傲，能这样全家一起出去游玩，对我们所有人来说都是一种解放。然而你永远不知道接下来会发生什么。身处公共场合就意味着存在许多不确定性，无论事先计划得多么周全，眼前充满挑战的场景也会常常变得

《北风之神》，丙烯颜料，2013 年 9 月

不可收拾。我没有考虑到公园和动物园通常会在冬天进行维修，建筑工人和场地管理人员在翻修时发出的噪音，加上寒风和冻雨，艾瑞斯并不容易应付，不过她都适应下来，还玩得非常开心。这让我着实难以置信。

参加俱乐部以来，她成长了很多。那段经历帮助她获得了不少阅历和自信，令她更自如地应对不熟悉的环境、噪音、人群，以及周围的变化。在这次游览的最后，她甚至自信地到商店里兜了一圈，挑选了一份礼物带回家。虽然一直待在温暖的家里是一种诱惑，但能够外出游玩却令我更加高兴，而且这次旅行为我们增添了一个新的话题——大象。

我们仨手挽手，沿着一条鹅卵石铺就的小路向前走，路两旁是成群结队的农场动物。艾瑞斯试着数数鸡的数量，可惜它们跑得太快了。我听到她数数，接着灰心地感叹："哦，不要啊！一、二、三——唔，哦！"

那天晚些时候，艾瑞斯在洗澡时把动物当成了玩耍的主题。于是一系列动物加入了我们的行列，包括图拉。艾瑞斯看了看她，又回头看了看浴缸沿儿上的动物玩具。浴缸里的图拉看上去小了一大圈，平日柔软蓬松的毛沾了水之后就塌了下去，它的身体只有平时的一半大。艾瑞斯一一拿起"牧羊犬""小粉猪""公羊"和"大鸟"，让图拉闻了闻，同时大声念出它们的名字，还学着它们的叫声。然后，她又把这些动物玩具放回原位，整齐地排成一条直线。她知道图拉错过了去农场散步，所以希望与图拉分享自己的见识和经历。

10

《贝多芬第五交响曲》在游泳池四周回响，艾瑞斯欢快地唱着“哒哒哒－咚”，我们还间或听见她喊着“水母，水母”。她一边咯咯笑着，一边重复这些词，在水里快活得像只小水母。穿泳衣，戴臂环，她居然都没反对，这让我们也兴奋起来。毕竟就在不久前，让她穿上衣还像夺金牌一样困难重重。iPad 上的应用和视频起了奇妙的作用，她现在能理解臂环的作用，非常乐意戴着它。我们把游泳和贝多芬著名的第五交响曲搭配起来，效果奇佳，充满能量的音乐给了艾瑞斯许多自信。她向 P-J 伸出双臂，拥抱了他，然后径自去探险，向前划水，双腿像青蛙一般踢腾，嘴里依然小声咯咯笑。

从艾瑞斯还是个小婴儿时起，我们就知道音乐在她的人生中扮演着重要角色，后来则发现交响乐，尤其是小提琴比其他乐器更能吸引艾瑞斯的注意力。小提琴对她的意义仍不得而知。但显而易见，她对小提琴充满热情。这种乐器似乎能对她说话。有时候，当我查看各个房间时，会发现屋里每张台子上都是铺开的书，打开的那一页上总有一把小提琴。我一本接一本地买来各种书，她都甘之如饴。《我的第一场交响乐音乐会》《交响乐的故事》《交响乐乐器》《幼儿音乐故事》和《我的第一本古典音乐书》围绕在她四周，她如饥似渴地看着这些书，仿佛它们是在阳光下闪闪放光的珠宝。iPad 则在播放爱乐乐团的交响

《魔笛》，丙烯颜料，2013 年 7 月

乐，一位音乐家正在介绍拉小提琴的基本技法。我越是鼓励她对音乐产生兴趣，她就越深爱它。

自闭症患儿有个奇特的行为特征，有时会造成麻烦，他们能完全沉浸在一件事里。虽然并不总是如此，但他们会将注意力完全集中在某个感兴趣的话题上，这种动力和专注力时常达到惊人的程度。有时这种强烈的兴趣会成为一种痴迷，让他们在某个领域展示出超高的造诣，例如艾瑞斯在绘画方面的表现。此时，我看到她对音乐的爱好也可能出现类似情况。她正在阅读音乐书上的文字，并且已经通过自学知道了所有乐器的名字，以及各种乐器的音色效果，进而一一分辨。只要不被绊住，她的行为是不会陷入重复的，她的学习过程在流畅地向前推进，那么我们不妨由着她去发展这种爱好，让她用自己的步调去探索和学习。

我跟一位小提琴修复专家聊了聊，他正巧有一把适合艾瑞斯的小提琴。我把艾瑞斯的情况告诉了他，他并没有对艾瑞斯小小年纪就酷爱音乐嗤之以鼻。相反，当我提到艾瑞斯的绘画作品时，他表现出极大的兴趣。我希望为艾瑞斯做些什么，他应该能明白我的意思。也许可以试着让她上几节音乐课，如果行不通，那也没什么大不了——只是为时太早罢了。我们商量好，我开车去他在斯坦福德的工作室看看那把琴，再讨论一下如何帮助艾瑞斯继续发展音乐爱好。我曾跟随许多新婚燕尔的伴侣到那里拍摄结婚照，那是一段美丽的驾车之旅，不过我实在太累了。最近，艾瑞斯一直都在半夜醒来，连图拉都无法让她安静下来。她在凌晨两点起床，无论我们怎么劝说，都执意当作早上，要去看楼下游艺室里的书，所以我只能在沙发上歇息一下，看着地上的书越摞越高。她把书从书架上一本本取下来，仔细翻阅一遍，然后放到地上的书堆里。仿佛一位质量监测员在盘点，她把不喜欢的书扔到一边，把心爱的留下，整整齐齐地放在身边。

车程过半时，我穿过了韦兰高架桥，那是英格兰最长的砖石结构高架桥。每次去斯坦福德拍摄婚礼照片的路上，我都为即将开始的工作惴惴不安，这座巧夺天工的高架桥却能给我力量。开过那八十二座桥拱时，眼前的景象总让人叹为观止。每当精疲力竭，觉得再也无法付出什么的时候，我就时常想起这样的地方。正是人类的毅力与恒心创造出这些伟大的杰作。这座高架桥由三千万块砖石砌成，这些砖石全部是现场烧制的。当年建造的速度之快，恐怕连脾气急躁的我都无法挑剔：第一块砖是一八七六年三月砌上去的，八十二座桥拱于两年后全部完工。考虑到当时所用工具之简陋，我从中获得颇多启发——不能只因为头天晚上睡得不好就气馁。我打开收音机，转到古典FM频道，调整自己的情绪。但是听着电台主持人的声音，我忽然发现对接下来要做的事毫无头绪。对于小提琴，对于音乐，我一无所知。关于乐器，艾瑞斯能谈论的都比我多。这是一个我完全不熟悉的领域。这重要吗？想到我去过的地方，和P-J在国外的生活，自学摄影的经历，目前的困境并不可怕。面对自闭症，我们往往会忘记从先前的经历中汲取力量。这种病可以吞噬你的一切，它一次次将你逼到极限，各个方面都会出问题。有时候，你会觉得你失去的不仅是孩子，还有你自己。

小提琴修复师的工作室非常小，像一间设计紧凑的小厨房，不过搁架和壁橱里放的不是锅碗瓢盆，而是各式各样的小提琴，俨然是木匠的工作间。他把这些琴挂在墙上，展示给来客欣赏。我很喜欢这主意。如果你深爱某样东西，那为什么要每天放在盒子里遮遮掩掩呢？他为我逐一介绍了这些小提琴。有些已经是价值连城的古董，有些则是别出心裁的全新设计。我们并肩站着，因为屋子里没有太多地方走来走去，我认真听他讲解这些美丽的乐器。这里就像阿拉丁的珍宝洞，保存着音乐世界的珍宝。踏入这座宝库令我激动不已。

“就是这把。”他打开一只红色的小提琴盒，小心翼翼地把琴捧了出来，稍微调了调琴弦，然后拉了一小段曲子。“抱歉，这把并不是最好的。对我来说，用这些尺寸较小的琴有点难度，但这把琴音色很美，我觉得非常适合艾瑞斯。”

那琴声仿佛天籁之音，美轮美奂。我把它放在副驾驶座位上带回了家。他跟我说，不要说“艾瑞斯不能拉这把小提琴”，而要说“艾瑞斯现在还不能拉这把小提琴”。这位修复师积极正面的态度让我印象深刻，一个简单的“还”改变了这句话的语气，让听者对未来充满希望。我提醒自己，从现在起，要在思维方式中多加些“还”。我们每次和艾瑞斯一起尝试新东西时，都会遇到一些特别的人，他们影响了我们的人生。孤单无助的感觉也被一扫而空。

艾瑞斯在沙发上紧紧地依偎着我，她终于睡着了。坠入梦乡的时候，她的小手依旧紧紧攥着那把心爱的小提琴，似乎片刻都不愿分开。真是漫长的一天。CD 机播放着帕齐·里德的《一个珍贵的地方》。这位美丽的苏格兰小提琴手让艾瑞斯如痴如醉。艾瑞斯深深迷恋着她的演奏，要求一遍遍播放里德的音乐。黄昏时分，她带“新朋友”（那把小提琴）去看了她在花园里的各个秘密基地：大树桩、长凳，还有两旁长满绿草的通向果园的小路。兔子们看到她走过来，纷纷躲进低矮的灌木丛。艾瑞斯半路停住了脚步，在那株老李子树下，啄木鸟在吃东西。她把小提琴高高举起，借着一束光仔细看着它，然后放下来贴在自己的脸颊上，就这样停了一会儿。她是全心全意地喜欢这把琴。

艾瑞斯喜欢坐在大树桩上翻看一本关于交响乐团的立体书。我们

称之为“大树桩爱乐乐团”,惹得艾瑞斯开怀大笑。她指着每位演奏者，说出他们所拿乐器的名字，然后再看看图拉，确保小猫也在认真听讲。几个月来，我一直在寻找适合艾瑞斯的音乐会，看到这个周末本地交响乐团的演出清单时，我非常高兴。那是一场很适合我们的音乐会，比较随意，没人会在乎我们带着一个披着斗篷的孩子进场，而且演奏会上有许多小提琴手。开场的乐曲是柴可夫斯基的《天鹅湖》。一曲终了，当观众鼓起掌的时候，艾瑞斯的表情让我终生难忘：她脸上带着纯粹的幸福和喜悦，举起双手，大声叫着“哇哦！耶——”。在相对安静的环节，她把那本交响乐团的书放在膝盖上，一个个查找乐器，然后看着台上的乐团一一比对。音乐会的初次体验超乎想象，这也鼓励我们继续寻找可以带艾瑞斯去的音乐会。

现场演奏的音乐会对艾瑞斯产生了一种奇特的效果。她变得更愿意敞开心扉，也更乐于用语言与别人沟通。看着这种改变，我们也更为投入。“下一次我们带她去哪儿？”P-J 总会在一场演出结束的时候问我，我便继续寻找。我们带她参加了更多种类的演出和音乐庆典。室外音乐会是最成功的。我永远不会忘记在肯马什音乐厅一场本地爵士乐队的演出上，艾瑞斯是多么开心自在。那天的音乐会现场忽然下起暴雨，乐队和观众纷纷躲在一顶小帐篷下面避雨。让我吃惊的是，艾瑞斯居然没有因为这种人挤人、人挨人的处境紧张不安，恰恰相反，她居然兴奋起来。乐器和乐手们都在帐篷下，所以艾瑞斯更加自信了。当他们开始演奏，她仿佛被带进了音乐的世界，与音乐联系在了一起。她的手指、思想和灵魂都驻足于音乐中，似乎音乐是可以触摸的东西。她这种感受音乐激情的方式与我们大不相同。演奏会过后，她敞开心扉谈起这些感受，双眼直视着我们，张开双臂拥抱我们，让我们也充分感受到了她的体验。

接下来的星期五晚上，她没有按正常的作息时间上床睡觉，但我也不在乎这些了：她在享受生活，取得大幅度的进步。我哼唱着一首名为《醇厚黄色》的老歌，根据桌上艾瑞斯的画，随性编了一个故事。她冲着我哈哈大笑，绕着自己的画载歌载舞，用一把大画刷给画面添上了些黄色。

“等哪一天，我一定要把你的歌全都录下来！”P-J 在花房里喊道，想逗我开心。

“你敢！”我说。根据艾瑞斯的日常活动，我编出了不少小调：刷牙歌，上厕所歌，离开停车场的歌，对自行车、iPad、音乐和书说再见的歌……几乎所有活动都被编成了歌。这些即兴创作的儿歌帮助艾瑞斯习惯生活，给她提供引导，还鼓励她与人交流。

那天晚上，艾瑞斯心情很好，她晚些时候洗完澡后，我看到了一个非常温和的小姑娘：喜欢与他人互动，会画画，而且乐意讲解她画的画儿。允许她打乱既定的作息时间，对她和我都未必是好事。但就在那时，她说着以往学过的词时，第一次清楚地说出了“作画”和“画”这两个词。我大喜过望，她则开心地在厨房和走廊里跑来跑去，高举着小手，像一位射门成功的足球运动员。艾瑞斯有时会说出一些词，但发音总有些偏差，只有我能听懂她的话，而那一晚她说的词却无比清晰。她跑回来，在画纸上添了几笔，然后又拿着刷子冲了出去，跑到地毯上，这真让我捏了把汗。接着她跳上了图拉待着的沙发，躺在我为保护家具准备的布单上，在猫爪前面点了几个彩点。艾瑞斯希望图拉也能享受她描绘的色彩。图拉试图用爪子抓住那些彩点，惹得我们大笑不止。和图拉玩过这个游戏之后，艾瑞斯立刻

跑上楼，爬上自己的床，没过几分钟就睡着了，所以我把那幅画命名为“画一首摇篮曲”。

早上醒来的时候，我常常发现艾瑞斯在屋子里边跑边说：“大号、长号、圆号、鼓、双簧管、巴松、竖琴、提琴……”然后，她和图拉坐到沙发上开始练习小提琴。有时候，她会用正确的姿势，有时则把

《画一首摇篮曲》，丙烯颜料，2014 年夏

琴放在腿上，小心翼翼地用琴弓划过琴弦。一天早上，在我收拾厨房的时候，艾瑞斯从各个房间里搜罗出各式各样的东西放在一起。首先是她想播放的CD唱片《动物狂欢节》，这是她最喜爱的唱片之一。接着，她急匆匆地跑出去拿了几本音乐书、一张椅子，还有很多乐器。她小心翼翼地把这些书立在一幅画周围，把乐器摆在餐桌的另一头。最近我开始注意到，在她眼中，艺术并没有整齐地分门别类，各种形式的艺术是一体的，这与成年人的看法不同。当唱片播放模仿鸟儿鸣叫的音乐时，艾瑞斯就把书翻到画着笛子的那一页，用手指按压笛子的孔，仿佛也要吹奏。我吹了一声口哨，她笑了。接下来，她的注意力又集中到画上，昨晚的画上仍然有一些颜料没有干。她用雕刻工具刮擦画的表面，旋即又回到音乐中。木琴的声音响起，她立刻回到书上，一边搅拌灰绿色的颜料，一边聆听圣桑谱写的这段乐曲中更多动物的声音。

还有一次，在我们镇专为儿童举办的音乐会上，艾瑞斯也玩得非常尽兴。她听到双簧管演奏出拉威尔和德林的作品。这个开场不错。我们手挽手从车里走出来，穿过繁华的大街，来到举办音乐会的那栋建筑，她一直表现得很自信。起初，她坐在我的膝头听音乐。她对着演奏家们露出微笑，接着表露出更加大胆的模样。双簧管演奏者问观众有没有人是穿着舞蹈鞋来的，她立刻穿着粉色鞋子在那位演奏家面前翩翩起舞。音乐停下来后，她开心地在大厅里跳了个遍。其他孩子拿到自己的鼓和沙锤的时候，她却爬到我身上，站到了我的腿上。从上方俯视所有人让她有种安全感。之后，她才爬下来加入孩子们的行列，这行为非常像猫。我们回到家以后，她拿起画笔，开始创作一幅全新的作品。看到她的小姑娘又回来了，图拉自然松了口气，花了好一会儿工夫审视艾瑞斯的新作。颜料在画纸上融汇出新的颜色，几缕绿色越过了红色，一抹灰蓝覆盖在更深的紫色上，形成树根的模样，这都令图拉深深着迷。

艾瑞斯表现出前所未有的自信，在有音乐相伴的情境下，她更愿意与外界交流。我们觉得该让她上第一堂小提琴课了。不过事情并没有想象得那样顺利。课才上了十分钟，图拉就两眼放光，耳朵向后立着，浑身的毛都竖了起来，颇为娴熟地从窗帘上一荡，落到地板上，像动画片里的角色一样飞速奔跑起来。她从沙发上跳下来，打翻了一盏灯，又穿过房间，来到艾瑞斯所在的厨房里。接着她跳上百叶窗，在艾瑞斯正上方荡起后腿。图拉的眼神里有种发疯的迹象，艾瑞斯的不安感染了她。当时我们正坐在花房里，听见小猫大叫，我走进屋里抓住图拉，把她关进洗衣间，试图制止眼前的混乱。

其实一开始还好好的：图拉一如往常，新来的小提琴老师引起了她的兴趣。她威风凛凛地坐在钢琴上，准备欣赏音乐。那天早上，艾瑞斯有些紧张，不过老师来的时候一切还算正常。但是，她对入门课的反应并非如我所想。老师一开始拉琴，她就大哭起来，还跑出房间不肯回去。我大吃一惊，因为那音乐明明如此美妙，而且也是非常熟悉的，但她的反应却如此简单直接。她不愿意留下学习，不愿意端详老师手中那把大尺寸的小提琴，这都跟我的想象截然相反。她极度不安，我却不明原委。不过，她还是愿意在厨房里稍稍停留片刻，欣赏了一会儿老师拉的曲子。

能找到这样一位体谅她的老师，我内心充满感激，是那位小提琴修复师把她推荐给我们的。她要开车走很长一段路才能来见我们一面。大部分人会觉得我一定是疯了，艾瑞斯明显不喜欢那乐器。最近，艾瑞斯的社交能力大有长进，可她仍然无法告诉我为什么会有这么大反应。我不由得沮丧起来，毕竟小提琴曾带给她那么多欢乐时光。也许是因为她的音乐理疗师最近度假去了，也许她本以为会在厨房里见到音乐理疗师，突然换人对她的认知系统造成了震荡。我无法知晓个中原因，但我们又试了一次。第二次，我代替艾瑞斯开始学习关于小提琴的基础知识，希望这样做能引诱艾瑞斯加入我们。

结果并不尽如人意。接下来的几个星期里，艾瑞斯非常明确地表达出自己的意见：她也不希望我拉小提琴。她把琴从我手中拿走，小心翼翼地把它放下，不让任何人碰。不过，我还是学了些钢琴，能亲自为艾瑞斯演奏几段简单的钢琴曲。我这才意识到，也许对艾瑞斯而言，所有音乐课都为时过早，就像几年前试图让艾瑞斯了解动物却以失败告终一样，只是时机不对罢了。音乐课涉及的师生间的交流包含了压力。即便艾瑞斯已经取得了很大进步，她依然没有充分的心理准备来应对这样的场合。

在莱斯特有个艺术中心，过去的名字叫“拥抱艺术”，如今更名为“爱登堡艺术中心”。这座中心没有辜负它的名字，欢迎所有人前来享受音乐。在爱登堡爵士的带领下，它成了英国中东部地区仅有的两所致力于艺术传播和帮助残障人士的专门机构中的一所。当我们穿过人头攒动的咖啡区走向音乐厅时，贝斯低沉而引人共鸣的音色让艾瑞斯放松下来。我们选了前排的一张桌子，正对着三角钢琴。我事先选了一些小玩具供她玩耍，此刻一个个递给她。乐手们在热身，艾瑞

斯饶有兴致地回头望着他们。看见她如此镇静，我有些吃惊。起初她坐在我腿上，后来兴致越来越高，坐到了自己的椅子上，认真观看和聆听着乐手们娴熟的演奏。那是一场爵士乐三重奏，有萨克斯、低音提琴和钢琴三种乐器。无论乐曲音量多大，曲风多么复杂，艾瑞斯都全神贯注地听着，在整场音乐会中没有流露丝毫不安。

《双簧管之舞》，丙烯颜料，2014 年夏

接着，当观众们鼓掌时，艾瑞斯非但没被掌声吓到，反而回头望着大家的脸微笑。我甚至能听到她随着音乐哼唱，偶尔还会像人们听爵士乐那样唱着“嘟哒哒嘟哒哒嘟”。并不是所有音乐都能让她兴致盎然，她不喜欢儿童歌曲和现代乐队的曲风，但非常钟情古典音乐、爵士乐和一些外国音乐，比如非洲音乐和民谣。这些音乐会对她产生

不同的影响，令她欢欣鼓舞、安静放松，还能为她带来乐趣。

几个月后，我们旧地重游，去听了另一场音乐会。这次是莱斯特大学的音乐家的演出，由一个小型合唱团、一把大提琴和一架钢琴组成。一位小提琴乐手应该是在我们抵达前刚刚演奏完毕，此刻在正前方落座。艾瑞斯的目光简直无法从那把小提琴上移开，还用纤细的嗓音低声说着“小、小提琴”。当乐手将那把琴放回盒子里时，我悄声安慰她说，它改天会再从盒子里出来表演的。我有点担忧，生怕她又情绪爆发，但她只是看着我微笑。她回头看了看用钢琴弹奏美妙乐曲的学生，看样子心满意足。

这次音乐厅的后半部分还有空座，听音乐的时候，艾瑞斯有更大的空间玩玩具。这种“音乐节选”的编排方式非常适合我们。听众要是有需要，可以进进出出来回走动，还可以去咖啡厅吃午饭。表演形式随意，充满包容的氛围和对音乐的热爱。我们也得以帮助艾瑞斯锻炼一下不擅长的领域，例如去习惯餐馆里的嘈杂、出乎意料的社交场景，还有周围人的活动。她拉着我们的手，自信地穿过艺术中心走出正门，脸上挂着灿烂的笑，蓝斗篷也随着她的步子舞动。

不过还有一个必须面对的问题，就是人们对我们带着艾瑞斯去参加这些音乐会的反应。这让我想到今后将面对的更严峻的挑战。无论我乐不乐意，别人的评判、想法和目光都会飞过来。直到那一刻之前，我都是受到保护的，因为我们的活动大多集中在家里，或是在家人中间。有一次我们离开了家、乡间和自行车，坐在了一座教堂的长凳上——这里显然是一个能远离世人的评判、让我们备感安全的场所。我们接下来打算去听一场午后音乐会，会演奏贝多芬的弦乐四重奏。艾瑞斯虽然累了，还是度过了一段快乐的时光，她在长凳上玩玩具，偶尔随着音乐哼唱几声。接着，她爬上我的膝头，一边仔细观察演奏者的律动，一边随着小提琴的曲调摇摆。音乐很美，我也很享受，却在每次暂歇和安静下来的时候忧心忡忡，这源于后排观众的侧目。我尽量示意艾瑞斯保持安静，但音乐似乎让她热情高涨，即使乐声停止下来，她依然小声念叨着玩具的名字，甚至试图模仿小提琴的曲调。

观众中，有一对夫妇对我们的举止很不满，在音乐会结束时劝告我们："带孩子来这里并不合适。我们每个人都是希望来这儿享受音乐的，你们却毁了这场音乐会，这对音乐家们也是一种侮辱。"

"我很抱歉，不过我的孩子和你一样，也有权利来这儿听音乐。她一直很乖。你如果觉得她烦的话，大可以换到别的座位去。"P-J 回答道。

我真希望能赶快逃离这里。为什么每次面对旁人的指责，P-J 都要回嘴呢？

"你毁了我们所有人的音乐会。"那个人重复道，对我们大为光火。

听到这些话，我几乎要哭出来了。我强忍着泪水，带着艾瑞斯快步回到车里。我想回家，关上所有的门，躲到花园里去。由于这几年在家里与世隔绝，我的自信心脆弱得不堪一击。那一年，我们带着艾瑞斯外出了许多次，我感到自己是自由而快乐的，直到那一刻为止，我还从未经受过别人的评判。我真希望当时能站起来面对那对夫妇，告诉他们我们为什么要来，为 P-J 打气助威。为什么他们要这样草率地评判别人？这让我非常生气，但当时我什么也没说，仿佛认错似的从人群中消失。

当然，他们不知道艾瑞斯的故事。他们不知道生活对我们来说有多艰难，我们又是鼓起了多大勇气才带着一个有特殊需要的孩子去听音乐会。要是他们知道艾瑞斯把 BBC 年度青年音乐家弦乐类决赛听了一遍又一遍，听过了来自世界各地的无数小提琴手的演奏唱片，在 YouTube 上观看了许多交响音乐会，阅读了十几本关于交响乐的书；要是他们知道音乐是如何奇迹般地打开了通向她心灵的大门，也许就不会这样谴责我们了。这些演奏美妙音乐的学生是我心目中的英雄，他们给了艾瑞斯我无法给予的东西，所以我会一辈子感激他们。要是那对夫妇明白我的心思该多好。想到他们觉得我们的出现是一种侮辱，我的心被深深刺伤了。

那天，我的自信心备受打击。我必须鼓起勇气，多么希望别人能更体谅我们。快到傍晚的时候，我给那些演奏的学生写了封邮件，为我们对演出的干扰道歉。但是后面发生的事弥补了这些伤痕。他们立刻回信说，很开心看到一个孩子如此为音乐着迷，如此享受音乐会，他们并不觉得被冒犯。他们甚至邀请我们去排练现场参观，这样我们就可以纯粹地享受音乐，不用承受来自外界的压力了。

那个月晚些时候，我们接受了年轻音乐家的善意邀请。让艾瑞斯和音乐家们单独在一起，不用担心观众的反对，只有古典音乐，这主意妙极了。走进教堂的时候，零星的几个人刚刚做完家庭礼拜正要离开，有人大声聊天，十分嘈杂，艾瑞斯差点哭了。我们总算在楼上找到一块安静的区域，她马上恢复过来。我们就在那里等着乐手们进来。起初，我们从顶楼的观看台上看他们演出。艾瑞斯兴奋不已。我看得出来，她知道自己没必要再拘谨，因为此刻整座教堂都是她的了。她蹦蹦跳跳，手舞足蹈，四下里探究，最终在乐手正上方找到了一个绝佳的聆听地点。接着，我们又下了楼，离乐器更近了。此刻，艾瑞斯简直判若两人。她不愿意安静地坐下来听，想随着萨克斯管、大提琴和小提琴的奏鸣翩翩起舞。排练间歇，她甚至跑过去翻起了其中一位学生的乐谱，更近地接触所有人。电钢琴引起了她的兴趣。一位好心的小提琴手主动教她如何弹奏。在她弹琴的时候，我们跟乐手们交流了对这次彩排的印象。对于艾瑞斯和她对音乐的偏爱，他们都非常感兴趣，甚至和我分享对音乐最初的体验。和这些年轻人聊天真是一次愉快的经历。和我不同，音乐在他们的人生中扮演着非常重要的角色，他们也完全能体会音乐对艾瑞斯的意义。似乎艾瑞斯已经超越了我们的知识和激情的范围，这实在令人振奋，我竟然有些佩服起她来。

音乐不仅让艾瑞斯建立自信，锻炼沟通技能，还有助于对她的教育。在家庭教育的内容里，我创建了一个关于小提琴的主题。和其他主题一样，这个主题的核心也有一个动机，就是小提琴。在谢尔盖·普罗科菲耶夫创作的童话音乐剧《彼得和狼》中，每个角色都由一种不同的交响乐乐器扮演。事实证明这部作品效果出色，大大鼓励了艾瑞斯与人互动、玩耍、说话和阅读的兴致。彼得由小提琴和乐团里其他弦乐乐器扮演，鸟由长笛扮演，鸭子由双簧管扮演，猫由黑管扮演，祖父由巴松扮演，狼由圆号扮演，猎人和枪声由定音鼓和大鼓扮演。艾瑞斯的阅读技能已经非常娴熟，甚至可以大声读出许多句子来。一个完美的起点。就像当初组织“猫头鹰和小野猫”主题一样，我从一个故事里衍生出许多项目。接着，我们又听了维瓦尔第的《四季》。基于这首曲子，我集中讲解了天气和英国的春夏秋冬。我们一起出发，沿着小溪向下游探索。艾瑞斯凝神望着桥下的流水，图拉非常耐心地坐在小主人旁边。我向她们解释我们听到的各种声响，我们玩起游戏，像《彼得和狼》那样，把自然界不同的声音和形状与乐器一一匹配。林子中的一棵大树用贝斯表现，潺潺流水用短笛。我还带了艾瑞斯自己的相机——她之前对我的相机表现出浓厚兴趣，所以我让她用自己的视角捕捉生活的画面。她拍了很多照片，大部分是青苔和溪水的近景。她喜欢苔藓丝绒般的柔软质地，以及那些让她指尖痒痒的稚嫩的新芽。所以那天结束时，把她拍的相片导入电脑，我对苔藓的了解大大增加，从艾瑞斯的角度体会了它们绚烂的美。

十一月底，我接到哥哥打来的一个令人兴奋的电话。他和女朋友卡罗琳娜正在国外。

“跟我说说爱尔兰吧。你们在哪里呢？那儿怎么样？”

“很棒。一切都很精彩。听着，我有一个消息要告诉你……”

“说呀。”

“我刚刚向卡罗琳娜求婚，她答应了。”

“哦，詹姆斯，这真是个好消息！恭喜！我们为你高兴。全家人都会乐开花的。”

我简直等不及要到圣诞节才能见到他，为他庆祝。自从和卡罗琳娜交往以后，哥哥变了，变得更放松、更快乐。

圣诞节时，我们在父母家中庆祝。一月，在伦敦的花园博物馆，他们举行了一场美妙的订婚派对。一座古老而荒凉的教堂在上世纪七十年代从拆除的危险中被拯救回来，人们把它改建为博物馆。现在那里还是画廊和漂亮的活动场馆。母亲精心设计的花卉装饰，以及透过拱廊和窗户射进来的迷人光线，让人不禁对这对爱侣未来的婚礼充满期待。他们计划在卡罗琳娜父母居住的斯德哥尔摩举办一场瑞典式婚礼。伴娘们细数家珍一般，列举了这座北欧国度的迷人风光，引发了我无限的遐想。

那座城市听上去如梦幻般美丽：恢宏的建筑、景色宜人的公园、华丽的宫殿、铺着鹅卵石的中世纪街道，而且四面环水。

接着我左右为难。我很有可能只能一个人去，这样的跨国旅程对艾瑞斯来说太难了。詹姆斯和卡罗琳娜劝我，他们非常希望艾瑞斯也来参加婚礼，最好我们全家都来。卡罗琳娜的父母此前曾到英国和我的父母会面。看到艾瑞斯不穿上衣或不穿鞋子四处游荡，激动时把手掌翻来翻去，入迷时默默低语，他们连眼皮也没眨过。没有评判，只是接受，这种态度给我极大的宽慰。尽管如此，在成行之前，我们还要跨越许多障碍。

婚礼日期定在八月底，这意味着我有大概六个月时间帮助艾瑞斯克服某些问题。我将旅程分解开，发现这着实是一场不小的挑战。艾瑞斯从未乘坐过公共交通工具，公交车、火车和飞机，她全都没坐过。

"Zin Zin"，丙烯颜料，2015 年 6 月

过去我们的度假总是早早结束。我们去康沃尔郡的时候，艾瑞斯只有一岁半，那次旅行很难说是成功了。一年后，我们还曾试图到威尔士去好好度个假，但也没能如愿。那次旅行只持续了几天时间，后来我们只好提早结束行程。如今艾瑞斯刚刚开始建立自信心，想到伦敦希思罗机场一片繁忙的场景，两个半小时机舱内满是乘客的空中飞行，

各种陌生的噪音和刺激，然后要抵达一个完全不同的国度，我就忧心忡忡。还有婚礼当天的种种礼节要求，艾瑞斯必须安静地坐着看完整场仪式，乘坐公交车，然后乘船，面对一场熙熙攘攘的婚礼招待会。

虽然满心为哥哥高兴，希望为他庆祝，可是想到现实情况，想到要为艾瑞斯做多少准备工作，我的心就凉了。种种预想向我重重压来。如何让这次旅行计划成功实施，我深感担忧。接着我又回想起是如何组织“小小探险家俱乐部”的。起因就是艾瑞斯与他人相处困难。那个问题已经随着时间的流逝而改善。关于这次旅行，我是否也能做得这么好？认为有可能成行，甚至可以开心地度过这次旅行，我们是不是在痴心妄想呢？

我不想打扰这魔幻的一刻。艾瑞斯正跷着二郎腿和 P-9 肩并肩坐在沙发上，图拉陪在一旁。她读完了那本故事书的最后一句，表现出色。我好不容易才忍住没跑上去拥抱她。在《Zin！Zin！Zin！一把小提琴》那本书里，一支孤独的长号有了乐器朋友的陪伴，组成了室内乐十人组。艾瑞斯大声叫着“安可！安可！”，想让它们再出来演奏一遍。

艾瑞斯和 P-9 相处得如此融洽，一滴幸福的眼泪顺着我的脸颊流了下来。接着，对于未来旅程和生活巨变的担忧再次来袭。但艾瑞斯就像那支长号一样，已经不再孤独了，而且我也是。

11

图拉用力地伸展四肢，试图去够门把手。

“好啦，我知道了。你想出去。”我说道。

我走过去的时候，她开心地带着颤音喵喵叫。我一打开门，她就跳进了雪里。那是二〇一五年一月，初雪依然簌簌地下着，图拉等不及要出门去玩雪。她天生就适合这种天气，平日里丝绸般软滑的毛此时变得蓬松，厚实华丽的鬃毛像漂亮的围领。她那与身体比例不符的大爪子和上面长的小撮毛发非常适合在花园的雪地里奔跑。艾瑞斯吃完早饭来到窗前，看到图拉在外面玩。图拉觉察出冰层下面有动静，立刻猛扑下去。她那带黑白条纹的宛如狐狸尾巴的大尾巴让艾瑞斯笑起来。艾瑞斯望着图拉，她正躺在冰雪做的大毯子上，安静地晒着太阳。树叶、灌木和枝条都被一层白色的霜覆盖着，在金色的晨光中闪闪发亮。

“我们出去和图拉一起玩吧？”我问。

“雪，更多的雪。”艾瑞斯说着，接着轻轻摇晃了一下身子，我当作表示同意。等到我帮她穿好防雪装和靴子，雪已经停了。虽然马上就是音乐治疗的时间了，我还是觉得这是个锻炼机会。我听到了雪开始融化的声音，如果现在不出去，那就太迟了。

我以为艾瑞斯的反应会像以前一样，雪在脚下咯吱咯吱的响声会让她紧张，她很可能需要我的怀抱。但是这次，有了忠诚朋友的陪伴，情况完全不一样了。艾瑞斯花了一会儿才适应了花园银装素裹的模样。她只是静静站着，在外面的木地板上聆听各种声音，看着花园里的一切，图拉一直陪在她身旁。那些声响让她着迷，她的手指活动起来，仿佛在弹奏一件乐器。她似乎与树枝上融化的雪水的滴答声建立了某种联系。我看得出她平静下来，呼吸也缓和了，她在仔细研究着周围的雪景，温暖的鼻息在冷空气里清晰可见。图拉动了起来，在雪地里跳跃前进，最后跳上了大树桩。艾瑞斯走过去和她玩儿。很快，两个小家伙一起开心地四处转悠起来。我打开大门，她们俩走下山坡，进了果园。

某样东西吸引了图拉的注意，还有艾瑞斯的注意。我顺着她们的目光望去，看到一对鹿正穿过小树林，顺着小路往远处的田野走去。即使是冬季，我们的花园也能引来这么多野生动物，这令我非常开心。我们是随性的园丁，并不想把这里收拾得过于整齐，没有做过多的修剪工作。树上的果子只要没被我们吃掉，都会留给动物。我们也让花床和灌木丛自由生长，自由散播种子，让它们给生活在周围的动物带来许多恩惠。冬季过后，在春天来临之前，我们可以趁着空当把一切清理干净，给新作物腾出空间。之后是新一轮周而复始。

眼看要到音乐治疗的时间了。我刚说出“音乐”，艾瑞斯就转身往回走，图拉跟在旁边。午饭时，大部分的雪已经化掉了。这是一场美丽而短暂的邂逅。

我听到艾瑞斯悲伤地说：“没有雪了。”

“会再下的。我们还有很快就会开花的雪花莲。”

正是这场雪稍稍减轻了我对艾瑞斯出国旅行的担忧。她初次看到

雪的反应和对这种变化的适应让我明白了她的进步。我应该对她的适应力更有信心。

“这么说，有什么新计划了吗？”P-J 问我。

我不禁想，我们的谈话什么时候才能不再采用这种提出问题和解决方案的模式……有时我实在厌倦极了，真希望生活回归“常态”。

但经过一番挣扎，我总会得出结论，这就是我们的“常态”。

“我觉得应该考虑一下这次旅行的第一阶段，也就是机场。艾瑞斯还没去过什么大型建筑，没见识过嘈杂的人群、推车、咖啡店、餐馆和商店。我的想法是，我们可以慢慢让她习惯类似的场合，但又不改变现在的步伐，把这些改变和她喜欢的东西搭配起来，逐步带她去更大的场所——大得多的场所。”

“比如？”

“剧院也许是不错的选择。我们也许可以去那儿看场交响乐会。”

“我去过那里。门厅很大，楼层很多，有餐馆和酒吧，到处是人。这一步迈得太大了。我不知道她是否有足够的准备。”

我同意她还没到那一步。我们需要利用下个月的时间，慢慢为那样的外出做好铺垫。

“旅游景点怎么样？”

“可以让她适应人群和队列的地方都行。接下来的问题是她不喜欢在公共场合吃饭和用那里的卫生间。我们需要想办法进行练习。”

“列个清单！你的清单呢？”P-J 说，看到我列出一个个问题，他开始笑话我。

更令他发笑的是，我真的跑去拿纸笔。接下来的几天，我做了些研究，预订了各种演出，找到了一些可以带艾瑞斯去的地方。接下来会有更多的旅行和更有趣的探险。还要考虑她受教育的问题，我们也许可以一次勾掉清单上的两个项目，比如一次完成外出加去书店两项任务。那地方应该比她去过的店更繁忙，但是又充满了她热爱的东西，甚至可能帮我找到另一个启蒙教育的话题。但愿她看到满屋子的书会开心起来，而不去介意成群的大人和孩子。

我们穿过熙熙攘攘的大街，艾瑞斯拉着我们的手。一辆轰隆隆地慢慢经过城中心的卡车有点吓到她，但我们最终胜利到达了书店，没出一点岔子。就像带她去糖果店，刚一进门，她的眼睛就亮了。我们走到色彩鲜艳的儿童图书区。她拿起一本关于公主的书就不肯放手了。她喜欢上面的颜色和亮晶晶的装饰，用食指摩挲着亮片和纸张粘合的地方。她坐在屋子中央的桌子旁边，一遍遍翻看那本书。看上去她并不介意周围的人和噪音：她全神贯注地看着书，什么都别想把她的注意力从公主身上移开。我们买下了那本书，由它又引出了一个教育的话题——城堡。

接下来的那个星期，我接到哥哥打来的电话。他正参与一个项目，内容是用索尼迷你运动摄像机拍摄一系列短片。他们想用一台摄像机讲述艾瑞斯的故事，这是引起公众对自闭症患儿重视的好方法。我们起初并不赞同这个主意，我们一直尽力保护艾瑞斯，使她免受外界和媒体的干扰。想到摄制组要到家里来，我们就很担心，但詹姆斯做了更多的介绍，我逐渐认识到这个项目对别人潜在的益处。我可以通过这种方式告诉人们精彩不止一种，并改变大家对自闭症的认知。报纸头条出现的许多悲剧故事都是关于校园欺凌和自闭症的问题，我希望人们能理解自闭症患儿的潜力。对于艾瑞斯来说，这个项目也许会富有挑战性。包含摄影师、导演、音效师和她舅舅的摄影团队要和我们待上三四天，这将是高强度的社交活动。我们大家都会十分忙碌，应对很多要求，因为他们希望捕捉她的故事的所有关键要素。我敢肯定图拉会非常喜欢这种经历，可对于艾瑞斯，这一步也许迈得太大了。我想了好几个晚上，脑子里衡量着各种利弊，然而考虑到暑期计划，我们还是决定大胆尝试一下。

我们达成共识，会小心观察艾瑞斯的状态。我跟导演明确提出，要是艾瑞斯需要出去放松一段时间，就必须给她自由。摄影安排在三月底。摄制团队首先来家里拜访，见了艾瑞斯，看了看拍摄地点。接着，他们提前一星期送来了那台微型摄像机，这样艾瑞斯就能提前适应它，甚至可以让她试着从她的角度记录自己的生活。

艾瑞斯最喜爱的拍摄场景是她和图拉在浴缸里洗澡。拍出来的画面让我笑了起来，有图拉在水中变得纤细的小爪子，她喝洗澡水的特写，还有她松软皮毛的实际厚度和那些长胡须。

自始至终，我都诧异于艾瑞斯的进步。她居然同意我用带子把摄像机固定在她身上。摄制组人员组装机器时，她耐心地待在车里或自行车上等他们完成工作。听从指示对她来说有点难，所以我们采取了更随性的拍摄方法。图拉大方地洗澡，跳上自行车，玩肥皂泡，甚至

《瀑布激流》，丙烯颜料，2013 年 4 月

在游泳池里游泳，这些都让我们颇感自豪。屋子里人头攒动，午饭时厨房里放满了各种器材、电脑、显示屏、电池充电器、收音话筒、摄像机、镜头……让人既兴奋又非常疲累，但艾瑞斯喜欢上了这一切。足足要花一星期的拍摄活动被压缩到一天，虽然每天结束时都很累，她却非常开心。

有时候我需要有人帮忙照顾艾瑞斯，詹姆斯会过来帮忙。当她需要休息时，詹姆斯就让她骑在肩膀上，把她送回屋里，詹姆斯还给她吃小点心，她则礼貌地说“谢谢”。他甚至和艾瑞斯一起在池子里游泳，用水下摄像机拍摄。他没有给她任何压力，也不觉得这种随性的拍摄有什么可担心的。午餐时以及我们在野餐桌边吃东西时，艾瑞斯和詹姆斯还有其他工作人员流畅地互动。我高兴地看着这一幕。艾瑞斯希望参与其中，和大家在一起。长久以来，聚餐一直是个难题，这令人吃惊的改变简直让我难以置信。

这个拍摄项目的初衷是帮助别人，结果却成了艾瑞斯锻炼社交技能、学着和理解她的人相处的理想方式。有了这次练习，我对暑期旅行更充满期待，继续筹备我们的出行计划。当然这次尝试也有负面的地方，但并非我原先预想的那样；和艾瑞斯无关，问题全在我。摄制一部短片，从别人的角度观察我们的生活，看着这种设想成形并非易事。我此前也曾用镜头捕捉艾瑞斯的生活，我浪漫的摄影方法为之增添了一种温柔。而此次拍摄的风格更具现代感，目的是为了吸引年轻人使用这种蕴含冒险精神的动感摄像机。

这部片子只有两分钟，从一个特殊角度讲述了艾瑞斯的故事。中间还夹杂了艾瑞斯在襁褓中的录像镜头。其中有艾瑞斯玩着玩具，当我们走进屋子或叫她的名字时，她连头也不抬的画面；她蹒跚学步时张开双臂站在花园里，用手指感受风的画面。我们的孩子离我们如此遥远，却与自然亲密无间，这些画面都一一呈现在屏幕上。拍摄时，我录制了一段画外音，导演要我回忆当时的情景、当时的感受，以及艾瑞斯以前与我们的相处方式和我们之间的关系。这把先前的情感全部发掘了出来。在片子里看到这一切，让我非常脆弱无助。这感觉令我心痛，仿佛痛苦的岁月又从头来过。但是我们现在已经往前走了，艾瑞斯已经克服了许多障碍。回忆让人不安，同时又赋予我们力量，鼓舞我继续前行。

我们开始为“城堡”这个话题准备材料。春天，我们一起开始了一个新项目：在花房里用粉色瓦楞纸造一座我们自己的城堡。图拉和

我做角楼，P-J 和艾瑞斯做墙壁。艾瑞斯会说一些零星的单词了——“公主”“王子”“国王”“皇后”……她拿着纸板的一边，P-J 把纸板折成正确的形状。我们花了整整一个早上，不过完成的时候，都觉得这份辛苦是值得的。图拉巡视着城堡内部的走廊，接着俨然成了城堡守卫，雄赳赳地站在其中一面外墙上。艾瑞斯则在城堡内的院子里检视她的王冠和珠宝，接着玩起了骑士、龙和公主的玩偶。她突发奇想让我们把蹦床放在中央，然后一连几个小时待在城堡里的蹦床上跳来跳去。接下来的几天里，城堡的墙上装饰了各种贴纸和图画。去华威城堡的旅行指日可待。

车的后备厢已经塞满。艾瑞斯的自行车旁靠着各种书，玩偶则放在图拉的小篮子里。一整套骑士、国王、皇后和马的玩具散落在各处。

“你确定东西都带齐了？”P-J 说。我疲惫得没听出他话里的讥讽，又检查了一遍这些陪伴艾瑞斯旅行的玩具。

“哦，我忘了弓箭手。我回去拿——”

"她还好，看呀。"

我回头看着后备厢，艾瑞斯说："我们走！"

在这场旅行中，我的车仿佛成了一间移动教室。不过，发现艾瑞斯明白将要去看什么以后，漫长的旅途让她受益匪浅。我并不企望能用任何方式让她为即将看到的美景做好准备。壮丽的华威城堡，穿越鲜花盛开的山谷的河流令人兴奋，有时甚至令人叹为观止，最重要的是这里非常适合她去探索。我还曾担心排队买票的问题，结果这种担心是多余的。早于旅游旺季过来的好处是我们前面只有一对夫妇。走进城堡内部，艾瑞斯抬头望着大厅里的盔甲和骑着马的骑士，接着完全投入到眼前的场景中。她自信地从其他游客身边走过，P-J和我只能尾随着她从一个房间到另一个，时不时在吸引她注意的物品或画作前驻足。接着她飞速跑过走廊、楼上、楼下，穿过许多走廊，在窗边的座位上稍坐了一会儿，然后又跑开了。我们跟在她后面，听到很多单词，一个接一个。她在皇家用餐室看到一对狮子的画，我听到她说："狮子。狮子大吼！"接着她看见壁炉上有只鹰："鹰，哇哦！"每看到一样东西，她都会用一个词描述它，给它贴标签。看到凡·代克画的那幅有名的《查理一世骑马像》，她说："大骑士，白马。"真人大小的蜡像让她有些困惑，她想弄清这些蜡像的一切，包括它们的长裙子。她弯下腰往裙子下面瞅。我看得出她是在想："妈妈可不穿这种衣服。"每到这时，我就告诉她隔壁房间还有某样东西，她匆匆跑过去，这样我就不会被管理人员责备说，你的孩子碰了不该碰的展品。

等艾瑞斯结束了古堡探险，该到山丘上走一走了。她停在P-J面前，举起小手示意要他抱着走。

"好吧，宝贝，到我肩膀上来。"他说着便把艾瑞斯抱起来，艾瑞斯蜷起了腿，在爸爸的肩膀上坐好了。她快乐地拍着手，我们朝坡上走去。

忽然间，我从她的声音里听出有什么东西惊扰了她。一种嗡嗡声越来越响，她越来越沮丧。也许我们今天做得够多了，现在该回去了。

我的腿也开始疼。我很疲惫，准备行程带来的压力终于显现出来。我意识到为艾瑞斯找到节奏的同时，我也必须为自己找到节奏。过去一星期我太忙了，几乎没有时间停下来休息。即使在平日，照看得了自闭症的孩子也需要花更多心思，做更多准备，要用心聆听、观察、研究和解读她无声的语言，理解她是如何感知这个世界的。我要做到这些，以免让她心情崩溃。艾瑞斯很久没有出现这种情况了，不过我们需要仔细观察她的状态，适时控制事态发展。

回到车上时，P-J吻了吻艾瑞斯。"这真是太棒了，宝贝，做得很好！"他转身看着我。他心情很好，即使我已经筋疲力尽，他的热情依然感染了我。

几星期后，我们又有了一趟旅行，比以往那些出行活动更令我紧张——去北安普顿剧院听音乐会。我希望能在这种场合多学学 P-J。面对这类情况时，他表面上的冷静沉着很奏效。别的观众对我们带艾瑞斯这样的小孩来看音乐会的反应令我担心。我尽力不去想这件事，让自己保持积极乐观。艾瑞斯自信地走进恢宏的剧场，挽着我们的手上了楼梯，走过酒吧和咖啡店。四周回响着叽叽喳喳的说话声，可她并不在意。此刻的她一心一意：她要去听音乐会，在她心里，只有这个目的才至关重要。

演出间隙的每次沉寂都让我捏了把汗。当她对着歌剧演员说“拜拜”的时候，我的恐惧感直线上升。艾瑞斯变得很爱说话。她沉浸在雄壮的音乐中，这点大家都看得出来。我只能把住坐在膝盖上的她。艾瑞斯和音乐仿佛融为一体，在高处翱翔。在她心里，定音鼓轰响时，她就坐在鼓上；笛子吹奏时，她就跟着飞了起来；木琴敲响时，她就翩翩起舞。她跟着圆号一起，沿着弯曲的铜管嘟嘟作响，从张开的喇叭口飞出去。她跟着小提琴一起歌唱，跟着低音提琴嗡鸣。

她爱上了每件乐器和演奏乐器的音乐家，连朴素的三角铁对她来说也如此美妙。离开时我们兴高采烈，因为现在知道只要引起艾瑞斯的兴趣，她就能从容地待在大型建筑里。我要制订一份新计划，看看如何让机场也成为让艾瑞斯感兴趣的地方。我会找一些机场主题的 iPad 应用、游戏、书和玩具。等我们真到了机场的时候，去书店逛逛也许是个好的开始。

在我们看来，抵达斯德哥尔摩后的旅程才是最大的障碍，但是旅

《小号》，丙烯颜料，2015 年 9 月

途的其他部分也需要做些准备。哥哥告诉我，婚礼仪式过后，我们将乘船游览周围的群岛，所以船也成了我们的关注点。我们决定接下来的这个月租一条船，试试沿着运河航行。可我们俩都把这个计划给忘了，直到有一天我打开车库的门，发现 P-J 的自行车车胎瘪了。天气很好，不出门简直是种浪费，所以我自然而然地想到了运河之旅。几

小时后，我们就牵着图拉朝码头进发了。图拉跳进车里耐心地等着，明确地表示，她绝不要再次错过外出旅行。把猫儿像多出来的货品一样藏好，给大家带来一种孩童般的兴奋。艾瑞斯也高兴地看到我们能带上图拉。为了换乘船的时候保证图拉的安全，我把她引进了猫笼。那只猫笼对折起来就是一个帆布背包，非常适合这种场合。

我们那天坐的船不是长长的运河船，而是只有八米半的稍短的船，依靠引擎提供动力，但附带了额外的福利：一个绝佳的观景区域，摆了几把长椅和一张桌子。船的侧面是打开的，所以船里有充足的阳光和新鲜空气。我让艾瑞斯在桌旁坐下，她随身带着书和一张毯子，接着我把图拉放出来。图拉立刻跳上长椅，在艾瑞斯身旁的坐垫上蜷起身子。她们俩的角色互换了：不是图拉安慰艾瑞斯，而是艾瑞斯照顾这只神经紧张的猫。艾瑞斯慢慢认出了我们所在的地方，因为我们经常骑自行车经过同样的路线。几分钟后，两个小家伙都高兴起来。我们继续沿着运河前进，两岸绿树成荫，更远处则是田野的秀美风光。船行得很慢，就像和运河相关的其他活动一样，乘船游览有独特的节奏，你不能冲到别的地方去，这对我更好。我需要稍稍放慢脚步，放松一会儿。我们一路上遇见了一对对鸭子和跟在它们身边的小黄鸭，还有天鹅、黑水鸡，我们甚至看见了几只长着鲜艳的青绿色羽毛的翠鸟掠过水面，然后飞回芦苇荡里。艾瑞斯说着她看到的东西。P-J 在船尾把舵，我们加入了他的行列，艾瑞斯还亲手试了试。

图拉坐在控制面板旁边的位子上，接着把前爪搭在船帮上，只用后腿蹲着，路人见了都不禁莞尔。我已经习惯了她按照自己的节奏行事，而且总希望加入全家的活动：她可以是骑车猫、照看孩子的猫儿、沐浴的猫儿、艺术助理猫、教育助理猫，此刻则是游船猫。她像是我们所有探险活动不可或缺的一位成员。我们不只是带了宠物来乘船，图拉真的在享受这些旅行。每次旅行归来，她都和我们更亲密，一起去新鲜的地方经历不同的事加强了我们的感情。对于艾瑞斯也是如此。

午餐过后，在福克斯顿闸门处，我们调转船头，开始往家的方向航行。但在还有一英里就到船坞的地方，忽然喀唧一声巨响，引擎停止工作了。我们的船漂到运河的偏僻处，闯进了茂盛的灌木丛。P-J试着再次发动引擎。

嘀，嘀，嘀……尖锐的警报声响起来，难以忍受的噪音刺痛了艾瑞斯的心。她实在无法忍受，跳到我的膝头，开始揪扯我的衣服。

“住手，P-J！住手！”

正在重新发动船的P-J停下手走了过来。

这噪音她没办法承受。“你能不能给船运公司打个电话？也许他们知道该怎么做。”

P-J回到控制台，拨通了船运经理的电话，从他那里得到了指导。但当他翻转引擎时，那种嘀嘀声又响了起来，艾瑞斯明显受不了。她抓我的脸，使劲将我的嘴唇闭合起来。这是她唯一能表达“安静点”的方法，但是她用力太猛，她的痛楚此刻成了我的痛楚。她大哭起来，我久久地抱着她摇着她，一句话也没说，直到她平静下来。平日里的艾瑞斯非常温柔，是世上最甜美的女孩，此刻我却看到我的孩子承受着巨大压力。我只能凭借想象体会这种压力。那声音的确让人痛苦，如果有办法的话，她一定会不惜一切代价地制止它。

我们一家四口坐在长椅上，反思着目前的处境。我们需要到河对岸去，走那里的小路回到车上。但是怎么过去呢？我们在船里找了找。没有撑杆，没有长到可以扔到过路船上的绳子，也就无法让别人的船

把我们的船拖过去。我们必须有个人下水游过去，然后从岸上把船拉近。但是浸了运河的脏水，浑身湿漉漉地回家会很恐怖，我甚至不愿意去想河底有什么。

值得庆幸的是，正好有两名警察路过，主动过来帮忙。P-J 从悬在船帮上起保护作用的浮筒上找到了绳子。他把这些绳子接起来，试

了几次之后，终于把绳子抛到了对岸的警察手里，他们将船拉过了河。

船固定好后，我往下卸那些东西的时候真是尴尬：食物、饮料、玩具、成袋子的书、毯子、我的相机，还有图拉。我们俩像一对驮运行李的马似的牵着艾瑞斯往回走，背包里的图拉向外巴望着。出发时我曾告诉艾瑞斯，她必须为了我勇敢些，因为这是探险的一部分，而且我们要走回车里。起初她不太确定，但是看了看我背上的图拉，好像在回应“好吧，要是你们这么做的话，我也奉陪”。于是我们下了船，开始了漫长的回家之旅。

后来我发现，坐船时的不走运也并非全是坏事。我们不仅练习了如何乘船旅行，还体验了在出现意外情况的时刻，如何临危不乱，如何控制脾气。最开心的是艾瑞斯可以应对环境和计划的变化了，无论是过去的挑战，还是将来在出国旅行中可能发生的情况。

关于旅行，仍有一个方面让我担心。我们也许要坐火车从机场前往斯德哥尔摩市中心。于是我开始计划另一次演练，一趟前往首都的探险之旅：坐火车去伦敦，然后在一位朋友的公寓里住上一晚。如果一切顺利，我们将学会面对一些问题，甚至可以去一趟博物馆。自然历史博物馆曾给我留下不少美好回忆，恐龙在读书俱乐部一直很受欢迎，所以我想艾瑞斯一定很喜欢。这样的旅行计划的确有些匪夷所思。要是一年前有人提议带艾瑞斯去伦敦，我会笑起来——我们都会笑的。艾瑞斯出门和进城是难以想象的事。但如今发生了太多变化。这次旅行我们还是不能带上图拉，这也是我希望艾瑞斯锻炼一下的地方。因为去瑞典的时候，图拉也会待在家里，我们需要在启程前确定艾瑞斯能在没有图拉陪伴的情况下踏上旅程。

我们很早就出发了，我当然已经准备妥当，艾瑞斯在后面跟着我的脚步。她希望尽快出发，事实上她非常期待坐火车出门，甚至说起了“火车，火车，我们走”。我难以拒绝这个要求。于是我们在停车场坐着，直到该去月台候车时才动身。我就像一座移动图书馆，小旅行包里装满了各种书，单肩包的缝都快被撑开了，重到我的身体朝一侧倾斜。艾瑞斯又开心又激动。火车进站时，我捂住了她的耳朵。对这次旅行的憧憬让她学会了不少新技能：她愿意说更多的话了，而且会用一些我们从没听过的表达方式。当火车穿过隧道时，她会说“进入黑暗”并哈哈大笑，让我们也不禁笑起来。

这次旅行，她尤其喜欢我带的一本书：葛瑞米·贝斯创作的绘本《来喝水吧》。这本书将野生动物、学数数、讲故事和猜谜完美地结合在一起。画面中藏着一些动物，它们非常聪明地披着迷彩色。整本书插图精美，寓教于乐。整整一小时的车程，艾瑞斯除了抬头看窗外的风景以外，就是要我说出她在这本书里看到的每个细节是什么。她练习着这些词的发音，和我们一起读句子，我简直无法相信，在车厢这么嘈杂的环境里，我们居然上了一堂颇有成效的课。新刺激和新环境似乎激励着她不断进步。这本书吸引了她，有我们的陪伴，她显示出前所未见的自信。

圣潘克拉斯火车站让她惊叹不已，维多利亚时代的哥特式建筑气势恢宏，站内空间十分宽敞，景观壮丽。我们去搭出租车的时候，艾瑞斯一直抓着我的手。握着她的手在繁忙的车站穿行让我难以置信。她快速地跟着我的步伐，时不时向上方和四周看，眼睛里满是着迷的神色。后来我们发现出租车成了她的新宠：比自家汽车的视野好，车内空间也更大。她上身笔挺地盘腿而坐，好似一尊小佛。我们借住的公寓的主人不在家，所以屋子全归我们用。那里有一架钢琴，艾瑞斯马上玩了起来。我已经忘了钢琴这回事，能让艾瑞斯找到她熟悉的东西，我真要好好感谢那架钢琴。她很快就适应了，甚至愿意用这里的卫生间——又一个条目可以从清单里勾除了。

那晚，P-J 出去为我们寻觅晚餐。附近街上有家餐厅，他跟店主解释了艾瑞斯的情况，这是她头一次来伦敦，于是他们允许我们把饭菜连同盘子带回起居室吃，这样艾瑞斯能放松些。店主宽容随意的态度让我会心地笑了，他们非常理解在餐馆吃饭对艾瑞斯来说压力有多大——她需要安静的地方，需要更多空间才能循序渐进。

翌日清晨，我们离开公寓时心情都很好。计划似乎都顺利实施了，我们出发去自然历史博物馆。我们请出租车司机调到 FM 古典音乐频道，车里响起了约翰·威廉姆斯为《侏罗纪公园》创作的电影配乐。这像是个好兆头，所有安排都各归其位。这段音乐令人浮想联翩，等我们到达博物馆时，我一点都不为艾瑞斯紧张，也不再担心她对参观有不良反应。虽然博物馆刚开门，游客却逐渐多起来。我们排队时，一位工作人员开始鼓动大家的情绪。

“大家激动吗？”

“是啊。”每个人都大喊道。

艾瑞斯一下子扑到我身上，惊恐万分。突然间人声大作，超出了她的承受范围。接着走进门厅的时候，我们的包要过安检。艾瑞斯最喜欢的儿童坐便器和书都被掏了出来，P-J 费了好大劲才把它们重新放回包里。周围都是游客，大家挤挤挨挨。当他们看见中庭里巨大的恐龙骨架时，立刻纷纷拿出相机，闪光灯不停地闪烁。艾瑞斯大哭起来，我们马上避开人群走上台阶，试图远离不断回响的嘈杂人声。可问题是越往高处走，回声似乎越大。P-J 怀中的艾瑞斯已经没法哄了。拐了好多个错误的弯，我们来到了蓝鲸展台，我曾以为博物馆这个亮点会博得艾瑞斯的喜爱。但是游戏结束了——一名游客的相机亮了几次闪光灯，更大的崩溃不期而至。

我看得出此刻她什么都听不进去、看不进去了，不理会外界的任何东西。我们周围似乎突然出现了许多填充的动物标本，而她需要安静，需要远离这一切。我们慌张地寻找出口，却触发了讲解仪器的开关，一时间旁白音大作，描述着各种动物的特征和栖息地。这些声音在我们四周回响，我们继续逃，终于找到了通向花园的出口。

我试图在艾瑞斯的哭声中告诉 P-J，建议他用苹果手机放点音乐，可他根本听不见我在说什么。终于，我们打开了音乐，过了一会儿，艾瑞斯总算在绿树环绕的室外安静下来。

我实在不希望博物馆之旅以这样的方式收场，我希望给艾瑞斯留下美好的而不是糟糕的回忆，我们不能就这么离开伦敦。瑞典之行的希望似乎越来越渺茫，我开始怀疑是不是对这个阶段的艾瑞斯要求过多了。我们决定，如果艾瑞斯能在出租车里冷静下来，我们就去伦敦动物园再试一次。她一直非常喜欢动物园。这是她熟悉的场所，也应该是我们在伦敦的一次完美外出。当初为什么会觉得观看玻璃窗后面的动物标本是一次愉快的经历，连我自己都觉得奇怪。我又陷入了旧圈套，以为复制自己的童年回忆是万全之策。

结果证明，动物园也好不到哪里去。很多游乐场地正在施工，我们在一群群学生中穿行，超过一群学生，还会遇到另一群。这简直是《猫和老鼠》中的一幕：我们被追赶着，路上的障碍层出不穷。手持式砂轮机和混凝土搅拌机为大型农用割草机腾出道路，企鹅表演旁边成群的孩子发出各种尖叫。我们做了一个又一个糟糕的决定，于是只得夺路而逃，毫不犹豫地跳上一辆空出租车，径直回了公寓。

P-J 和我对视了一下。该回家了。艾瑞斯也这么觉得，而且她在往回走的车上忽然露出了无比满意的神情。伦敦宽敞的黑色出租车犹如一道安全屏障，她就在这道屏障后面观察着这座城市。吃完披萨，我们登上了回家的火车，在绿色的田野、葱茏的树木和起伏的山丘间

《故事》，丙烯颜料，2015 年 9 月

穿行。

在回去的路上，我一阵阵地后悔，并再次质疑我们的动机。我承诺过要跟随艾瑞斯成长的步调，要耐心，要态度温和。然而为了斯德哥尔摩之行安排的预演是否违背了这种承诺？接着，我又想到了之前所有的成功经验，可以确定地说，我们在取得各种可喜的进步。我明

白这次是哪里出了错：带她去熙熙攘攘的博物馆，让她的感官淹没在过度的刺激中。我们一直在回想自己的童年，却忽略了这是艾瑞斯的童年。要是还希望斯德哥尔摩之旅能顺利进行，我们必须更细心体贴地跟随艾瑞斯的节奏，不能操之过急，要学会享受各种简单的快乐。如果艾瑞斯想租辆自行车，在公园里探险，凝望喷泉，就这样过一天，那我们就这么做。我们再也不会去博物馆闲逛，我们要看行云流水，看水里的倒影，看船和树，通过艾瑞斯的眼睛体验这个城市。既然要艾瑞斯做出许多改变，那么作为交换，我们也要听从她的感受，以她的方式享受旅途的快乐。

虽然艾瑞斯取得了不小的进步，我们仍必须面对这样的事实，她依然在用与常人不同的方式感知和体验这个世界，自闭症将伴随她的一生。她会在自闭症的各种特征行为之间摇摆，我们表面上看到的只不过是她全部经历和感知中的一小部分。她的沟通技能大有长进，但在压力之下，所有进步都可能退回原点。

几星期后发生的一件事，再次让我们意识到这种微妙的处境。为了庆祝瑞典的仲夏节，詹姆斯和卡罗琳娜在我父母家准备了一场传统的午餐会。我们到的时候，父亲正要带因迪出去散步，母亲则在家里准备婚礼花卉。虽然这里已经成了艾瑞斯的第二个家，但那天的布置却不同往常。一些瑞典来的朋友在厨房里，艾瑞斯对他们非常陌生，闲聊的声音和各种声响让她难以应付。于是我们上了楼，去我过去的卧室——楼下太吵时，这里就是她的游艺室。可满是客人的房间在艾瑞斯眼中已经不同了，他们寄放在这里的包以及种种细节让她心烦意乱。她哭了起来，说着“妈咪，回去，妈咪，回去”——她在以自己的方式说，咱们回家吧。我简直无法相信我们又倒退回去：因为她无法面对午餐会，我们只得落荒而逃。我心里感到了失望。我们取得了那么多进步，现在实在不该认输。我真的很想留下来，这是婚礼前最后一次见到哥哥。我尝试了各种方法，比如书、iPad、到花园里散步。可当时大雨倾盆，而这是最后一根稻草。她愈发烦躁不安，抓我的脸，沮丧地摇晃我，我只能带她开车出去兜一圈——已经很久没用过这一招了。

出去兜风终于见了效。回去的路上，我想可以用母亲的电脑给她播放些音乐节目。结果这方法颇有成效。然后我父母也带着因迪回家来了,这座房子又令艾瑞斯感到熟悉。但她还是不愿意和我们一起吃午饭，一个人在沙发上看书。我们总算没错过午餐会,艾瑞斯最终也心满意足，我却担心起来：她似乎又回到了以前的老样子。

我们唱瑞典歌，喝水果酒，享用各式美味佳肴，以此庆祝仲夏的到来。雨一停，我们到花园里享用瑞典式的主菜肉圆子。詹姆斯终于说服艾瑞斯加入我们。他让艾瑞斯坐在自己肩上，在花园里跑来跑去，艾瑞斯哈哈大笑，激动地拍着手，跳起她自己的摇摆舞。看到艾瑞斯终于愿意融入大家，还开心地玩起来，我松了口气。詹姆斯陪她玩让我感动不已。除了我以外，还能有别人拯救她、鼓励她，这实在值得庆幸。艾瑞斯有家人围绕在身边，她也愿意接受家人的帮助。

那天下午晚些时候，她又悄悄溜进游艺室去和书待在一起，我让父亲去看看她怎么样了。父亲回到餐桌旁时笑得很灿烂。

“她会说‘领结’了呢。你知道吗？”

"我都不知道她认识那个词。"

"我刚才坐在她旁边的沙发上，她扯住我领结的两端，像这样摸它。"父亲演示着艾瑞斯抚摸他最心爱的领结的模样，"然后她非常清晰地说'领结'。太完美了。"

经历了整整一天超乎预期的挑战，却有了这么一个完美结局。那天过后，我意识到艾瑞斯将自己的生活做了划分。在外祖父家庆祝节日让她难以承受，因为她没有预想过这件事会发生在他们家。可是在新的环境里，她却能自如地应付一些变化——事实上，她非常珍视这些经历，但是不能发生在那儿——她平日最感到安全的地方。但有时候，我们没法让她事先做好心理准备。生活中就是充满了各种意外，我们只能随时在她身边支持她。

我把这些体会告诉了哥哥。

"我并不觉得会那么糟糕，你知道，"他说，"她需要这些经历——无论是好的经历，还是坏的经历。"

我明白他是对的。我们希望向前走，就总会遇到困难。只要能帮她渡过难关，从长远来看总是有益的。但我的心却说，还是暂时由着她吧。驯马的时候，我总能看出它们什么时候需要放松，那是一种给予和索取的游戏。和艾瑞斯在一起时，我也有相同的体会。

我希望我们做了正确的选择，可是我又怎么能确定是对是错？是不是太早了？是不是把你逼得太紧了？我开始看到一些迹象：你在寻找更大的挑战，而我们又把你逼得太紧。一起考虑了那么多之后，我仍然在质疑我们的决定。我还不知道为你做的是刚刚好，还是过头了。最近，我觉得我们太忙于准备这场旅行，以致迷失了自己。让我们花些时间再次单独相处吧，只有你和我。

12

艾瑞斯和我肩并肩坐在沙发上，我们的腿上放着一本厚厚的大相册。骑车，出游，艾瑞斯和图拉一起玩雪、一起洗澡——有关我们的冒险故事都收录其中。她小心翼翼地翻着相册，每一页都展示着新的一天和关于她成长的一段回忆，其中包含着她所有的快乐体验。仿佛重温了那些时刻，她激动得抽动着双手，甚至满足地哼起歌来。“骑士、城堡、水……”当她看到古老的华威城堡，一个个单词脱口而出。图拉跳上沙发扶手，高兴地发出咕噜声。还有十五分钟，我们就要出发去瑞典了，我想带艾瑞斯重温这些美好回忆，让她充满信心地迎接下一段旅程。合上相册，她一边用手指摩挲封面上乐器形状的装饰，一边说出了它们的名字。我站起身来，图拉马上填补了我的位子，于是我让她们两个互相道别，而我去把最后几样东西装进车里，准备启程去机场。

“让我们摇滚吧，我们走。”艾瑞斯一边说着，一边跑到门口和我会合。她准备好了。

旅途一直是我心里最大的障碍，不过多亏有机场主管热心帮忙，

我们在机场终于找到一处地方搭起帐篷，登机后又给艾瑞斯戴上了降噪耳机，一路上艾瑞斯都应付得不错。我本以为不可能办到的事，旅途中的磕磕绊绊，她都妥善应对，着实让我们信心大增。但是当我们来到公寓，才发现那里是一座古老的小镇，房间又热又小，而且位于顶楼，要爬一段长长的螺旋石头阶梯。我们每次开窗都生怕艾瑞斯掉下去。我做了周密的计划，却没注意到那个周末，隔壁的一条街将举行国际铁人三项全能赛。人们连夜组合赛事需要的栅栏，噪声不绝于耳。艾瑞斯无法入眠，凌晨四点半就不睡觉了，所以早上六点左右我们离开了公寓，走着去熟悉斯德哥尔摩，希望能找到一家开门的面包店。我们路过被晨曦染成金色的王宫，穿过一座桥，看到了一个名叫国王花园的美丽的公园，那里有许多喷泉，喷泉两旁种满了樱花。

我希望通过艾瑞斯的眼睛欣赏斯德哥尔摩。当她在沃洛达斯基喷泉旁和装饰华丽的魔林喷泉旁开心地玩水时，我的期望终于实现了——各种神话人物都在聆听河神尼克斯弹奏竖琴，六只天鹅的雕塑向路人吐着清新的水柱，四周还栽种了柳树。我看着她爬到查理十三雕像旁四只雄狮雕像中的一只身上。她自信十足地坐在那儿，仿佛《纳尼亚传奇》里的露西坐在狮子亚斯兰身边，沐浴着金色的阳光。连噪音很大的扫地车都没打断这魔幻的时刻，她仔细研究着狮子雕像卷曲的鬃毛，摸着凉丝丝的青铜，观察着雕像表面多年来被人抚摸而呈现发亮的金棕色的部分，以及没有被抚摸的更粗糙的绿色部分。

中午，我们骑车继续探索斯德哥尔摩。这座城市恢宏壮丽的美和无比灿烂的阳光卷走了我在阁楼里憋出来的闷气。我们有阳光和风做伴，在鹅卵石铺就的老街上穿梭，在明丽的水边游走，母子俩都感到心旷神怡。一排排大大小小的船停靠在岸边。我们跨过一座桥，离开所在的小岛登上了“船岛”，从那里可以望见波罗的海。看到三个瑞典人从码头跳进水里，艾瑞斯大笑起来。

“哗啦！”她一边看着那些人在冰冷的水里溅起浪花，一边说着。看到他们爬回岸上再跳下去，她又咯咯地笑起来。

骑车兜风是这次游览的重要部分，自行车既给艾瑞斯带来自由感，又保证了安全。在车后座上，她似乎对一切都应付自如。我吃惊地发现，她可以容忍混乱的交通灯和成群的游客走过身边。我们从建筑工地、船坞和电车旁边经过。她安全地待在爸爸身后的气流里，始终处在我和 P-J 之间。如果你正穿行其中，吵闹的街道和新环境只会带来兴奋感。

第二天，我们一切就绪，早早就为参加婚礼打扮好了。艾瑞斯穿着蓝白相间的小裙子，上面印着兔子、小鸟、蝴蝶，上身搭配了白色开衫，看上去可爱极了。婚礼仪式在古斯塔夫·瓦萨教堂举行，这个地方对新娘一家有特殊意义：卡罗琳娜的曾祖父曾在这座教堂担任牧师达三十年之久。这是当地最壮观的教堂，有六十米高的彩色穹顶，祭坛上有用绿色和白色大理石装饰的巴洛克风格雕塑，细节处还镶嵌着金色元素。教堂中悬挂着璀璨的吊灯。

我们一进去，艾瑞斯就仿佛被拉进了一个充满艺术和音乐的世界。她独自坐在长凳上，在高大的柱子和拱形窗户的衬托下显得如此娇小。她就这么坐着，花了一阵子仔仔细细观察眼前的一切：刻进石头的雕像，蓝天上的天使画像，以及人物周围完美的对称性装饰。柱子和窗户营造出一种令人兴奋的律动，没过几分钟，她就踮着脚尖去探险了。其他宾客陆续到来时，她稍稍玩了一会儿钢琴。在 P-J 的帮助下，她发现了一台拨弦古钢琴，还有一台管风琴。众人刚开始落座，她就立刻回到我们的位置，安静地坐到我的腿上。我祖母穿的裙子上缀着深蓝色亮片。艾瑞斯被亮片吸引住了，伸出小手轻轻抚摸这些闪闪发亮的小东西。接着，仪式开始了。

望着卡罗琳娜穿着象牙白的一字领婚纱，沿着中间过道款款走来，我感受到一种宁静。她优雅地挽着父亲的胳膊，看起来无比幸福，我

哥哥也是。我们一起见证和庆祝他们的结合，家人和朋友环绕在周围，更重要的是，艾瑞斯也和我们一起度过这美妙的时刻。我们分别用瑞典语和英语唱了赞美诗。整个仪式中，艾瑞斯都表现出色，她非常安静平和，并且爱上了这充满音乐和喜悦的婚礼氛围。我哥哥的大学同学塔拉唱起经典婚礼歌曲《终于》，这是麦克·高登和哈利·沃伦创作于二十世纪四十年代的歌曲。看到艾瑞斯听得如痴如醉的脸，我不由得落泪：为哥哥终于得到幸福，也为我们自己，我喜极而泣。艾瑞斯对我微笑着，平静地和我对视，她的表情是开放的，给我无限宽慰。这种幸福难以言喻。

到了外面，我们抛撒彩色碎纸以示庆祝，艾瑞斯开心地躺在我怀中。接着她去看了婚车，一边扭动方向盘，一边“嘟嘟”地学喇叭声。当然，艾瑞斯还是艾瑞斯，她的膝头依旧放着一本书。她安静下来，把书搁在方向盘上，一页页翻看。拍合照时，她坐在 P-J 的肩膀上，依旧看着她的书。幸运的是，我哥哥希望她随着自己的性子就好，而且那本书的颜色恰好与婚礼的色调完美搭配。

下一个挑战是乘公交车去船停靠的地方，招待会将在那里举行。公交车给艾瑞斯造成的压力没有我预想的那么大，而且她很喜欢听卡罗琳娜的哥哥讲斯德哥尔摩的事。她坐在座位上，双手平静地放在腿上，俨然一副小大人的模样。她没有烦躁不安，而是安安静静地坐着，快乐地享受着婚礼的氛围,吸收着所有信息。刚一上船，艾瑞斯就如鱼得水。当我们出发去波罗的海的时候，她在艳阳下享受着环绕着她的粼粼波光。风吹拂着她的头发，她在微笑。酒会上，看着海浪击打着船帮,她咯咯地乐起来。当然,我父亲还是无法抗拒出其不意的拥抱，大家看到艾瑞斯的笑脸和爷孙俩的互动，也兴奋不已。这并不意味着自闭症已经离我们远去，或者艾瑞斯被神奇地治好了，只是她现在可以更好地、更长时间地应对新环境和周围的人。

“艾瑞斯喜欢船，不是吗？”我的阿姨塞莱斯特说道，“看看她，笑得多甜。”

“看到水的时候，她总是这么可爱。”我母亲答道。

她们说得没错。眺望着海岸线和船边的波浪，艾瑞斯的脸上充满了纯粹的喜悦。

这个假期的每一天，艾瑞斯都会问到图拉。“猫去哪儿了？”她总是这么问。有几次，她开始想家，想最好的朋友。我们把照片和录像拿给她看，这有些帮助，但之后她又会难过起来，所以我只能数着日子，为了她巴望着假期早点结束。她忽然对一星期中每天的名字产生了兴趣，最后还把星期一命名为“图拉日”。

当我们锁好公寓门，沿着长长的台阶往下走的时候，艾瑞斯说：“我们回家吧。”当我们回到郡里，经过宫殿的时候，艾瑞斯说了声“士兵”，然后对着小码头的船说：“再见，船。”飞机起飞时，她说：“结束了。”艾瑞斯的第一次出国旅行画上了完美的句点。

我们回到家中。图拉和艾瑞斯并排站在花房的沙发前面，大雨重重地拍打着外面的木地板。艾瑞斯踮着脚，小心翼翼地摆出几件首饰，图拉前爪腾空，去扑亮晶晶的项链和手镯。我看着她最好的朋友玩那些珠子，把它们拍来拍去，接着又把一些推回艾瑞斯面前。艾瑞斯抬起头，头发从她的脸颊上移开，我看到她在笑。女儿和猫儿都被她们亲手创造出的美丽颜色和图案吸引住了：两个小家伙彼此了解，久别后的重逢令她们更享受在一起的时光。图拉那长着一小撮鬃毛的大耳朵朝前方竖起，在聚精会神地聆听什么，白色的长胡须和毛茸茸的带花纹的尾巴朝上卷起，一动不动。

没有什么隆重仪式，这对小朋友安安静静地相聚，就像她们初次见面时一样。这画面美极了，乍看上去似乎只是一种简单的关系，却又蕴含着诸多美妙的特质。

这个夏天，艾瑞斯的进步远远超乎我的想象。她突破了关于自闭症的许多固化观念和成见。我的思维再度活跃起来，回忆着此次旅行的种种亮点，比如教堂的美，骑车穿越大街小巷的快乐，艾瑞斯看浪花时的宁静面庞。

船，我想到，船……水上的畅游，另一个让艾瑞斯开口的可能。简简单单地去划船也许是最佳选择，因为小船十分平稳，而且更容易带着图拉一起去。我可以再研究一下，找一条合适的小船和一辆可以拖着船走的车，这样我们想去哪里就可以去哪里，找到最佳地点下水，还要准备救生衣……我能想象那场景：我们四个在水上，艾瑞斯和图拉在船头看着波浪，感受着风，聊着我们看到的东西。我们将邂逅许多新鲜有趣的发现。

那将是一场快乐的探险之旅……

《低语》，丙烯颜料，2013 年 6 月

致谢

我衷心感谢我的家人。他们不仅始终如一地支持艾瑞斯，也给了我巨大的支持。从他们的爱和慷慨中汲取力量，我才熬过那些黑暗的日子。当我筋疲力尽时，P-J 却能看到光明，相信一切皆有可能，正是他的冒险精神让我也打起精神。我的助产士和艾瑞斯的治疗师与我们分享知识，帮艾瑞斯渡过许多难关，也为我带来无限安慰。感谢 P-J 和我的朋友们。有了他们的鼓励，我才鼓起勇气，将艾瑞斯的才华分享给整个世界。谢谢那些一直伴随她成长的伙伴们，你们真挚的话语和感想对我来说意义非凡。如今，我们可爱的女儿有了许多人的关心与陪伴，我们不再孤独无助。感谢那些让我们走进生活的音乐家，谢谢他们分享那些动人的音乐。感谢帮助我举办“小小探险家俱乐部”的人。我们都很愉快，也收获了不小的乐趣。当然，还要谢谢图拉。这只猫咪对我们一家的重大意义实在难以言表。她是一只与众不同的猫，是一位好保姆，是洗澡时的好伴侣、骑车和划船时的好搭档、画家的好助手，也是艾瑞斯最好的朋友。她超乎想象，是大家的灵感之源。

感谢 HHB 公司、西莉亚和我的编辑菲奈拉·贝茨，谢谢你们的建议和专业指导。我还要感谢本书的设计师艾莉森·奥图尔，插画师爱丽丝·泰特、克莱尔·帕克、海蒂·亚当－斯密、艾米·普莱斯、左伊·博维尔、菲奥纳·克罗斯比、比亚·麦克因泰尔、杰妮·罗曼和凯罗尔·安德森。能与企鹅兰登书屋这支优秀的编辑团队合作，我备感荣幸。

图书在版编目（CIP）数据

手握画笔的小天使 /（英）阿拉贝拉·卡特－约翰逊著；李慧娟译．-- 天津：百花文艺出版社，2017.11
ISBN 978-7-5306-7384-3

Ⅰ．①手… Ⅱ．①阿… ②李… Ⅲ．①散文集－英国－现代 Ⅳ．①I561.65

中国版本图书馆 CIP 数据核字（2017）第 240345 号

著作权合同登记号 图字：02－2017－221

手握画笔的小天使
〔英〕阿拉贝拉·卡特－约翰逊 著
李慧娟 译

出 版 方 百花文艺出版社
地　　址 天津市和平区西康路 35 号　邮编 300051
电话传真 +86-22-23332651（发行部）
+86-22-23332656（总编室）
+86-22-23332478（邮购部）
主　　页 http://www.baihuawenyi.com
发 行 方 新经典发行有限公司
电话 (010)68423599　邮箱 editor@readinglife.com
经　　销 新华书店

责任编辑 郑　爽
特邀编辑 翟明明　沈　悦
装帧设计 韩　笑
内文制作 王春雪

印　　刷 北京天宇万达印刷有限公司
开　　本 787 毫米 ×960 毫米　1/16
印　　张 23.5
字　　数 136 千字
版　　次 2017 年 11 月第 1 版
印　　次 2017 年 11 月第 1 次印刷
书　　号 ISBN 978-7-5306-7384-3
定　　价 96.00 元